겐지이야기

①

源氏物語

GENJI MONOGATARI

by Murasaki-Shikibu, re-written by Jakucho Setouchi

Copyright©1996 by Jakucho Setouchi

Original Japanese edition published by Kodansha Ltd.

Korean translation rights arranged with Jakucho Setouchi

through Japan Foreign-Rights Centre

Translated by Kim Nan-Joo

Published by Hangilsa Publishing Co., Ltd., Korea, 2007.

「이 도서의 국립중앙도서관 출판시도서목록(CIP)은
e-CIP 홈페이지(http://www.nl.go.kr/cip.php)에서 이용하실 수 있습니다.
(CIP제어번호: CIP2006002694)」

겐지 이야기

1

◆ 무라사키 시키부 지음

◆ 세토우치 자쿠초 현대일본어로 옮김

◆ 김난주 한국어로 옮김

◆ 김유천 감수

한길사

源氏物語
겐
지
이
야
기
❶

지은이 · 무라사키 시키부
현대일본어로 옮긴이 · 세토우치 자쿠초
한국어로 옮긴이 · 김난주
감수 · 김유천
펴낸이 · 김언호
펴낸곳 · (주)도서출판 한길사

등록 · 1976년 12월 24일 제74호
주소 · 10881 경기도 파주시 광인사길 37
　　　 www.hangilsa.co.kr
　　　 E-mail: hangilsa@hangilsa.co.kr
전화 · 031-955-2000~3 　　 팩스 · 031-955-2005

제1판 제1쇄 2007년 1월 1일
제1판 제7쇄 2023년 11월 20일

값 15,500원
ISBN 978-89-356-5804-6 04830
ISBN 978-89-356-5814-5 (전10권)

무슨 말씀을 하시는지
도무지 모르겠네요
나는 대체
어떤 풀의 핏줄이며
누구를 닮은 것인가요

겐지이야기 ①

✿ 이 책은 무라사키 시키부(紫式部)의 고전소설 『겐지 이야기』(源氏物語)를
세토우치 자쿠초(瀨戸内寂聽)가 현대일본어로 풀어쓴 것을 한국어로 옮긴 것이다.

✿ 처소명에 따라 붙여진 등장인물의 이름은 처소를 나타낼 땐 한자음으로 읽고,
인물을 가리킬 땐 소리 나는 대로 썼다. 따라서 동명이인이 많다.
예1: 장소 승향전(承香殿); 인물 쇼쿄덴(承香殿) 여어.
예2: 장소 여경전(麗景殿); 인물 레이케이덴(麗景殿) 여어.
예3: 장소 홍휘전(弘輝殿); 인물 고키덴(弘輝殿) 여어.

✿ 산, 강, 절 이름은 지명과 한글을 혼합해서 달았다.
예: 히에이 산(比叡山), 나카 강(那賀川), 기요미즈 절(清水寺).

✿ 거리, 건물, 직함명 등은 한자음 그대로 읽었다.
예: 육조대로(六條大路), 이조원(二條院), 자신전(紫宸殿), 여어(女御), 갱의(更衣),
대납언(大納言).

✿ 각 첩의 제목은 될 수 있는 대로 뜻으로 풀었다.
첩명 해설은 자료를 바탕으로 옮긴이가 정리해 붙였다.
예: 저녁 안개(夕霧), 밤나팔꽃(夕顔).

✿ 등장인물의 이름은 직함에 따라 한자음으로 읽은 경우와, 고유음 그대로를 살린
경우가 있다. 그밖에 인물의 특징을 잘 보여주는 경우에는 뜻을 살려서 달았다.
예1: 중납언, 대보 명부; 예2: 고레미쓰; 예3: 검은 턱수염 대장, 반딧불 병부경.

✿ 이 책의 말미에 붙은 부록 중 '어구 해설'과 '인용된 옛 노래'는
다카기 가즈코(高木和子)가 작성한 것을 바탕으로 필요에 따라 첨삭했다.
본문에 풀어쓴 것은 생략하고, 필요에 따라 그 내용을 옮긴이가
보완하여 정리한 것이다.

✿ 일본 고유의 개념인 미카도(帝)는 이름 뒤에 올 때는 '제'로, 단독으로 쓰일 때는
'천황'과 '폐하'를 혼용했다.

기리쓰보

마음 담아 묶어 올린 어린 머리에
선명하고도 짙은 보랏빛
우리 사위님의 마음도 짙은 보랏빛
영원토록 그 빛 바래지 않도록
부부의 인연 담아 올렸으니

◆ 좌대신

❀ 제1첩 기리쓰보(桐壺)

겐지의 어머니인 갱의(更衣)의 처소를 '기리쓰보'(桐壺)라 하고, 기리쓰보를 사용하는 갱의라 하여 겐지의 어머니를 '기리쓰보 갱의'라 한다. 기리쓰보는 천황의 처소인 청량전(清涼殿)에서 가장 멀리 있는 숙경사(淑景舍)의 통칭이다.

어느 천황의 치세 적 일이온지요. 여어와 갱의 등 천황의 시중을 드는 수많은 후궁 가운데, 폐하의 사랑을 한 몸에 받아 누구보다 융숭한 대접을 받는 갱의가 있었습니다.

애당초 자기야말로 폐하의 사랑을 독차지하고 있는 몸이라 거만을 떨던 여어들은 뜻하지 않은 사태에 부아가 치밀어 이 갱의를 멸시하고 또 질투하였습니다. 하물며 갱의와 비슷하거나 낮은 신분의 후궁들은 제 마음을 어떻게 가누어야 할지 몰랐습니다.

갱의는 폐하를 모시고 사는 나날 속에서, 그런 후궁들의 마음을 어지럽히고 질투에 사무친 원망을 듣는 일이 쌓이고 쌓인 탓인가 점차 몸이 쇠하고 병석에 눕는 일이 잦아, 초췌한 모습으로 사가로 나가 지내는 날이 많아졌습니다.

천황은 그런 갱의를 더더욱 어여삐 여기어 사랑은 날로 깊어만 갈 뿐, 주위 사람들의 수군거림 따위에는 전혀 아랑곳하지 않았습니다.

참으로 천황은 세간에 얘깃거리로 회자될 만큼 애틋하게 갱의를 대하였습니다.

그 도가 너무도 지나친지라 보다 못하여 눈길을 돌리는 상달부나 전상인도 있으니, 총애하는 모습이 눈이 부실 정도인 탓입니다.

"당나라에서도 이런 후궁 때문에 천하가 혼란에 빠져 상서롭지 못한 사건이 생겼는데."

이렇게 세간에서도 수군덕수군덕 풍문이 나돌기 시작하고, 당나라 현종의 지나친 총애 때문에 안녹산의 대란을 일으킨 양귀비의 예마저 거론되는지라, 갱의는 견딜 수 없을 만큼 괴로운 일이 많아졌습니다. 허나 다만 분에 넘치는 폐하의 깊디깊은 애정에 의지하여 한결같은 마음으로 폐하의 시중을 들었습니다.

갱의의 아버지 대납언은 이미 돌아가셨으나 어머니는 유서 깊은 집안에서 태어난데다 교양도 겸비한 사람인 터라, 자신의 딸 갱의가 양 부모가 다 있고 세간의 명성도 자자한 후궁들에게 무엇 하나라도 뒤지지 않도록 갖은 애를 썼습니다. 궁중에 의식이 있을 때는 갱의는 물론이요 거느리고 있는 궁녀들의 옷까지 호화롭게 지어올리고, 그밖의 일도 정성껏 처리하는 등 각별한 신경을 썼습니다. 그렇다고는 하나, 공식적인 행사가 있을 때에는 이렇다 할 뒷배가 없는 것이 아무래도 아쉬운지 불안하게만 보였습니다.

허나 전생에서도 두 사람의 인연이 어지간히 깊었던 것일까요. 갱의는 마침내 세상에 둘도 없이 아름다운 구슬 같은 남자아이까지 낳았습니다.

천황은 어린 황자를 한시라도 빨리 보고 싶은 마음에 미처 기다리지 못하고 서둘러 궁중으로 불러들이니, 황자는 뭐라 형용할 길 없으리만큼 아름답고 귀여운 모습이었습니다. 그러나 사람들은 권세 높은 우대신의 딸 고키덴 여어의 몸에서 태어난 제1황자가 이미 있는지라, 외척의 뒷배가 든든한 첫 황자가 장차 동궁이 될 것이라 믿어 허술히 대하지 않았습니다. 허나 이 어린 황자의 눈부신 아름다움에는 비할 바가 못 되었습니다.

천황은 겉으로야 제1황자를 소중히 다루었으나, 어린 황자를 내심 자신의 비장의 아이라 여기고 한없는 사랑을 쏟았습니다.

어머니인 갱의는 애당초 그저 보통 궁녀들처럼 폐하 곁에서 밤낮으로 분주하게 시중을 드는 가벼운 신분이 아니었습니다. 버젓한 신분의 몸으로 세상 사람들에게서 많은 존경을 받았고, 고귀한 분다운 품격도 갖추고 있었습니다. 그런데 폐하의 총애가 너무도 지나친 나머지 한시도 곁에서 떼어놓지 않을 뿐만 아니라, 재미있는 풍악놀이 때나 어떤 풍류스런 행사가 있을 때에는 누구보다 먼저 갱의를 불렀습니다.

때로는 두 분이서 아침 늦게까지 침소에서 함께 지내는가 하면, 그런 날에는 하루 종일 곁에 머무르게 하는 일도 있었습니다. 그렇게 낮이고 밤이고 눈을 뜨고 볼 수 없을 정도로 곁을 떠나지 못하는 터라 오히려 갱의답지 못하다고 업신여김을 받는 경우도 종종 있었습니다.

황자가 태어나고부터는 과연 천황도 갱의를 깍듯하게 대접하였습니다. 그래서 혹 어린 황자가 동궁으로 추대되는 것은 아닌가 하고 제1황자의 어머니는 의심하기 시작하였습니다. 제1황자의 어머니 고키덴 여어는 후궁 가운데 제일 먼저 입궁한데다 황자와 황녀도 많이 생산한 터라 천황도 이 부인의 의견만큼은 무시할 수 없어 늘 거북하고 성가신 존재라 생각하고 있었습니다.

오로지 폐하의 분에 넘치는 총애만을 의지 삼고 있는 갱의는, 사소한 일로도 깔보고 트집을 잡는 사람들이 많아 서글프기 짝이 없었습니다. 원래가 선병질에 허약하여 언제까지 살 수 있을지도 불안한데, 폐하의 과분한 총애가 오히려 해가 되어 온갖 마음고생이 끊일 날이 없었습니다.

갱의의 처소는 숙경사입니다. 숙경사는 폐하께서 늘 계시는 청량전에서 제일 멀리 떨어진 곳에 있습니다. 폐하께서 숙경사로 걸음하려면 많은 후궁들의 방을 그냥 지나쳐 가야 하는데, 그것도 쉴새없이 오락가락하는 터라, 무시당한 후궁들이 그 모습을 보고 원망하고 질투를 느끼는 것은 당연한 일이었지요.

또 갱의가 천황의 부름을 받아 청량전으로 갈 때에도 횟수가 너무나 빈번하다 싶으면, 후궁들은 갱의가 지나가는 복도와 건물과 건물을 잇는 건널복도 여기저기에 오물을 늘어놓는 등 못된 짓거리를 해놓아 갱의가 거느린 궁녀들의 옷자락이 참을 수 없을 정도로 더러워지는 예상치도 못할 해코지를 하였습니다.

또 때로는 반드시 지나가야 하는 복도의 문을 이쪽저쪽에서 꼭 닫고 밖에서 잠가버려, 갱의와 궁녀들이 안에 갇히는 수모를 겪는 일도 있었습니다.

이렇게 사사건건, 헤아릴 수 없을 만큼의 마음고생만 늘어나는 터라 갱의는 시름에 잠겨 마음의 병을 얻고 말았습니다. 천황은 그런 갱의의 모습을 보고는 더더욱 가엾게 여기는 마음과 사랑스러움이 깊어졌습니다. 그래서 끝내 그때까지 후량전을 거처로 삼고 있던 갱의 한 명을 다른 곳으로 옮기라 명하고, 갱의가 청량전에 부름을 받았을 때 그곳을 사용하도록 하였습니다. 쫓겨난 갱의의 처지에서 보면 얼마나 분하고 원통한 일이었을까요.

어린 황자가 세 살이 되던 해, 처음으로 바지를 입히는 의식을 치렀습니다. 앞서 행한 제1황자의 의식에 못지않도록 천황은 내장료와 납전의 문을 열고 진귀한 물건들을 풀어 아낌없이 성대하게 의식을 치렀습니다.

그 일에 대해서도 이러쿵저러쿵 비난이 끊이질 않았으나, 어린 황자가 성장하면서 용모나 그 자태와 성품이 더할 나위 없이 훌륭하여 그악스럽던 후궁들도 어린 황자를 미워하지는 못하였습니다.

하물며 정리를 아는 사람들은, 이렇듯 뛰어난 분이 이 세상에 있을 수 있을까 하고 망연히 바라볼 뿐이었습니다.

그해 여름, 마음의 병이 깊어진 갱의가 폐하께 사가로 나가 요양을 하고 싶다고 청하였으나 폐하께서는 허락하지 않았습니다.

지난 몇 년 동안 갱의가 몸져눕는 일이 잦았으므로 천황은 이미 익숙해져 이렇게 말할 뿐이었습니다.

"잠시 용태를 두고 보십시다."

그러는 사이 상태는 날로 악화되어 갱의는 불과 며칠 사이에 눈에 띄게 쇠약해져 중태에 빠지고 말았습니다. 갱의의 어머니가 울음으로 폐하께 하소연하여 간신히 사가로 나갈 수 있도록 허락을 받았습니다.

이때도 행여 퇴궁을 하는 행렬이 흉측한 일을 당하거나 수모를 당하는 일이 있으면 어쩌나 하는 노파심에 갱의는 어린 황자를 궁중에 남겨둔 채 혼자 몸으로 은밀히 궁중을 빠져나갔습니다.

만류하고 싶어도 궁중의 법도에는 한계가 있습니다. 더 이상 막을 길도 없고 천황이라는 신분 때문에 배웅조차 마음대로 할 수 없으니 폐하의 심경은 뭐라 말할 수 없이 답답하고 괴로웠습니다.

갱의는 원래 용모는 가련하여도 피부에는 윤기가 흐르는 아름다운 분이었는데 지금은 홀쭉하게 야위고 초췌한 모습입니다. 마음은 폐하와의 이별을 견딜 수 없이 슬퍼하면서도 말할 기력도 없어, 금방이라도 목숨이 꺼져버릴 듯한 지경이었습니다. 그 모습을 보니, 폐하께서는 앞뒤 분별없이 눈물로 이런저런 약속을 하는데, 갱의는 그에 대답조차 할 수 없었습니다. 맥없는 눈길에는 한없는 슬픔만 담겨 있을 뿐, 의식이 있는지 없는지도 불분명하니, 여느 때보다 한층 가냘픈 모습으로 그저 누워 있을 뿐이었습니다. 천황은 비통한 마음에 어쩔 줄을 몰라 그저 망연히 바라만 볼 따름이었습니다.

갱의를 위해 특별히 손수레의 사용을 허락한다는 선지를 전하고도 갱의의 방으로 돌아가 갱의의 손을 잡고 놓지 못하였습니다.

"죽음의 길까지 같이하자고 그토록 굳은 약속을 하였건만, 설마 나를 혼자 내버려두고 가지는 못하시겠지요."

이렇게 울며 매달리는 폐하의 모습에 갱의 또한 마음이 아프고 애틋하여 숨이 끊어질 듯 끊어질 듯 겨우 이렇게 말하였습니다.

　　이제는 이 세상의 끝
　　당신과 헤어져 홀로 가는
　　죽음의 길의 쓸쓸함이여
　　오래도록 이 목숨 다할 때까지
　　살고 싶었건만

"이렇게 될 줄 진작 알았더라면."

그리고는 다시 무슨 말인가 하고 싶은 듯하였으나 갱의는 힘겨움에 말을 잇지 못하였습니다.

천황은 끝내 분별력을 잃고, 나중 일이야 어떻게 되든 차라리 이대로 곁에 두고 마지막까지 지켜보고 싶은 마음이 들었습니다. 그러나 옆에서 이렇게 채근하는 것이었습니다.

"실은 오늘부터 시작하기로 한 기도의 준비가 다 갖추어져, 신통력이 있다는 스님들이 벌써 사가에서 기다리고 있사옵니다. 기도는 오늘 밤부터이오니."

이에 천황은 가누지 못하는 마음으로 어쩔 수 없이 퇴궁을 허락하였습니다.

천황은 그날 밤, 외로움과 불안함에 가슴이 먹먹하여 한시도 눈을 붙이지 못하고 밤을 꼬박 새웠습니다.

갱의의 사가로 보낸 칙사가 아직 돌아올 시각도 아닌데, 마음이 쓰여 견딜 수가 없다고 몇 번이나 말씀하셨습니다.

갱의의 사가에 도착한 칙사는 사람들이 울며 슬퍼하는 소리를 들었습니다.

"한밤이 지나 끝내 돌아가셨습니다."

이 말을 들은 칙사는 낙담하여 궁중으로 돌아왔습니다.

천황은 그 소식을 전해 듣고는 비탄에 겨운 나머지 망연자실하여 방에 은둔하고 말았습니다.

그런 와중에도 어린 황자를 곁에 두고 얼굴이나마 보고 싶다고 생각하나, 어머니의 상중에 황자가 궁중에 있는 것은 전례가 없는 일이라 어쩔 수 없이 어린 황자를 사가로 내보냈습니다.

어린 황자는 아직 철이 없어 무슨 일이 벌어졌는지도 모르고, 울부짖는 궁녀들과 하염없이 눈물만 흘리는 폐하를 이상한 눈으로 바라보았습니다. 평범한 부모 자식 간의 이별이라도 슬프디슬픈 법인데, 하물며 어머니와 사별한 것을 미처 알지 못하는 어린 황자의 가엾음은 이루 말할 수가 없었습니다.

아무리 아쉽고 미련이 남아도, 이런 때의 법도에는 한도가 있는지라 갱의의 주검은 예법대로 화장을 하게 되었습니다.

갱의의 어머니는 쓰러져 울다가, 딸과 함께 연기가 되어 하늘로 사라지고 싶다며 화장터로 가는 시녀들의 수레에 매달리듯 올라탔습니다. 오타기의 화장터에서 한참 엄숙하게 장례 의식이 거행될 때에야 겨우 도착한 어미의 마음속이 과연 어떠하였을까요.

"허망한 주검을 이 두 눈으로 보았으면서도 아직도 살아 있는 듯 여겨지는 이 마음 얼마나 괴로운지, 차라리 재가 되는 것을 확인하여 정말이지 이제는 죽었다고, 그렇게 생각해야겠지요."

이렇게 말은 현명하게 하나, 가는 도중 수레에서 굴러 떨어질 뻔할 정도로 울며 몸부림치는 어머니의 모습에, 시녀들은 이럴 줄 알았다면서 어떻게 달래야 좋을지 난감해하였습니다.

궁중에서 칙사가 나왔습니다. 죽은 갱의에게 3위의 품계를 내린다는 선명을 읽어 내리자 슬픔이 한결 더하였습니다. 그녀가 살아 있을 때, 여어라 불러주지 못했던 것을 못내 아쉽고 분하게 생각한 천황이 한 단계나마 지위를 올려주고자 내린 선명이었습니다. 허나 이 일로 갱의를 새삼 미워하는 후궁들이 많았습니다.

그런 가운데에서도 과연 세상의 도리를 아는 사람들은, 고인의 아리따운 용모와 온화하고 모나지 않았던 성품을 미워할 수는 없다고 새삼스럽게 생각하였습니다.

천황 곁에서 시중을 드는 궁녀들도, 눈에 거슬릴 정도로 지극한 폐하의 사랑 탓에 몹쓸 짓을 하기도 하고 질투도 많이 하였으나 정이 많았던 갱의의 인품을 떠올리며 그리워하였습니다. '죽은 후에야 그 사람이 이리도 그리워지누나'란 옛 시는 이런 때에 딱 어울리는 것이라 생각됩니다.

슬픈 나날 속에서도 시간은 흘렀습니다. 이레 간격으로 열리는 법회 때마다 천황은 갱의의 사가에 정중하게 조문 칙사를 보냈습니다.

그렇게 세월은 흘렀으나, 천황은 날이 갈수록 견딜 수 없이 허전하고 슬픈 마음이 더하여 밤이 되어도 후궁들의 처소에 발길을 하지 않으니, 오직 눈물에 젖어 날을 지새웠습니다. 폐하께서 슬퍼하는 모습을 보고 배알하는 사람들까지 눈물에 소맷자락을 적셨습니다. 그런 가운데 어느 틈엔가 이슬이 촉촉이 내리는 가을을 맞았습니다.

"죽은 뒤에도 사람의 마음을 어지럽히는 그 얄미운 여인네, 게다가 여전히 변함없는 폐하의 속절없음이란."

고키덴 여어는 지금도 여전히 혹독한 험담을 하고 있습니다.

천황은 제1황자를 보면서도 갱의의 어린 황자가 한없이 그리워, 속내를 아는 궁녀나 유모를 갱의의 사가로 보내어 어린 황자의 근황을 알아오라 명하곤 합니다.

태풍 같은 거센 바람이 휘몰아친 후 갑자기 날씨가 쌀쌀해진 저녁, 앞서 간 갱의와 어린 황자의 모습이 여느 때보다 더 눈앞에 어른거리는 천황은 채부 명부란 궁녀를 갱의의 사가로 보냈습니다.

저녁달의 맑은 빛이 아름답게 비치는 시각에 명부에게 심부름을 명한 천황은 그대로 깊은 생각에 잠겼습니다.

"이렇게 아름다운 달밤에는 관현 연회를 열어 즐겼건만. 그때 그 사람이 퉁기는 칠현금 소리는 유난히 아름답고, 살며시 흥얼거리는 노랫소리도 다른 사람들하고는 어딘가 다르게 내 마음을 울렸건만."

그런 때의 갱의의 표정과 몸짓이 떠오르니, 지금도 살아 있을 때 모습 그대로인 환영으로 다정하게 자신의 몸에 기대어 있는 것만 같습니다. 허나 역시 그 환상은 '어둠 속에서 은밀히 만나는 것은 꿈속에서 확실히 본 것만 못하다'는 옛 노래와는 반대로, 어둠 속에서 이 손으로 어루만진 살아 있던 시절의 그 사람에게는 도저히 못 미쳤습니다.

명부가 갱의의 사가에 도착하여 수레를 문 안으로 들이자, 뭐라 형용할 길 없이 쓸쓸하고 슬픈 기운이 사방 가득 떠다니고 있는 듯 느껴졌습니다.

갱의의 어머니는 남편을 앞세운 적적한 생활 속에서도 의기분발하여 갱의를 소중하게 지켰고, 남에게 흠집이라도 잡힐세라 집 안팎을 깨끗이 손질하면서 절도 있게 살아왔습니다. 그런데 갱의마저 앞세우고는 슬픔과 시름에 겨운 나머지 손질하지 않은 뜰에는 잡초가 무성하게 자랄 대로 자라 있었습니다. 태풍이 훑고 지나간 뒤라 더욱이 잡초는 쓰러지고 뜰은 무참할 정도로 황폐해져 있었습니다. 달빛만이 무성하게 자란 잡초에 가리지 않고 사방을 휘황하게 비추고 있었습니다.

"지금까지 살아남아 있는 것조차 못내 괴로운데, 황공하게도 황폐한 쑥밭의 이슬을 헤치고 이렇게 찾아와주시니, 부끄러워 몸둘 바를 모르겠습니다."

이렇게 말하면서 갱의의 어머니는 서럽게 울었습니다.

"이곳을 찾아보니 애처롭고 딱하고, 혼마저 꺼져 들어갈 듯하더라고 앞서 찾아온 전시가 폐하께 아뢰었습니다만, 정말이지 저처럼 정취를 모르는 사람도 딱하고 애처로워 견딜 수 없는 심정입니다."

명부는 이렇게 말하고 잠시 마음을 가다듬은 후, 폐하의 말씀을 어머니에게 전하였습니다.

"그로부터 한동안은 갱의의 죽음이 꿈만 같아, 그저 꿈속을 헤매고 있는 듯한 망연한 심정이었거늘, 이제 마음이 좀 가라앉자 오히려 깰 일 없는 현실이라는 것을 알게 되었으나, 참을 수 없는 슬픔을 어찌하면 달랠 수 있을지 이야기할 상대조차 없도다. 그대하고나마 이야기를 나누고 싶으니, 은밀히 궁중으로 들어올 수 없겠는지. 어린 황자가 마음에 걸리고, 어떻게 지내고 있는지 걱정스럽고 가여워 견딜 수 없으니 눈물이 마를 날이 없도다. 한시바삐 궁으로 들어와주시오.'

폐하께서는 말씀을 끝까지 맺지 못하시고 눈물을 보이셨습니다. 한편으로는 사람들에게 마음 약하게 보여서는 안 될 것이라 조심하시는 듯도 하였습니다. 그 모습이 너무도 안타까워, 말씀도 채 듣지 못하고 이렇게 서둘러 왔습니다."

"눈물이 앞을 가려 보이지도 않으나, 폐하의 황감한 말씀을 빛 삼아 읽어보도록 하겠습니다."

그렇게 말하고 갱의의 어머니는 폐하의 글월을 읽어 내렸습니다.

"세월이 흐르면 슬픔도 다소는 엷어지지 않을까 하여 그날이 오기만을 기다리며 살아가고 있으나, 세월이 흐르면 흐를수록 한층 슬픔을 견딜 수 없으니. 어린 황자가 어찌 지내고 있는지 마음에 걸리면서도 그대와 함께 키울 수 없는 것이 걱정이로다. 나를 죽은 사람의 유품이라 여기고 궁중으로 찾아와주시오."

이렇게 세심하게 씌어 있었습니다.

내게 눈물을 뿌리게 하고
오늘도 휘몰아치는 바람 소리여
그 바람의 슬픈 울음소리에
애처로운 그대 모습 그리워지니
궁중 뜰 작은 싸리 같은 그대의 모습이

마지막에는 이런 노래가 곁들여 있었으나, 슬픔에 겨운 어머니는 끝까지 읽을 수가 없었습니다.

"제 목숨이 다하지 못하는 것이 괴롭고 괴로운 일이라는 것을 알게 되면서, '다카사고에 있는 천고의 노송'처럼 아직 살아있느냐 여길까 부끄러우니, 새삼스레 궁중 출입을 한다는 것은 염치도 없거니와 삼가 조심스러운 일도 많을 터이지요. 폐하께 이렇듯 번번이 황감한 말씀을 들으면서도 이 몸, 폐하를 배알할 결심은 서지 않습니다.

황자는 어느 정도 알고 있는지, 하루라도 빨리 궁중으로 돌아가고 싶어 안달을 하는 모습인데, 그 또한 지당한 일이라 여기면서도 황자와 헤어지는 것을 슬퍼하는 듯하다고, 이런 제 마음을 아무쪼록 잘 아뢰어주세요. 저는 남편과 딸을 앞세운 상서롭지 못한 몸이니, 이런 제 곁에 황자가 있는 것도 불길하고 황송한 일이라 여겨집니다."

어머니는 이렇게 말하였습니다. 어린 황자는 잠자리에 든 지 오래였습니다.

"황자의 얼굴이라도 잠시 뵈옵고 근황을 듣고 싶으나, 폐하께서 기다리고 계시온지라, 밤이 더 깊어지기 전에 그만 돌아가야겠습니다."

명부는 그렇게 말하고 서둘러 일어나려 하였습니다.

"죽은 아이 때문에 마음이 어지럽고, 어찌해야 좋을지 모르는 어두운 어미의 마음을, 견딜 수 없이 괴로운 이 마음의 한 자락이나마 들어주었으면 싶고, 가슴이 후련해지도록 이야기를 나누고 싶으니, 공식적인 심부름이 아니더라도 은밀히 찾아주세요. 지난 몇 년 동안은 기쁘고 영광스러운 일로 찾아주셨는데, 이렇듯 가슴 아픈 말씀을 전하러 오시는 명부님을 뵙게 되다니, 거듭거듭 한스럽습니다. 이 모든 것이 제가 오래 살아 있는 탓입니다.

죽은 아이는, 태어날 때부터 우리가 큰 기대를 걸었던 딸이었던지라, 망부인 대납언은 죽음에 임박해서도 간곡한 유언을 남겼습니다.

'이 아이를 궁중으로 들이려 한 내 뜻을 반드시 이루어주시오. 내가 죽었다고 하여 속절없이 그 뜻을 꺾어서는 아니 되오.'

이렇다 할 후견인도 없으면서 궁중으로 들어가니 차라리 들어가지 않는 편이 낫다는 것을 잘 알면서도, 오직 망부의 유언을 지키려고 마지못해 폐하께 드렸습니다.

그런데 폐하의 분에 넘치는 총애를 받아, 무슨 일에든 넘치도록 과분한 사랑을 보여주신 황공함에, 다른 후궁들에게서 차마

사람이라 여겨지지 않을 만큼 몹쓸 짓을 당하는 수모를 견디면서도 그럭저럭 폐하를 모셔왔습니다. 그러다 보니 다른 후궁들의 질투가 점차 심해지면서 마음고생도 커져, 끝내는 횡사나 다름없는 꼴로 숨을 거두었습니다.

지금 와서는 황감해야 할 폐하의 총애가 오히려 원망스러운 심경이니, 이 또한 슬픔에 이성을 잃은 어리석은 어미의 불평이라 해야 할까요."

"폐하께서도,

'사람들이 눈살을 찌푸리고 경악하리만큼 한결같은 마음으로 그 사람을 깊이 사랑한 것은, 어차피 오래 같이하지 못할 짧은 인연이었기에 그러했던 것 같구나. 지금 와서는 불행한 운명이었다고 생각되니 서글프기만 하도다. 지금까지 나는 사람들에게 크나 작으나 상처는 주지 않았노라 자신하였는데, 오직 한 사람을 위하여 뜻하지 않은 많은 사람들에게서 사지 않아도 좋을 원한을 산 끝에 이렇듯 홀로 남아 슬픔을 가누지 못하니, 이전보다 더욱 볼품없고 어리석은 자가 되고 말았구나. 전생에 대체 어떤 인연으로 그 사람과 맺어져 있었는지 알고 싶구나.'

몇 번이나 눈물로 이렇게 말씀하셨습니다."

폐하의 근황을 알리는 명부의 이야기 또한 끝이 없었습니다. 마침내 명부는 눈물을 훔치며 서둘러 돌아가려 하였습니다.

"밤도 많이 깊었으니, 날이 밝기 전에 돌아가 폐하께 아뢰도록 해야겠습니다."

달은 서쪽 산자락으로 기울고 하늘은 청명하고 바람은 어느
새 서늘해지고, 풀벌레 소리는 눈물을 자아내듯 구슬픈 뜰의 풍
광에 좀처럼 발길을 떼기가 어려웠습니다.

있는 목소리를 다하여 우는
애처로운 방울벌레처럼
긴 가을밤을 울며 지새는
내 눈물 지치지도 않고
하염없이 흘러내리니

그런 시를 읊고도 명부는 수레에 오르지 못하였습니다.

황량한 집 무성한 풀
풀벌레 우는 소리 요란한데
사람마저 우니
찾아오신 궁중 사람의
애틋한 말 마디마디에
눈물만 방울방울 흐르고 흘러

"못내, 이런 불평까지 말씀드리고 싶어져."
갱의의 어머니는 이렇게 노래하고 심경을 토로하였습니다.
격식 차린 선물 따위를 할 계제가 아니어서 어머니는 그저 고

인의 유품 삼아, 이런 때에 도움이 될까 하여 남겨둔 옷 한 벌과 올린 머리를 할 때의 빗과 비녀, 떨잠을 추려서 명부에게 건넸습니다.

갱의를 모셨던 젊은 궁녀들은 갱의의 죽음을 슬퍼하는 것은 물론이요, 지금까지 궁중에서 아침저녁으로 갱의와 함께한 생활에 길들어 있었기에 허전하여 어쩔 줄을 몰랐습니다. 슬퍼하는 폐하의 모습을 보아서라도 어린 황자와 하루빨리 입궁하라고 어머니에게 권유하였으나, 갱의의 어머니는 망설였습니다.

"나처럼 늙고 불길한 몸이 황자를 모시고 가다니 세상 사람들의 평판에도 흠이 되겠지요. 그렇다고 황자를 잠시라도 뵙지 못하는 것 또한 걱정스러운 일입니다."

어머니는 이렇게 말하니, 과감하게 황자를 데리고 입궁할 수도 없었습니다.

궁중으로 돌아온 명부는 아직도 폐하께서 잠자리에 들지 못하고 있는 것을 안타깝게 여겼습니다.

천황은 눈치 빠르고 조심성 있는 궁녀 네댓만 거느리고, 중정 뜰에 흐드러지게 피어 있는 가을 들꽃을 바라보며 숙연하게 이야기를 나누고 있었습니다.

요즘 들어 천황은 낮이나 밤이나 우다 상황이 그리라 명한 「장한가」 그림을 바라보는 일이 잦습니다. 「장한가」는 당나라 현종과 양귀비의 비련을 소재로 한 시로, 그 뒷그림에 곁들인 이세와 기노 쓰라유키의 일본 옛 시와 한시 가운데에서도, 사랑하는 사람과 죽음으로 이별한 슬픔을 노래한 것만을 읊조리며, 그런 이야기만을 늘 화제로 삼았습니다.

천황은 명부에게 갱의의 사가 근황을 자세하게 물었습니다. 명부는 모든 것이 슬프기 그지없었다고 절절한 마음으로 폐하께 아뢰었습니다. 갱의의 어머니가 보낸 글월을 보니 이러하였습니다.

"분에 넘치는 글월, 황송하여 둘 자리조차 없사옵니다. 이렇듯 감읍한 말씀에도 여전히 죽은 사람이 살아 있다면 하고 간절하게 바라니, 마음은 어둡고 가슴이 혼란스러울 뿐이옵니다."

　매섭게 휘몰아치는 바람을 피하도록
　늘 작은 싸리를 지켜주었던 그 나무
　그 나무가 시들어 메마른 날부터
　작은 싸리는 어찌 되었을까
　걱정스러워 견딜 수가 없으니

천황을 무시하는 듯한 이런 시도 곁들여 있었으나, 천황은 갱의의 어머니가 슬픔에 겨운 나머지 마음이 어지러운 때이니 무리도 아니라며 너그러이 용서해주시겠지요.

"이리도 흐트러진 꼴은 보이고 싶지 않으니."

천황 자신도 마음을 차분히 가라앉히려 하였으나, 도저히 참을 수가 없었습니다. 처음 갱의를 만난 날의 기억까지 다 그러

모아 한없는 회고에 잠기니, 생전에는 한순간도 보지 않고는 견딜 수가 없었는데, 죽어 이별한 세월을 이렇듯 용케도 견디고 있다면서 어처구니없어하였습니다.

"죽은 대납언의 유언을 받들어 그 뜻을 굽히지 않은 고마움을 언젠가는 갱의에서 여어나 중궁으로 삼아 보상하고 싶었거늘, 그 또한 지금은 헛된 생각이 되고 말았구나."

폐하께서는 이렇게 말씀하며, 갱의의 어머니를 한층 가엾게 여겼습니다.

"허나 아무튼, 세월이 흘러 황자가 성장하면 황자에게도 그에 상응하는 기쁜 일이 있을 터이니, 아무쪼록 오래 살아 있으라 당부하는 도리밖에."

이런 말씀도 하였습니다.

명부는 갱의의 어머니가 추려준 선물을 폐하께 바쳤습니다.

천황은 이것이 죽은 양귀비가 저세상 어디에서 살고 있는지를 찾아낸 환술사가 양귀비의 부탁으로 현종에게 갖다 바친 유품 같은 비녀였다면, 하고 생각하였지만 그 또한 부질없는 일이었습니다.

저세상까지 찾아가
양귀비를 찾아냈다는 환술사여
내 앞에도 나타나주었으면 싶구나
그 사람의 혼백이 어디에 있는지를 찾아내

있는 곳을 알려주면 좋으련만

아무리 솜씨가 뛰어난 화가라 하더라도 필력에는 한계가 있
는 법이니 그림으로는 도저히 살아 있는 양귀비의 아리따운 몸
까지 그려낼 수야 없겠지요.

「장한가」에서 태액지의 부용과 미앙궁의 버들가지와 실로 흡
사하였다고 읊어지는 양귀비의 자태는 당나라풍 옷으로 화려하
게 치장하여 사뭇 아리따웠을 터이나, 갱의의 온화한 성품과 가
녀렸던 생전의 모습은 꽃의 색깔이나 우짖는 새소리로도 형용
할 수 없을 정도였습니다.

아침저녁으로 두 사람은 이렇게 사랑의 맹세를 하였습니다.

"하늘에서는 비익조, 땅에서는 연리지가 됩시다."

이렇듯 「장한가」의 시구를 굳은 사랑의 약속으로 삼았는데,
그것도 이루지 못하고 허망하게 간 갱의의 박명함이 한없이 원
망스러웠습니다.

천황은 바람 소리, 벌레 소리만 들어도 이 세상 모든 것이 슬
프게만 여겨지는데, 고키덴 여어는 폐하의 부름이 없는 탓도 있
으나 자진하여 청량전에 드는 일도 없이, 아름다운 달빛을 감상
하면서 밤늦게까지 풍악놀이에 여념이 없었습니다.

천황은 들려오는 그 떠들썩한 악기 소리를 탐탁지 않게 여겼
습니다.

"참으로 성정이 각박한 사람이로다, 불쾌하기 짝이 없구나."

이 무렵 폐하를 측근에서 모시는 전상인과 궁녀들도 조마조마한 마음으로 그 소리를 들었습니다. 애당초 여어는 고집이 몹시 센데다 성품도 까탈스러우니, 폐하의 상심 따위 싹 무시하고 그처럼 처신하는 것이겠지요.

마침내 달도 기울고 말았습니다.

구름 위라 일컬어지는
이 궁중에서도
내 눈물에 지워져 기우는 달이여
하물며 그 잡풀 무성한 집에서
어찌 청명하게 떠오를 수 있으리

천황은 갱의의 사가를 생각하면서, 「장한가」의 현종이 "가을의 등불 심지 돋우고 아직도 잠 못 이루니"라고 노래하였듯이, 등불의 심지를 바짝 올리고 그 심지가 다 타들어간 깊은 밤이 되도록 잠을 이루지 못하였습니다. 우근위부의 사관이 숙직인의 이름을 부르는 소리가 들리는 것을 보니 벌써 한밤의 한 시경이 된 모양이었습니다.

천황은 사람들의 눈길이 조심스러워 침소에 들기는 하였으나 얕은 잠조차 청할 수가 없었습니다.

아침에 잠에서 깨어나서도, 갱의가 살아 있을 때 잠자리를 같이하며 날이 어느새 밝았는지도 모르게 지내다 아침 정무를 게을리하였던 일이 사무치게 그리웠습니다. 갱의와 사랑을 나누었던 옛 나날들이 그리워 천황은 지금도 역시 아침 정무를 게을리하곤 하였습니다.

간소한 아침 수라에도 그저 형식상 수저만 갖다 댈 뿐이고 청량전에서 드는 정식 수라상은 손을 대기는커녕 거들떠보지도 않는지라, 수라를 시중드는 모든 사람들은 폐하의 상심하는 모습을 안타까워하고 한탄하였습니다. 폐하의 측근에서 시중을 드는 사람들 또한 남자든 여자든 수런거리며 근심스러워하였습니다.

"정말이지 큰일입니다."

"틀림없이 전생에서부터 이렇게 될 것이란 약속이 있었던 게지요. 폐하께서는 갱의 때문에 많은 사람들에게서 원망을 사고 비난받기도 하셨으나 이에 전혀 아랑곳하지 않으시고 갱의에 관한 일이라면 세상의 도리조차 물리치셨는데, 갱의가 돌아가시고 없는 지금도 이렇듯 세상일을 모두 버린 듯하시오니, 정말이지 큰일입니다."

다른 나라 조정의 예까지 들어가며 사람들은 수군덕수군덕 탄식하였습니다.

세월이 흘러 황자가 궁중으로 들어오게 되었습니다.

이 세상 사람이라 여겨지지 않을 만큼 이전보다 한층 아름답게 성장하였는지라, 천황은 그 아름다움 탓에 행여 일찍 죽지나 않을까 불안하기까지 하였습니다.

이듬해 봄, 동궁을 결정할 때에도 천황은 내심 어떻게든 이 황자로 하여금 제1황자를 앞지르게 하여 동궁으로 세우고 싶었으나 황자에게는 후견인도 없고 그처럼 순서를 어지럽히는 일을 세상이 수긍할 리 없으니, 오히려 황자를 위해서는 좋지 않은 일이라 여기고 본심은 내색도 하지 않았습니다.

"그렇듯 귀히 여기시나, 세상일에는 한계가 있는 법이니 그렇게까지는 못하시는 것이겠지요."

세상 사람들이 그렇게 말들을 하니, 고키덴 여어도 그제야 비로소 안심하였습니다.

황자의 할머니는 그 일에도 낙담이 이만저만이 아니라, 뭐라 위로할 말이 없을 정도로 수심만 가득하여 계속 신불께 빌었습니다.

"지금은 하루라도 빨리 죽은 딸이 있는 곳을 찾아, 그곳으로 가버리고 싶구나."

이렇게 바란 탓인지 끝내 돌아가시고 말았습니다.

천황은 또 이 일을 슬퍼함이 한없을 정도였습니다.

황자가 여섯 살이 된 해의 일이었으니, 황자도 이번에는 할머니의 죽음을 충분히 알아 서러워하며 눈물을 흘렸습니다. 할머니는 지금까지 긴 세월 황자를 애지중지 키운 정이 깊었던지라, 홀로 남겨두고 이 세상을 떠나는 슬픔을 거듭거듭 말하고 세상을 떠났습니다.

황자는 그때부터 내내 궁중에서만 지냈습니다. 일곱 살이 되어서는 글읽기를 처음 시작하는 의식을 치렀는데, 그 예를 찾을 수 없을 만큼 총명하여 오히려 천황은 앞일이 걱정스러웠습니다.

"지금이야 아무도 이 아이를 미워할 수 없을 터이니, 어미의 죽음으로 모든 것을 너그러이 용서하고 어여삐 여겨주시오."

그러고는 홍휘전에 납실 때에도 데리고 가 발 안까지 동행하였습니다. 설사 거칠고 험악한 무사나 원수라 한들, 황자를 보면 자기도 모르게 미소를 짓지 않을 수 없을 만큼 귀여운지라, 고키덴 여어도 냉담하게 떠밀어내지는 못하였습니다. 이 여어에게도 황녀가 둘이나 있으나, 도저히 황자에게는 비할 바가 못 되었습니다.

다른 여어나 갱의들도, 황자가 아직 어린 터라 마음을 놓아 얼굴을 가리지는 않았습니다. 그러나 황자는 어린 나이에도 불구하고 벌써부터 촉촉하게 윤기가 흐르고 상대방이 주눅이 들 만큼 기품이 있는지라, 모두들 흉금을 털어놓고 놀 수 있는 놀이 상대로 호의를 품었습니다.

정규 학문인 한학은 말할 것도 없고 칠현금과 피리 연습을 할 때에도 황자는 높은 하늘까지 울려 퍼지는 절묘한 소리를 내어 궁중 사람들을 경탄하게 하였습니다.

이렇게 황자의 이야기를 늘어놓다 보면 너무도 엄청나, 말하기가 싫어질 정도입니다.

그 무렵, 천황은 조정을 방문한 발해 사람 가운데 관상을 잘 보는 용한 관상가가 있다는 소문을 들었습니다. 궁중에 관상가를 들이는 일은 우다 상황의 유언으로 엄격하게 금지되어 있었으니, 천황은 황자를 비밀리에 그들이 묵고 있는 숙사인 홍로관으로 보냈습니다. 지금은 황자의 후견인이 된 우대변이 자기 아들인 양 황자를 꾸며 데리고 나간 것입니다.

　관상가는 황자를 보자마자 놀라움을 금치 못하고 몇 번이나 고개를 갸웃거리며 이상히 여기고는 이렇게 말하였습니다.

　"이 아이는 장차, 나라의 주인이 되어 제왕이라는 가장 높은 자리에 오를 관상입니다. 헌데 제왕이 될 상으로 점을 쳐보니, 나라가 혼란스럽고 백성들이 고통받는 일이 생길 듯싶습니다. 그렇다 하여 나라의 기둥이 되어 제왕을 보좌할 상인가 하면 그렇지도 않은 듯합니다."

　우대변도 학문이 높고 탁월한 학사인지라, 둘이서 주고받은 대화의 내용은 참으로 흥미로운 것이었습니다. 한시 같은 것도 지어 서로 주고받으며 관상가는 석별의 심경을 시로 읊었습니다.

　"오늘내일 제 나라로 돌아가려는 이때에, 이렇듯 희귀한 상을 지닌 분을 만난 기쁨이 도리어 헤어짐의 슬픔을 일깨우게 될 것 같습니다."

　황자가 곧장 정취 가득한 시를 지어 그에 화답하자, 관상가는 더할 나위 없는 칭찬을 한 뒤에 갖가지 진귀한 물건들을 헌상하였습니다.

조정에서도 관상가에게 갖가지 물건들을 하사하였습니다. 실은 천황은 이 일에 대해 일절 함구하였으나, 절로 세상으로 퍼져나가니 동궁의 할아버지인 우대신은 억측을 하고 의심하였습니다.

"대체 어쩔 작정으로 관상 따위를 보게 하셨다는 말인가."

천황은 깊고도 고귀한 사려로 이미 이 나라의 관상가에게 황자의 상을 점치게 하였던 터라, 생각하는 바가 있어 지금까지 황자를 친왕으로 삼지도 않았습니다. 천황은 발해의 관상가를 실로 탁월한 사람이라고 생각하였습니다.

천황은 황자로 하여금 품계도 없는 친왕의 신분에다 외척의 뒷배도 없는 불안정한 상태로 지내게 하고 싶지 않았습니다. 자신의 치세가 언제까지 계속될지 가늠조차 하기 어려우니, 차라리 황자를 신하로 삼아 조정일을 보좌하는 임무를 맡기는 편이 장차 안심이 될 것이라 판단하여, 황자에게 다양한 학문을 습득하도록 하였습니다.

황자는 어떤 일에든 빼어나고 총명하여 신하로 삼기에는 실로 아까웠습니다. 하지만 황자가 친왕이 되면 즉위 등등의 일로 다시금 의심을 받을 것이 틀림없으리라 여긴 천황은 숙요도의 달인에게도 판단을 구하였는데 역시 비슷한 대답을 하는지라, 황자를 신적(臣籍)에 올리고 미나모토(源) 즉 겐이란 성을 내리기로 결심하였습니다.

세월은 하루도 쉬지 않고 흘렀으나 천황은 기리쓰보 갱의를 한시도 잊지 못하였습니다. 다소나마 외로움을 달랠 수 있을까 하여 새로운 여인들을 불러들여보기도 하였으나, 천황은 더더욱 수심에 찰 뿐이었습니다.

"이 세상에 죽은 그 사람에 견줄 만한 사람이 이다지도 없다는 말인가."

그런 때에 돌아가신 선황의 넷째 황녀로 용모가 출중하다고 평판이 자자한 여인이 있었는데, 모후가 더할 나위 없이 소중하게 지키고 있다는 것이었습니다.

현 폐하를 모시는 전시는 선황 대에도 전시로 지냈던 터라 모후전에도 허물없이 드나들어 황녀가 어렸을 적부터 보아왔습니다. 지금도 무슨 일로 들렀다가 그 모습을 어렴풋이 본 일이 간혹 있었습니다.

"소인은 삼 대에 걸쳐 천황 폐하를 모셔왔으나, 돌아가신 분의 자태와 비슷한 분을 지금까지 미처 보지 못하였나이다. 하오나 모후의 황녀야말로 그분을 꼭 빼닮으셨으니, 마치 쌍둥이 같은 모습으로 성장하였나이다. 세상에 둘도 없을 정도로 아름다우신 분이옵니다."

이렇게 말씀을 드리는지라 천황은 정말일까 하고 마음이 이끌려, 모후에게 예를 다하여 황녀의 입궁을 요청하였습니다.

"이거 큰일이로구나. 고키덴 여어가 몹시도 심술궂어 기리쓰보 갱의가 대놓고 무시와 수모를 당한 바람에 그렇듯 무참한 최

후를 맞았다는 상서롭지 못한 전례가 있거늘."

모후는 지레 겁을 먹고 단호한 결정을 내리지 못하고 있는 사이에 그만 병이 들어 숨을 거두고 말았습니다.

지금은 홀로 남은 황녀가 외로이 살고 있는데 천황은 또다시 정중하고도 자애롭게 입궁을 요청하였습니다.

"입궁을 하면 내 황녀들과 동렬로 대접하고, 아비 된 마음으로 보살필 것이니."

황녀의 시중을 드는 시녀들이나 후견인들, 오빠인 병부경은 이렇게 생각하였습니다.

'이리 허전하고 쓸쓸하게 지내는 것보다는, 차라리 입궁을 하는 편이 마음도 편할 것이다.'

그리하여 황녀를 궁중으로 들여보냈습니다.

이분이 바로 후지쓰보 여어입니다. 과연 얼굴 생김새며 자태가 하나에서 열까지 신기할 정도로 죽은 기리쓰보 갱의를 쏙 빼닮았습니다. 후지쓰보는 신분도 한층 높은지라 나무랄 데가 없으니, 다른 후궁들도 그렇게 여겨서인가 폄하하지 못하였습니다. 후지쓰보는 아무 거리낌 없이 자유롭게 처신하였고, 그리하여 불편한 일은 아무것도 없었습니다.

후궁들은 하나같이 죽은 기리쓰보 갱의를 인정하려 하지 않고 미워하였는데, 오히려 폐하의 총애는 도가 지나쳤습니다. 헌데 폐하께서 죽은 갱의를 잊지는 않았어도 어느 틈엔가 마음이 후지쓰보에게로 옮겨 가 위안을 찾은 듯 보였으니, 이 또한 사람 마음의 처사일까요.

겐지는 한시도 폐하 곁을 떠나지 않는 터라, 종종 폐하께서 걸음을 하는 비향사에서 후지쓰보는 마냥 부끄럼을 타면서도 겐지에게 얼굴을 가리고 있을 수만은 없었습니다.

어떤 후궁이든 자신이 가장 아름답다 자부하여 입궁을 하겠지요. 과연 각기 아름다운 분임에는 틀림이 없으나, 연배가 있는 분들이 많은 가운데 후지쓰보 여어 한 사람만은 유독 젊고 귀여웠습니다. 부끄러워 겐지에게 모습을 보이지 않으려 애써 숨어보지만, 겐지는 자연스럽게 흘깃 그 모습을 엿보게 되는 일이 있었습니다.

전시가 어머니의 얼굴을 전혀 기억하지 못하는 겐지에게 말하였습니다.

"후지쓰보 여어님은 돌아가신 어머님과 정말이지 꼭 닮았사옵니다."

그러니 겐지는 어린 마음에도 후지쓰보 여어를 '정말 좋으신 분'으로 여기며 마음에 품게 되었습니다.

"항상 저분 곁에 있고 싶으니, 좀더 가까이 친근하게 대해주셨으면 좋으련만."

겐지는 후지쓰보 여어가 늘 그리워졌습니다.

폐하 또한 황자와 여어 모두를 한없이 사랑스럽게 여기는 터라, 후지쓰보 여어에게 간곡하게 부탁을 하듯 말씀하셨습니다.

"이 아이를 소홀히 여기지 말아주시오. 어찌 된 일인지 알 수는 없으나, 그대는 이 아이의 죽은 어머니 같은 느낌이 드오. 무례한 아이라 생각지 말고 귀여워해주시구려. 이 아이의 어머니는 얼굴 생김새며 눈매가 이 아이와 아주 많이 닮았소이다. 그러니 이 아이와 그대가 모자지간이라 보여도 이상하지는 않을 것이오."

그 말씀을 들은 겐지는 어린 마음에도 여어에게 깊은 정을 느끼고, 봄이면 꽃을 따다 드리고 가을이면 단풍을 따다 바치며 따랐습니다.

그런 꼴을 보니 고키덴 여어는 후지쓰보 여어와도 사이가 좋지 않은데다 기리쓰보 갱의에 대한 오랜 증오심이 되살아나는지라 겐지마저도 밉살스럽게 보였습니다.

천황이 세상에 둘도 없는 미모라 보았고, 세인의 평판도 자자한 후지쓰보 여어의 용모에 견주어도 겐지의 윤기 흐르는 아름다움은 한층 뛰어나 비할 데 없이 사랑스러우니, 세상 사람들은 너나 할 것 없이 겐지를 '빛나는 님'이라 불렀습니다. 후지쓰보 여어도 겐지와 더불어 폐하의 총애가 각별한 터라 이쪽은 '빛나는 해의 님'이라 불렀습니다.

겐지의 사랑스럽고 어린 모습을 성인의 머리 모양으로 바꾸기가 아쉬워 폐하께서는 몹시 서운해하였으나, 겐지는 열두 살에 성인식을 치렀습니다.

천황이 몸소 무엇 하나 소홀함이 없이 살피고 준비하여, 정해진 의식의 법도보다 한층 성대하고 장중하게 의식을 치렀습니다. 동궁의 성인식을 지난해 자신전에서 거행하였는데, 당시의 성대하고 호화로웠다는 평판에 만사 뒤지지 않도록 훌륭하게 치렀습니다. 의식이 끝난 후 도처에 마련된 향연 자리에도 친히 언질을 내려 모든 것에 가장 좋은 것을 사용하고 극진한 정성을 다하였습니다.

"내장료나 곡창원 등이 공식 행사의 규정대로 의식을 취급하면, 이래저래 소홀해지기가 쉬우니 각별히 신경을 쓰도록 하시오."

청량전의 동쪽 차양의 방에 동쪽을 향해 옥좌가 자리하고, 성인식을 치르는 겐지와 관례를 집행하는 좌대신의 의자가 그 앞에 자리하고 있습니다. 의식이 시작되는 오후 세 시에 겐지가 자리에 앉았습니다.

뒷머리를 가운데에서 둘로 갈라 귀 위에 고리 모양으로 묶은 귀여운 동안의 모습이며 청아하고 발그스름한 두 볼의 윤기 등, 겐지의 머리 모양을 성인의 머리 모양으로 바꾸기가 참으로 아까운 듯 보였습니다.

대장경이 이발 역을 맡았습니다. 매끄럽고 아름다운 검은 머리 끝을 자를 때 대장경이 마음이 아파 주저하는 것을 보고, 천황은 기리쓰보 갱의가 만약 살아 있어 이 광경을 보고 있다면, 하고 옛 추억이 떠올라 눈물이 넘쳐흘렀으나 마음을 단단히 다

잡고 정신을 차려 참고 견뎠습니다.

겐지는 성인식을 무사히 치르고 휴식소로 물러나, 그때까지 입고 있었던 빨간색 포를 성인용 노란 포로 바꿔 입고 계단을 내려와 동쪽 정원에서 절을 하였습니다. 그 늠름하고 씩씩한 모습에 감격한 참례객들이 모두 눈물로 옷소매를 적셨으니, 하물며 폐하의 마음이야 어떠하였겠는지요.

누구보다 심심한 감개를 참으려 애쓰는 듯 보였습니다. 한때는 잊혀지기도 했던 그 옛날, 죽은 갱의의 온갖 추억이 한꺼번에 되살아나 애절한 슬픔을 자아냈습니다.

'이렇게 어린 나이에 성인식을 치르면 혹여 인물이 떨어지는 것은 아닐까.'

남몰래 이런 걱정을 하였는데, 성인식을 치른 빛나는 님의 모습은 놀랄 만큼 의젓하고 아름다워 그 빛이 한층 더하였습니다.

관례를 집행하는 좌대신의 정부인은 천황의 여동생이고, 이 부부 사이에 따님이 한 분 있었습니다. 그 따님을 소중하게 키우고 있는데, 전에 동궁에게서 넌지시 요청이 있었을 때에도 난감해하고 주저하였던 것은 실은 장차 겐지에게 드릴 심산이 있기 때문이었습니다.

과거, 이 일로 좌대신은 폐하께 심중을 헤아려본 적이 있었습니다.

"그렇다면 성인식을 치른 후에도 별다른 후견인이 없으니, 차라리 성인식을 치른 날 밤 수침을 들게 하여 부인으로 삼는 것이 어떠하겠는가."

폐하께서 이렇게 권유한 터라 좌대신은 그럴 작정으로 있었습니다.

겐지가 대기소로 물러나자 참례객들에게 주연이 베풀어졌습니다. 겐지는 신하로 격하되었으므로, 황족들의 말석에 자리를 잡았습니다. 그 옆에 좌대신이 앉아 넌지시 오늘 밤 자기 딸과 혼례를 올릴 것이라고 암시하며 귀띔을 하였는데, 아직은 거북스러워하는 나이인지라 겐지는 뭐라 대답을 하지 못하고 당황할 뿐이었습니다.

천황 앞에 있던 내시가 좌대신의 자리로 와서 전하였습니다.

"폐하께서 불러 계시옵니다."

좌대신이 천황의 앞으로 나아가자, 이날의 하사품을 폐하를 모시는 명부가 전해주었습니다. 하얀 예복은 이런 때에 관례적으로 하사하는 예법을 따른 것이었습니다. 폐하께서 술잔을 내리면서 노래하였습니다.

　　철없으나 사랑스러운 사람의
　　성인식을 치르고
　　처음 머리를 올릴 때
　　젊은 두 사람
　　부부의 인연 오래오래 하라고
　　마음 담아 묶었는가

폐하께서는 예의 수침 건을 염두에 두고 여러 번 확인하였습니다.

마음 담아 묶어 올린 어른 머리에
선명하고도 짙은 보랏빛
우리 사위님의 마음도 짙은 보랏빛
영원토록 그 빛 바래지 않도록
부부의 인연 담아 올렸으니

이렇게 화답하고, 좌대신은 긴 계단을 내려와 정원에서 춤으로 예를 올렸습니다. 이곳에서 좌마료의 말과 창에 묶인 장인소의 매를 하사받았습니다. 그리고 이어 계단 아래에서 친왕들과 대소 관료들이 줄지어 각자의 관직에 맞는 물건을 하사받았습니다.

이날, 천황 앞에 무수히 놓인 상자에 담긴 물건과 바구니에 담긴 음식물들은 우대변이 폐하의 명을 받아 준비한 것이었습니다. 계급이 낮은 관리들이 먹을 주먹밥 도시락과 녹이 들어 있는 당궤가 미처 다 자리를 잡을 수 없을 만큼 넘쳐흐르니 동궁의 성인식 때와 비교해 무엇 하나 뒤질 게 없고 오히려 오늘이 훨씬 더 성대하였습니다.

그날 밤, 퇴궁을 한 겐지는 좌대신의 집으로 갔습니다. 좌대신은 세상에 그 예가 없을 정도로 훌륭한 혼례 의식을 갖추고 사위를 맞이하였습니다. 좌대신은 아직 어리고 앳된 사위의 모습을 너무도 사랑스럽게 여겼습니다.

좌대신의 딸은 나이가 겐지보다 다소 위인데도, 낭군 될 사람이 너무 어리고 앳된지라 자기와 어울리지 않아 부끄럽고 기가 죽은 것 같아 보였습니다.

좌대신은 천황의 신임이 두터운데다 정부인과 폐하께서는 같은배에서 태어난 오누이이니 부부 어느 쪽으로 보나 더할 나위 없이 화려한 집안이었습니다. 그런데 지금 또 이렇게 겐지까지 사위로 맞아들였으니, 동궁이 천황의 자리에 오르는 날에는 천하를 쥐어틀 우대신마저 위세가 한풀 꺾이고 말았습니다.

좌대신은 여러 부인에게서 아들을 얻었습니다. 겐지의 아내가 된 딸과 같은배에서 태어난 장인소의 소장은 아직 젊고 인물도 출중하여, 평소 사이가 나쁜 우대신도 그냥 보고 지나칠 수 없는지라 사랑하는 넷째 딸의 사위로 맞아 들였습니다. 좌대신에게 질세라 이 사위를 아끼는 우대신의 모습도 실로 바람직하고 이상적으로 보였습니다.

겐지는 폐하께서 늘 불러 곁에서 떼어놓지 않는 터라 편안한 마음으로 처가에 있을 수가 없었습니다. 한편 겐지의 마음속에서는 후지쓰보 여어가 이 세상에서 가장 아름다운 분이라 연모하는 정이 자라고 있었습니다.

'만약 아내를 얻는다면 저분 같은 여자와 결혼하고 싶구나. 그러나 저분을 닮은 여자가 이 세상에 있을 리 없으니. 좌대신의 딸은 용모도 빼어나고 곱게 자라난 기품 있는 여자이기는 하나, 어딘가 모르게 나와는 맞지 않으니.'

이렇게 어린 마음에도 남몰래 후지쓰보 여어만을 생각하며 고통스러울 정도로 연모의 정에 몸부림쳤습니다.

성인식을 치른 후부터는 과연 폐하께서도 겐지를 발 안으로 들이지 않았습니다. 악기를 퉁기며 풍류를 즐길 때나, 후지쓰보 여어의 칠현금 소리에 맞추어 피리를 불 때면 겐지는 피리 소리에 은밀히 마음을 담아 전하고, 발 너머로 희미하게 들리는 후지쓰보 여어의 가녀린 목소리로 마음을 위로하였습니다. 겐지에게는 그것만으로도 궁중 생활이 매력적이었습니다. 궁중에서 대엿새를 보내다가 좌대신의 집에서 이삼 일 머무르는 식으로 발길이 드문드문해졌습니다. 그런데도 좌대신은 매사 아직 어린 탓이라 여기고 가타부타 말하지 않고 사위를 애지중지하기만 하였습니다.

좌대신은 미색과 재치가 뛰어난 시녀들만 모아 딸과 사위의 시중을 들게 하였습니다. 그리고 사위의 마음을 끌 만한 놀이 행사를 준비하는 등 기분을 맞추려 애썼습니다.

궁중에서 겐지는 옛날에 기리쓰보 갱의가 사용하던 방을 그대로 사용하면서 갱의의 시중을 들던 궁녀들이 뿔뿔이 흩어지지 않도록 지금도 데리고 있습니다.

천황의 명령을 받은 수리직과 내장료 사람들은 이조에 있는 기리쓰보의 사가를 훌륭하게 개조하였습니다. 원래 정원수며 정원석이 제법 풍취 있게 배치된 집이었는데, 연못도 더 넓히고 집도 번듯하게 개축하느라 공사가 한창입니다.

　겐지는 새롭게 개조된 사가를 보고는 애틋한 마음을 금치 못하였습니다.

　"이런 곳에서 내 이상에 맞는 분을 맞이하여 같이 살 수 있다면 얼마나 행복하랴."

　'빛나는 님'이라는 뜻의 히카루 겐지란 이름은 저 발해에서 온 관상가가 이런 겐지를 칭송하여 붙인 것이라고 전해집니다.

하하키기

벌판 오두막집에 핀 하하키기여
다가서면 환상처럼 사라지는 하하키기
그 하하키기처럼 무정한 그대여
그리움에 찾아왔는데
찾을 길 없어 길 헤매이누나

◆ 겐지

가난한 오두막집에 산다는
하하키기의 이름이 부끄러워
남모르게 사라져버리고 싶은데
있어도 없는 듯한 환상의 나무인
저 하하키기 같은 나

◆ 우쓰세미

 **제2첩 하하키기(帚木)**

'하하키기'는 멀리서는 보이지만 가까이 다가서면 보이지 않는다는 전설상의 나무이다.

히카루 겐지, 히카루 겐지라 많은 사람들의 입에 오르내리며 그 이름만은 거창하고 화려하지만, 실은 겐지가 세상 사람들로부터 비난을 받는 실수도 적지 않게 하였던 모양입니다. 더구나 본인은 그런 애정 행각이 훗날까지 전해져 바람둥이라 가볍게 여겨지는 것은 아닐까 걱정하며 은밀하게 나누었던 정사까지 낱낱이 떠벌리고 다닌 사람들이 있었으니, 사람의 입이란 얼마나 요사스러운 것인지 모르겠습니다.

　겐지는 나름대로 세상 사람들을 조심하느라 겉으로는 몹시 점잖게 행세하였으므로 기실 화려하고 재미있는 얘깃거리는 별로 없었으니, 옛이야기 속 가타노의 소장이 들었으면 코웃음을 쳤을 터이지요.

　관직이 아직 근위 중장이었던 시절, 겐지는 궁중에 머무르면서 장인인 좌대신 댁에는 가끔씩만 걸음을 하였습니다. 그런 탓에 좌대신 쪽에서는 혹시 은밀히 좋아하는 여자가 생긴 것은 아닐까 하고 의심을 하기도 하였으나, 겐지는 그렇게 가볍고 손쉽게 여자를 취하는 성품이 아니었습니다. 다만 마음고생의 씨가 될 사랑을 굳이 관철하려는 골치 아픈 버릇이 있는 터라, 그 결과 조심스럽지 못한 처신을 한 경우도 없지는 않았습니다.

오랜 장마가 계속되어 하루도 맑은 날이 없던 오월, 겐지는 궁중의 근신 기간이 길어졌다는 구실로 여느 때보다 오래 궁중에 머물렀습니다.

좌대신은 그런 겐지가 야속한 한편 기다려지기도 하여, 옷을 새로 지어 보내는 등 한시도 소홀히 하지 않았습니다.

좌대신의 자식들 역시 겐지가 머무는 방에 찾아가 무슨 일이든 시중을 들었습니다. 그 가운데에서도 좌대신과 정부인 사이에서 태어난 적자인 두중장은 겐지와 각별한 친구 사이였습니다. 두중장은 음악을 연주할 때나 무슨 놀이를 할 때나 다른 사람들보다 한층 편하고 친밀하게 겐지를 대하였습니다.

두중장 역시 우대신의 넷째 딸의 부군으로 더없이 귀히 여겨지는 존재였으나, 우대신 댁은 왠지 답답하고 짜증스러워 찾는 일이 별로 없었습니다. 하기야 원래가 다정다감한 바람둥이였으니까요.

두중장은 친가의 자기 방을 번쩍번쩍 아름답게 치장해놓고는 겐지가 걸음을 할 때면 밤낮없이 함께 학문을 논하고 음악놀이를 즐겼습니다. 두중장은 또 겐지에게 기죽는 일 없이 어디든

대등하게 같이 다녔습니다.

그러다 보니 자연히 허물이 없어지고 서로의 마음속을 감추기도 어려워 점점 더 친한 사이가 되었습니다.

하루 종일 추적추적 따분하게 내리던 비가 저녁나절까지 그치지 않는 가운데 고즈넉한 밤이 찾아왔습니다.

전상의 방에도 사람의 기척은 거의 없고 겐지의 방도 평소보다 한가로운 분위기라, 겐지는 촛불 아래에서 책을 읽고 있었습니다.

그날 밤도 같이한 두중장은 곁에 있는 쌍바라지문 장에 색색이 알록달록하게 들어 있는 편지를 잔뜩 꺼내놓고는 읽고 싶어 하였습니다.

"정히 그렇다면 남에게 보여도 상관없을 만한 것을 보여드림세. 남 보기 민망한 것도 있으니 말일세."

그러면서도 겐지가 좀처럼 보여주려고 하지 않자 두중장이 원망하듯 채근을 하였습니다.

"자네가 보여주기 곤란하다 여기는 그런 편지야말로 내가 보고 싶어하는 것일세. 속마음을 털어놓은 것 말이네. 평범하고 흔해빠진 연애편지는 나처럼 별 볼일 없는 사람도 꽤나 주고받고 있으니. 숱한 여자들이 자네의 냉담함을 한탄하는 글이며, 해질 녘, 자네가 찾아와주길 기다리다 못하여 쓴 편지야말로 볼 만한 가치가 있지 않겠나."

겐지는 할 수 없이 보여주었습니다. 그러나 고귀한 분이 보내어 남에게는 절대로 보여줄 수 없는 비장의 편지를 그런 곳에 함부로 두었을 리는 없겠지요. 어디 깊숙한 곳에 감추어두었을 터이니, 두중장에게 보여준 것은 봐야 그렇고 그런 것들뿐이었을 겝니다.

"참으로 각양각색의 편지들이 모여 있군."

두중장은 편지들을 쓱 훑어보고는 넌지시 물었습니다.

"이건 그 사람이 보낸 것이겠지, 이건 또 그분이 보낸 것일 터이고."

대충 짐작하여 묻는 것이라 용케 상대를 알아맞히는 경우도 있으나 얼토당토아니한 상대를 상상하며 의심하는 경우도 있어, 겐지는 내심 우습다 여기면서 말을 얼버무리고 편지를 모두 감춰버리고 말았습니다.

"자네야말로 잔뜩 모아두었을 터인데, 조금은 보여주지 그러나. 그러면 이 문을 내 기꺼이 활짝 열겠네."

겐지가 이렇게 말하자 두중장이 답하였습니다.

"무슨 당치도 않은 소리, 자네에게 보여줄 만큼 뭐 대단한 것이 있어야지."

이렇듯 말을 주고받다보니 화제가 점점 여자 이야기로 옮아갔습니다.

두중장이 말하였습니다.

"요즘 들어서야 흠잡을 데 하나 없이 이상적인 여자가 그리 흔치 않다는 것을 알았네. 겉으로야 정을 주는 척 달필로 편지도 술술 쓰고, 상대방이 하는 이야기를 잘 이해한다는 듯 재치 있는 대답도 하는 정도의 여자는 제법 많지. 그러나 본격적으로 한 가지 재능을 꼭 집어 골라내자면 급제할 만한 여자는 찾아보기 어렵단 말일세. 뭐 하나 잘한답시고 제멋대로 자랑하고 거만을 떨고 다른 사람을 경멸하는, 그런 몰염치한 여자들만 많아.

부모 슬하에서 오냐오냐 응석을 부리며 장래가 양양한 처녀 시절에야, 하찮은 재주를 소문으로 전해 듣고 마음을 빼앗기는 남자도 있을 터. 용모가 반듯하고 성품도 단정한 젊은 여자가 달리 소일할 일이 없을 때에는, 사소한 재주 하나라도 남이 연습하는 것을 보고 듣고 흉내내어 자기도 열심히 하게 되는 일도 있으니 한 가지 재주 정도야 저절로 터득하게 되는 법이지 않은가. 허나 그 여자의 시중을 드는 시녀들이야 그녀의 좋은 면만 과장하여 떠들고 다니게 마련이니까, 본인을 직접 만나기 전에는 설마 그렇게 대단한 정도는 아니겠지 하고 폄하할 수도 없지 않은가. 그러니 정말인가 보다 생각하면서 정작 여자를 만나다 보면 거짓이 드러나 실망하지 말란 법도 없지."

개탄하듯 이야기하는 모습에 겐지가 압도될 정도로 두중장은 그 방면에 경험이 풍부한 모양이었습니다. 두중장의 말이 전부 옳다고 고개를 끄덕일 수야 없지만 겐지도 수긍이 가는 부분이 없지는 않은 듯하였습니다.

겐지는 미소를 지으면서 말하였습니다.

"하지만 그렇게 칭찬할 만한 구석이 하나도 없는 여자가 과연 어디 있겠는가?"

"자네, 그렇게 한심한 여자를 누군들 가까이하겠는가. 칭찬할 구석이 하나도 없는 한심한 여자든, 정말 좋은 여자라고 감탄할 만한 여자든 그리 흔치는 않은 법일세. 신분이 높은 집안에서 태어난 여자 같으면, 주위 사람들도 애지중지 소중히 다룰 터이니 남의 눈에 잘 띄지 않을 것이고, 그러면 자연히 좋게 보이지 않겠는가.

중류계급의 여자는 성품이나 개성, 사고방식을 쉬이 알 수 있으니 다양한 면에서 우열을 가리기 쉬울 터이고. 그보다 낮은 계급의 여자들은 소문조차 들을 수 없으니 관심도 없고."

두중장의 표정이 여자에 관해서라면 속속들이 알고 있다는 식이라 겐지는 호기심이 일어 물었습니다.

"그 중류니 하류니 하는 계급은 대체 뭔가. 뭘 기준으로 상중하 셋으로 나누는 것인가. 원래는 고귀한 집안에서 태어났는데 영락하여 계급이 낮아진 탓에 사람 취급도 못 받는 사람과, 평범한 집안에서 태어났는데도 출세를 하여 3위 이상의 직위에 올라 기세등등하게 집 안을 꾸미고 남에게 지지 않으려고 애쓰는 사람과, 그런 두 부류의 사람을 어떻게 등급을 매긴단 말인가."

때마침, 좌마두와 도 식부승이 겐지의 근신 기간을 함께하려고 찾아왔습니다. 두 사람 다 풍류남으로 이름이 자자한데다 입담도 만만치 않은 자들이라 두중장은 반갑게 맞으며 여인 품평회에 끼워주었습니다. 오가는 대화 중에는 듣기에 몹시 민망한 이야기도 많았습니다.

두중장이 말하였습니다.

"아무리 출세를 하여 벼락부자가 된다 한들, 애당초 상류계급 출신이 아닌 자는 세상의 평판도 다른 법이지. 반대로 원래는 고귀한 집안사람인데 연줄도 없어지고 시세에 밀려 영락한 바람에 과거의 성망을 잃은 자는, 아무리 마음이 옛날처럼 귀족적이라도 생활은 그에 미치지 못하여 부족하니, 때로는 남 보기가 꼴사나운 일도 생기게 마련 아닌가. 그러니 출세를 한 자나 영락한 자나 판정을 하자면 양쪽 다 중류라고 해야 할 걸세.

지방 정치에만 관계하는 수령처럼 중류계급이라고 분명하게 정해진 사람들 사이에서도 계급이 천차만별이어서, 요즘 세상에는 그런 집안에서 좋은 여자를 찾아내기가 편리하다네. 어중간한 상류보다 4위 정도 되는 집안에서, 세상의 평도 그럭저럭 괜찮고 성품도 나쁘지 않아 느긋하고 편안하게 사는 사람들이 오히려 뒤탈이 없다는 말일세. 생활하기에 무엇 하나 부족함이 없으니 마음껏 돈을 들여서 눈부시게 집 안을 장식하고, 애지중지 키우는 딸도 허투루 볼 수 없을 정도로 아름답게 성장하는 예가 적지 않다는 말이네. 그러다 궁중에 들어와 폐하의 은애를 입어 뜻하지 않은 행운을 잡은 여자도 그런 중류에 많지 않은가."

이 말에 겐지가 웃으면서 두중장을 놀렸습니다.

"그렇다면 결국 만사 돈으로 해결할 수 있다는 셈이 아닌가."

"자네답지 않구먼. 무슨 그런 소리를 하나."

두중장은 분해하였습니다.

좌마두가 말을 이었습니다.

"원래도 그렇거니와 현재도 성망을 갖추고 있는 고귀한 집안에서 태어났으면서도 버릇이 없고 태도나 몸가짐이 반듯하지 못한 여자는 논외이지 않습니까. 그런 여자는 대체 어떻게 자란 것인지 정나미가 다 떨어지지요. 또 집안도 좋고 성망도 갖춘 집안의 딸이 반듯하게 자랐다고 한들, 사람들은 당연한 일이라 여기고 새삼 놀라워하지도 않습니다. 그래 봐야 저 같은 사람은 알 수 없는 일이니, 최상류계급에 관한 이야기는 생략하기로 하겠습니다.

그건 그렇고, 사람이 도저히 살 수 없을 것 같은 쓸쓸하고 황폐한 집에 생각지도 않게 가련한 여자가 남의 눈을 피해 숨어 산다면, 그것이야말로 드문 일이 아니겠습니까. 어떻게 이런 곳에 이런 여자가, 하고 너무도 뜻밖이라 마음이 사로잡히고 말 터이니. 또 늙은 부모는 투실투실 살이 찌고 오빠 역시 흉물스러운 생김이라 딸도 보나마나 저 꼴이겠지 하고 짐작하였더니 집 안 깊숙한 곳에 기품 있는 여자가 있어서, 예능에도 조예를 갖고 있는 듯 보인다면 재주가 미미한 것이라도 뜻밖의 일이라 흥미가 일겠지요. 모든 것을 갖추고 있는 결점 없는 여자를 고른다면야 밀려나겠지만, 나름대로 놓치기 아까운 경우입니다."

좌마두는 이렇게 말하고는 도 식부승 쪽으로 눈길을 주었습니다. 도 식부승은 자신의 누이동생들이 요즘 들어 세상의 평판이 좋은지라 저런 식으로 빈정거리는 것이라 생각하였는지 아무 대꾸도 하지 않았습니다.

'그래 봐야 상류계급에도 훌륭한 여자는 그리 흔치 않은 것을.'

겐지는 이렇게 생각하고 있는 것일까요. 촛불에 어른어른 비치는 하얗고 부드러운 속옷에 평상복을 대충 걸치고 옷깃의 끈도 묶지 않은 채 편안하게 사방침에 기댄 모습이 너무도 아름답습니다. 여자의 입장에서 본다면 더욱이 넋을 잃을 것 같았습니다. 이런 분을 위해서라면 최상계급에서 최고의 귀인을 골라낸다 하여도 어울린다 할 수 없을 터이지요.

많은 사람들을 화제에 올리면서 좌마두가 말하였습니다.

"세상에 많고 많은 연애의 상대로 사귀기에는 별 문제가 없어도 정작 아내로 삼아 의지할 만한 여자를 고르자면 아무리 여자가 많아도 고르기 어려운 법이지요. 남자도 마찬가지, 조정일을 하는 듬직한 인물을 고를 경우에도 정말 우수한 기량을 지닌 사람을 선발하자면 좀처럼 쉽지가 않습니다.

그러나 남자의 경우는 아무리 기량과 재주가 뛰어나다 하여도 혼자서 또는 둘이서 정치를 할 수는 없는 것이니, 윗사람은 아랫사람의 도움을 받고 아랫사람은 윗사람을 따라야 광범위한 공사를 서로 무리 없이 이끌어나갈 수 있는 것 아니겠습니까. 헌데 좁은 가정에서야 주부 노릇을 하는 사람이 한 사람밖에 없으니 그 자격을 생각해보면 빼놓을 수 없는 중요한 조건이 이리저리 참으로 많아지지요.

이 점이 좋으면 저 점은 나쁘고, 한쪽은 취할 만한데 다른 한쪽은 취하기 어렵고, 요모조모 가늠하여 이만하면 참고 살 수 있겠다 싶은 여자조차 많지는 않으니 그렇지 않겠습니까. 괜한 호기심에 장난삼아 많은 여자를 비교해보는 악취미가 있는 것은 아니어도 이 여자야말로 내 아내다 하고 의지하고 싶은 마음으로 찾기에, 어차피 얻는 것 나중에 힘들여 이리저리 주물럭거릴 필요가 없도록 처음부터 자기 마음에 맞는 여자가 없을까 하고 이리 고르고 저리 고르는 탓인가, 좀처럼 인연이 잘 정해지지 않지요.

성실한 남자는, 마음에 꼭 드는 것은 아니지만 아무튼 부부가 되었으니 인연이 있어서 그리된 것이라고 그 인연을 소중히 여기면서 여자와 헤어지지 않습니다. 버림받지 않은 여자 쪽 또한 어딘가 좋은 부분이 있기에 그러겠지 싶어 신비롭게 보이고. 헌데 지금까지 많은 남녀관계를 보아왔으나 정말이지 상상할 수 없을 정도로 훌륭하고 이상적인 남녀 사이를 본 적이 없으니, 참으로 세상일이란 알 수가 없습니다.

저희 같은 자들도 그러한데 하물며 두 분처럼 높은 신분의 젊은이가 이 세상에 둘도 없는 선택을 하는 날, 어느 정도의 분이 어울릴지요.

자태도 아리땁고 나이도 풋풋하고 티끌 하나 묻지 않도록 몸가짐에 신경을 쓰고, 편지를 써도 얌전한 말만 골라서 먹을 적신 붓으로 어렴풋하게 써서 남자의 애간장을 태우고, 이번에야말로 확실한 대답을 듣고 싶은 남자로 하여금 꼼짝달싹 못하고 기다리게 하고, 희미하게나마 목소리를 들을 수 있을 정도로 겨우 친해졌나 싶어도 여전히 숨소리에 섞여 꺼질 듯한 목소리로 한마디 대답만 하는 그런 여자가 오히려 결점을 잘 숨기는 법입니다. 그런 여자를 가냘프고 여자다운 여자라고 착각하고 좋아하여 사귀다 보면, 점차 호색적인 본성을 드러내는 것을 알 수가 있지요. 그런 여자들은 정에 탐닉하는 경향이 강하기 때문입니다. 여자로서는 가장 큰 결점이지요.

많고 많은 아내의 본분 중에서 허투루 할 수 없는 가장 중요한 것이 남편을 섬기는 것일진대, 함부로 정취에 집착하여 일상의 대수롭지 않은 일을 가지고 노래를 읊고 취미 생활에 빠진다면 없느니만 못하지 않겠습니까. 그렇다 하여 오직 부지런함 하나로 늘 푸석푸석한 머리를 귀 뒤로 넘기고 화장도 하지 않고 차림새를 돌아보지 않으면서까지 집안 살림에만 정성을 쏟는 여자도 곤란하지요.

남자는 매일 입궁을 하여 조정일을 하면서 좋고 나쁘고를 떠나서 동료들의 동정이며 보고 들은 이야기가 많은데, 그것을 속을 알 수 없는 남에게는 떠벌릴 수 없으니 역시 생활을 함께하고 있으며 말귀를 알아듣는 아내에게 털어놓고 위로를 받고 싶은 것이 인지상정 아니겠는지요. 혼자서 껄껄 웃기도 하고, 눈물을 흘리기도 하고, 사리에 맞지 않는 세상일에 화를 내기도 하고, 자기 마음속에만 묻어둘 수 없는 일이 갖가지로 많은데 어차피 아내가 알아줄 리 없을 것이라 생각되면 얼굴을 돌리고 혼자서 은밀한 미소를 짓고, 자기도 모르게 감동에 겨워 "아아, 아아"하고 중얼거리기도 할 터인데, 용케 그 소리를 듣고 '어머, 무슨 일이세요?'라고 하면서 아내가 얼빠진 표정으로 얼굴을 빤히 쳐다본다면 얼마나 실망스럽겠습니까.

그러느니 차라리 사랑스럽고 천진하고 성품이 순진한 여자를 아내로 맞아 교육을 시키고 버릇을 들이는 것이 낫지 않을까 싶습니다. 다소 어설퍼도 그런 여자는 교육한 보람이 있을 게 아닙니까. 허나 그런 경우도 늘 얼굴을 마주하고 같이 살면야 사랑스러움에 결점도 용서가 되겠지만, 떨어져 사는 경우에는 그렇지도 않지요. 무슨 일이 있어서 시켜봐야 할 줄 아는 것이 없으니, 취미 면에서나 생활 면에서나 무슨 일이 있어 뒷마무리를 해야 하는데 자기 혼자서는 깔끔하게 처리할 수 없다면 실로 난감한 일이고, 그래서 믿음직스럽지 못하다면 여자에게 큰 결점이 아닐 수 없지요.

한편 평소에는 다소 붙임성이 없어 마음에 들지 않는 여자라도 무슨 일이 있을 때 보란 듯이 일을 척척 처리하면, 놀라서 다시 보게 되지 않겠는지요."

이렇듯 여자에 대해서 모르는 것이 없다는 논설가도 좋은 여자와 나쁜 여자에 대해서는 결론을 내리지 못하여 한숨만 내쉬고는 또다시 말을 잇습니다.

"이러하니 집안이니 용모니 하는 조건은 문제 삼지 말아야 할 것 같습니다. 성품만 못되지 않고 그저 성실하고 차분하기만 하면 아내로 삼아도 되겠다 여기기로 하지요. 만약 그 이상의 소양과 재주를 갖고 있다면 덤이라 기꺼이 여기고, 다소 부족한 면이 있어도 애써 그 이상은 바라지 말아야 되겠습니다. 신뢰할 수 있고, 질투가 심해서 남자의 마음을 불편하게 하는 성격만 아니라면, 표면적인 애정은 나중에라도 자연히 생겨나는 것이니 말입니다. 헌데 유난히 부끄럼을 타면서 눈길을 끌고, 남편에게 원망을 늘어놓고 싶을 때에도 아닌 척 참아내고, 겉으로는 아무 일도 없는 척 태연하게 굴면서 정작 인내가 한계에 도달하면 가슴을 저미는 노래를 읊고는 애틋한 사연을 쓴 편지와 추억이 어린 물건을 남겨놓고 깊은 산속이나 바닷가로 훌쩍 떠나버리는 여자도 있다더군요.

어렸을 적에는, 시녀들이 그런 이야기를 읽는 소리를 들으면 너무 불쌍하고 가엾어서 슬퍼지기도 하고 불행한 여심에 감동하여 동정의 눈물을 흘리기도 했지요. 허나 지금 생각해보면 그런 태도는 경솔하고 의도적이지 않은가 싶습니다. 설사 괴로운 일이 있다 하더라도, 상대의 마음도 헤아리지 않은 채 사랑하는 남편을 남겨두고 몸을 숨겨 걱정을 끼치고 남편의 애정을 시험하려다 보면 돌이킬 수 없는 사태로 발전하여 평생을 외롭게 지내는 경우도 있지요. 정말 부질없는 짓입니다. 그런데다 주위 사람들이 이렇게 추어올리기도 하지요.

'용케 마음을 다잡았군요.'

그러면 점점 더 감정이 격해져서 그 길로 출가를 하기도 하니, 출가를 결심할 때는 왠지 마음이 맑아지는 것 같고 속세에 아무 미련도 없는 듯 생각합니다만요.

'참 안됐네요. 큰 결심을 하셨군요.'

이렇게 아는 사람이 찾아와 말하거나, 아직도 아내에게 애정이 남아 있는 남편이 아내의 출가 소식을 듣고는 눈물을 흘리면 시녀들이 이렇게 말하지요.

'주인님은 그토록 애틋한 마음으로 마님을 사랑하시는데 이런 모습을 하고 계시니 정말 안타까운 일이로군요.'

그러면 자기도 잘라 짧아진 옆머리를 손으로 더듬어보면서 그 허전한 감촉에 마음이 불안해지기도 하고, 그러다 끝내 눈물을 흘리기도 하지요. 참으려 애를 써도 한번 눈물이 흐르기 시작하면 사소한 일에도 감정이 북받쳐 후회를 한단 말입니다. 일이 이렇게 되면 부처님도 미련을 떨치지 못하는, 마음이 깨끗하지 못한 자라 여기지 않겠는지요. 속세에서 번뇌에 마음을 앓던 때보다 이렇게 어중간한 출가를 했을 때가 오히려 지옥에 떨어져 삼악도를 헤매는 것이라 생각됩니다.

또 인연이 모질어 중이 되기 전에 남편이 찾아내어 데리고 돌아오는 경우에도, 일단 그런 일이 있었으니 아무리 화해를 해도 꺼림칙함이 남아 있지 않겠습니까. 어떤 일이 있든, 어떤 위기에 처하든 두 사람의 힘으로 어떻게든 위기를 극복해낸 부부야말로, 부부의 인연도 깊어지고 애정도 새록새록 솟지 않겠느냐는 말입니다. 그러니 한바탕 출가 소동을 벌인 후에는 남편이나 아내나 매사가 불안하고, 또 무슨 일이 생길지 안심할 수 없을 테지요.

한편 남편의 마음이 잠시 다른 곳으로 쏠렸다고 해서 원한을 품고 갈라서는 것 역시 한심한 일이지요. 마음은 다른 여자에게 가 있어도 두 사람이 맺어질 당시의 애정을 생각하면, 아내가 사랑스럽고 우리의 인연은 이런 것이라 여기는 마음에 헤어질 생각이 추호도 없는데, 아내가 법석을 피우는 바람에 결국 애써 쌓아올린 인연이 하루아침에 무너지는 셈이 될 테니까요.

만사 여자는 온화하게, 설령 질투심이 생긴다 해도 다 알고 있다는 식으로 넌지시 암시를 주고, 원망스러워 투덜거리고 싶을 때에도 슬쩍 부드럽게 전하면, 남자 쪽이 오히려 그런 여자의 태도에 안쓰러움을 느낄 게 아닌가 말입니다. 남편의 바람이란 아내 하기 나름 아닌가요. 그렇다고 너무 남편을 자유롭게 풀어주고 방치하는 것도 어떨까 싶습니다. 방치하면 남자는 편한 마음으로 관대한 아내를 사랑스럽게 여길 법도 한데, 실은 그런 여자일수록 가볍게 여겨질 우려가 있으니. 『문선』에 '떠다

님이 닻을 내리지 않은 배와 같다'는 글귀도 있지 않습니까. 강
가에 닻을 내리지 않은 배가 부는 바람에 떠다니듯, 아내의 간
섭 없이는 남자도 재미가 없어 바람을 못 피우지 않을까 싶습니
다. 어떠세요, 그렇지 않습니까."

두중장이 고개를 끄덕이면서 답하였습니다.

"현재 아름답고 어여뻐 사랑하는 상대가 성실하지 못하게 바
람을 피우고 있다는 의심이 가면, 그야 큰일이겠지. 자기 쪽에
는 아무런 잘못이 없으니, 상대방의 잘못을 너그럽게 봐주면 상
대방도 잘못을 뉘우치고 마음을 바로잡을 것이라고 생각하지
만, 반드시 그렇게 된다는 보장이 없으니 말이네. 아무튼 상대
방이 용서할 수 없는 일을 저지르면, 긴 안목으로 지켜보면서
인내하는 도리밖에 없겠지."

그러면서 겐지와 결혼한 자기의 여동생이야말로 이 이야기에
꼭 맞는 경우라 생각하니 꾸벅꾸벅 조는 척 아무 의견도 비치지
않는 겐지가 못마땅하고 짜증스러웠습니다.

좌마두는 혼자서 열심히 변론박사가 되어 주장을 펼치고 있
습니다. 그리고 두중장은 이 논의를 결말까지 들으려고 열심히
상대하고 있습니다.

"남녀 사이를 세상의 많은 일에 비교해 생각해보십시오. 예
를 들어 목공이 이런저런 많은 것들을 제작하는 경우도, 소일거
리 삼아 만들 때에는 반드시 이래야 한다는 모양이나 만드는 방
법에 규정이 없으니 언뜻 보기에 그럴싸한 것을, 아아, 이런 것

도 만들 수 있구나 하고 일시적으로 취향을 바꾸어 만들기도 하는데, 그 신선함이 새롭게 느껴질 수도 있겠지요. 그러나 방을 장식하기 위해 격식을 갖춘 멋들어진 작품을 만들려고 정해진 양식에 따라 제작하게 되면, 훌륭함이 두드러져 역시 명인의 작품은 다르다고 그 차이를 한눈에 알아볼 수 있지 않습니까.

또 그림을 관장하는 관청에는 솜씨가 뛰어난 명인이 많이 있는데, 밑그림을 그리는 그림쟁이들이 그린 밑그림은 하나하나 비교해봐야 우열을 가리기가 힘들지요. 그런데 사람의 눈에는 보이지 않는 봉래산이나 거친 바다에서 펄떡이는 물고기, 중국에만 산다는 무시무시한 짐승의 모습, 귀신의 얼굴 등 공상을 그린 소름 끼치는 그림은 화가가 자기의 상상에 몸을 맡기고 마음껏 붓을 놀리기 때문에 사람을 놀래기에 충분하지요. 실물과 비슷한지 어떤지는 문제가 안 된다는 말입니다.

허나 아주 흔히 있는 산이나 강, 인가의 모습 등을 사실적으로 그린 그림은, 과연 실물과 똑같게 여겨지기도 하고 친밀해지기도 쉬우나, 한가로운 풍경을 적당히 차분하게 그리고, 평화로운 산의 풍경을 나무도 울창하게, 사뭇 속세를 떠난 그윽하고 풍취 있는 곳으로 겹겹이, 그리고 바로 눈앞에 있는 울타리 속 풍경도 나무와 돌의 위치까지 배려하여 그리는 단계가 되면 명인의 필력은 각별하여 평범한 그림쟁이는 도저히 당할 수 없는 부분이 많아지지 않습니까.

글씨도 마찬가지이지요. 딱히 이렇다 할 소양도 없으면서 여기저기에다 선을 획획 길게 내갈기는 사람은 언뜻 대단한 기교를 부리고 재주도 있는 듯 보이는 데 반해 본격적으로 서체를 배워 쓴 성실하고 정성스런 글씨는 겉으로는 필치가 돋보이지 않는 듯해도, 다시 한 번 비교해보면 역시 수업을 쌓은 사람이 정성껏 쓴 글씨가 기교뿐인 것보다 월등하다는 것을 알 수 있지요.

이렇게 사소한 기예만 해도 그런데, 하물며 사람의 마음은 오죽하겠습니까. 그때그때 보여주는 표면적인 애정 따위 어떻게 믿을 수 있겠느냐는 말입니다. 제 과거의 실패담을 얘기해볼까요. 색만 좋아하는 바람둥이라 여길지 모르겠으나, 어디 한번 들어보시지요."

이렇게 말하며 좌마두가 앞으로 다가오자 겐지도 눈을 떴습니다.

두중장은 감탄스러워 넋이 나간 듯 턱을 괴고 귀를 기울이고 있습니다. 마치 덕이 높은 법사가 세상의 도리를 들려주는 도장 같은 느낌이 들어 남 보기에는 우스꽝스럽지만, 이런 경우 각자의 은밀한 사랑 이야기를 감추지 못하고 툭 털어놓는 것이 예사이지요.

"상당히 오랜 옛날 일입니다. 제가 말단이었을 때 일이니까요. 사랑하는 여자가 하나 있었지요. 아까도 말씀드렸지만, 자태는 그리 곱지 않았으니 젊은 혈기에 이 여자와 평생을 같이하겠다는 생각은 없었고, 그저 믿을 만하다 싶어 관계를 계속했습니다. 그래도 어딘가 모르게 미진한 감이 있어서, 한편으로 다른 여자들을 만나곤 했지요. 그런데 여자가 나를 몹시 질투하더란 말입니다. 그게 불쾌해서, 좀더 얌전하게 있어주면 좋을 터인데 하고 늘 생각했지요. 여자가 일일이 간섭하고 질투하는 것이 성가셔서 견딜 수가 없었습니다. 그러나 한편으로는, 저처럼 별 볼일 없는 남자를 그래도 변함없이 생각해주는 것이 미안하기도 해서 그럭저럭 바람기를 잠재우게 되었습니다.

그 여자는 자기가 잘할 수 없는 일이라도 남자를 위해서라면 무슨 수를 써서든 해내는 그런 성격이었죠. 어떻게든 남자에게서 버림을 받지 않으려 노력하고, 무슨 일이든 성심을 다하여 조금이라도 남자의 기분을 상하지 않게 하려고 애를 썼어요. 처음에는 남에게 지기 싫어하는 강한 성격의 여자인 줄로만 알았는데, 제가 무슨 말을 하든 고분고분 따르고 점차 얌전해졌습니다. 용모가 곱지 않아 제가 싫어하면 어쩌나 싶어 정성껏 화장을 하고, 자기 때문에 제가 수치스런 일을 당하면 어쩌나 하고 조심스러워 잘 나서지도 않았죠. 그렇게 마음을 써주고 늘 단정하고 반듯하게 제 곁을 지켜주니, 사귀면 사귈수록 성격도 그리 나쁘지 않은 여자라고 생각하게 되었습니다. 그러나 한 가지 그 몹쓸 질투심만은 고쳐지지 않았어요.

저는 당시, 이 여자가 이렇듯 저한테 푹 빠져서 버림받으면 어쩌나 하고 겁을 내고 있으니 정신이 바짝 들 일을 만들어 놀래주면, 질투심도 조금은 수그러들고 잔소리도 그치지 않을까 하고 생각했습니다. 정떨어진 척, 인연을 끊을 것처럼 행동하면 여자도 질릴 것이다 싶어서였죠. 그래서 일부러 쌀쌀맞고 박정한 태도를 보였습니다. 그랬더니 아니나 다를까, 그 여자는 질투심에 이성을 잃고 화를 내면서 나를 원망하였어요. 그래서 이렇게 말해보았습니다.

'자네가 이렇듯 질투심이 많고 고집이 세니 아무리 인연이 깊은 부부라도 두 번 다시 보고 싶지 않겠네. 이게 우리 인연의 끝이다 싶으면 자네 마음대로 무슨 생각을 해도 상관없네. 그러나 만약 앞으로도 오래도록 인연을 다하고 싶다면 내가 하는 일에 괴로움이 따라도 참고 인내하고, 적당히 포기하는 것이 좋을 걸세. 질투심 많은 버릇만 고치면 내 자네를 한없이 어여뻐할 터인데. 내 남들처럼 출세를 하여 신분이 다소나마 높아지면 자네만한 여자도 없을 터이니 어엿한 본처로 삼을 수도 있을 것이네.'

이렇게 제 입으로 한 말이지만, 참으로 그럴싸하게 떠들어댔더니 여자는 생글생글 웃으면서 정말이지 얄밉게 말하더군요.

'당신은 만사 보잘것없고 초라하고 아직 관직도 높지 않지만, 죽 참고 지내면서 언젠가 출세하기를 기다리는 일이라면 얼마든지 기다려도 좋아요. 하지만 당신의 쌀쌀한 마음을 견디면서, 바람기가 잠들기를 바라는 헛된 희망을 품고 긴 세월을 이제나저제나 하고 기다릴 수는 없어요. 그런 괴로움을 참고 견디느니 차라리 지금 헤어지는 것이 좋겠어요.'

이 말에 저도 화가 나서 질세라 욕설을 퍼부었더니, 그 여자도 참지 못하는 성격인지라 갑자기 내 손가락 하나를 잡아당기더니 꽉 깨무는 것 아닙니까. 나도 그 일을 빌미 삼아 허풍스럽게 고함을 지르면서 잔뜩 겁을 주었지요.

'이렇게 상처까지 만들었으니 이제는 출사도 못하겠네. 자네가 하잘것없다 여긴 관직도 다 끝장났어. 이래 가지고야 어떻게 남들처럼 출세를 하겠는가. 모든 것이 다 끝났어. 이제는 출가를 하는 수밖에.'

그러고는 한 마디 내뱉고 물린 손가락을 구부리고 자리를 박차고 나왔습니다.

'정말이지 오늘로 우리의 인연은 끝이오.'

이렇게 말입니다."

당신과 사랑을 나눈 세월
손가락 꼽아
헤아려보니
질투뿐만이 아니구려
아아, 참으로 흠 많은 여인이여

"버림을 받아도 나를 원망할 수는 없을 터이지."

당신의 그 숱한 바람기를
내 가슴 하나로 헤아리다가

끝내 인내의 끈이 끊어져
당신의 손가락을 깨물었으니
이제는 헤어질 때인가 봅니다

여자는 눈물을 흘리면서 화답하였습니다.

"이렇게 말다툼도 하였지만 실은 헤어질 마음 따위는 없었습니다. 그냥 본때를 보여줄 심산으로 편지도 보내지 않고 며칠 동안 밖으로 나다녔지요. 그러던 어느 날 궁중에서, 가모 신사의 임시 축제 때 연주할 관현 연습이 있어서 밤늦게야 친구들과 퇴궁을 하였습니다. 밤은 깊은데 진눈깨비는 내리고, 친구들과 헤어지고 나니 이런 밤에는 역시 그 여자네 집으로 가는 것이 제일 좋은데 싶은 생각이 절실하더이다. 새삼 궁중으로 돌아가 숙직을 하자니 쑥스럽고, 그렇다고 잘난 척 거드름을 피우는 다른 여자네 집에서는 마음이 편치 않아 등골이 으스스하고, 그러다 보니 아아, 그 여자는 지금쯤 무얼 하고 있을까 궁금하여, 어쩌고 있나 살피러 한번 찾아가보자 싶어서 눈발을 툭툭 털면서 그 여자네 집으로 갔습니다. 왠지 체면도 서지 않고 거북살스런 생각도 들었지만 오늘 밤처럼 눈 내리는 밤에 찾아가면 과거의 응어리가 풀리지 않을까 생각하면서 갔던 것이지요. 여자의 집은 등불을 벽 쪽에 바짝 붙여놓아서인지 방 안이 어두컴컴했습니다. 그런데 두툼하게 솜을 누빈 옷이 커다란 배롱 위에 걸쳐져 있고 휘장도 걷혀 있어 오늘 밤이야말로 찾아오겠지 하고 기다리는 듯한 분위기였어요. 그런 광경을 보니 내심 우쭐한 기분도 들었는데, 정작 여자의 모습은 보이지 않지 뭡니까. 몇몇 시녀들만 집을 지키고 있어서 물어본즉, 그날 저녁 친정에 갔다고 하더군요. 지난번 일이 있은 후, 색향 어린 시 한 수 지어 보내지 않고 내 마음을 떠보는 편지 한 장 보내지 않으리만큼 냉담하게 집에만 틀어박혀 있어서 나도 맥이 빠질 만큼 빠졌는데, 그렇다면 그토록 성가시게 나의 바람기를 비난한 것도 자기에게서 정을 떼려는 여자의 수작이었단 말인가, 그렇게까지 보이지는 않았는데, 하고 엉뚱한 마음마저 들었습니다. 그래도 제가 입을 옷까지 준비해놓은데다, 색깔이며 바느질이 여느 때보다 꼼꼼하고 정성스러운 것을 보면 자기 스스로 버린 남자의 앞날까지 배려하였던 것이지요. 아무리 여자가 냉담하게 굴어도 설마 이대로 나와 인연을 끊지는 않겠지 싶은 생각에 그 후에도 이런저런 말을 건넸습니다. 딱히 거스르지도 않고 또 몸을 숨겨 제가 찾으러 다니는 불상사도 없었고, 제가 거북해하지 않을 정도의 내용을 담은 답장을 보내주기도 했지요.

그런데 '이전처럼 아직도 한눈을 파는 마음이라면 이 몸은 도저히 그냥 보고 넘길 수가 없어요. 그 마음을 고치고, 좀더 차분해지신다면 다시 만나도 좋지만요.'

이렇게 말하니, 그래 봐야 말만 그렇게 할 뿐 단념하지 못한 주제에, 하고 얕보고는 애를 좀 태우자고 생각했지요. 여자가 바라는 대로 바람을 그만 피우겠다는 소리는커녕, 일부러 고집을 피우고 있는 사이에 여자는 괴롭고 슬픈 나머지 그만 세상을 뜨고 말았습니다. 그때 쓸데없는 농담은 정도껏 해야 하는 것임을 실감했지요. 그 정도면 모든 것을 맡길 수 있는 여자였는데, 지금 와서 후회해봐야 아무 소용 없는 일이지만요. 사소한 취미 때문이건 중요한 일 때문이건 의논을 하기에 듬직하고, 염색 솜씨만 해도 다쓰타 히메에 비길 정도이고 바느질 솜씨 또한 직녀에 뒤지지 않을 만큼 빼어난 재주를 갖고 있었는데 말입니다."

이렇게 말하면서 좌마두는 정말 못할 짓을 했다고 절실하게 뉘우치는 듯하였습니다.

두중장이 맞장구를 쳤습니다.

"바느질이 뛰어난 직녀 이야기는 그렇다 치고, 견우와 직녀의 한결같은 인연을 닮았다면 좋았으련만. 과연 그 사람은 다쓰타 히메의 비단처럼, 아내로서는 나무랄 데가 없는 여자였겠지. 흔해빠진 벚꽃이나 단풍만 해도, 계절에 맞추어 꽃을 피우고 물들지 않으면 색이 선명치 않아 전혀 눈에 띄지도 않고 헛되이 사라지는 법이지. 여자도 마찬가지 아니겠나. 이상적인 아내를 고르기란 좀처럼 쉬운 일이 아니야."

좌마두가 또 말을 잇고는 훈계까지 하였습니다.

"실은 그 무렵에 제가 발길하던 여자가 또 한 명 있었습니다. 그쪽은 성품도 훨씬 낫고, 마음씨도 그윽하고, 노래도 곧잘 읊고, 글씨도 예쁘게 쓰고, 육현금 솜씨도 일품이고, 말투며 모든 것이 꽤 괜찮은 여자였지요. 용모도 그럭저럭 봐줄 만하고, 그 질투심 많은 여자가 허물은 없어도 잔소리가 많은 여자라면 이쪽은 은밀하게 드나들기에는 더없이 좋은 여자였어요.

그 질투심 많은 여자가 죽었으니 불쌍한 일이기는 하나, 그렇다고 새삼 제가 어떻게 할 수 있는 일도 아니어서 자연히 이쪽 여자에게 발길을 자주 하게 되었습니다. 그러다 보니 너무 화려하다 싶고, 왠지 헤프고 바람기가 많은 듯 보이는 점이 걸려 믿을 수 없겠다 싶은 마음에 점차 발길이 멀어졌습니다. 그런데 그사이에 다른 남자가 드나들고 있었지 뭡니까. 어느 시월의 달빛이 아름다운 밤의 일이었죠. 퇴궁하는 길에 한 벼슬아치와 같이 수레를 타게 되었습니다. 저는 아버지인 대납언의 집에 머물 생각이었는데, 그 벼슬아치가 이렇게 말하더군요.

'오늘 밤, 틀림없이 나를 기다리고 있을 여자가 유난히 마음에 걸려서.'

벼슬아치가 가는 길목에 그 여자네 집이 있어서 본의 아니게 거기까지 동행하게 되었습니다. 황폐한 토담 사이로 연못물에 비친 달그림자가 보이더군요. 달빛마저 쉬어가는 집을 그냥 지나칠 수가 없어서 수레에서 내린 남자의 뒤를 몰래몰래 따라가 보았습니다. 벌써 정을 나눈 지가 오랜 듯, 남자는 상당히 들뜬 걸음으로 중문에 가까운 사랑채로 걸어가 툇마루 같은 곳에 앉아 한참이나 달을 올려다보더군요. 앞뜰에 핀 국화가 서리를 맞아 색이 슬슬 변하기 시작한 것도 그렇고, 바람과 앞을 다투며 흩어지는 낙엽도 그렇고 꽤나 정취 있는 풍경이었습니다.

　그때 남자가 품에서 젓대를 꺼내 불기 시작하더군요. 그리고 젓대 소리 사이사이로 의뭉스러운 노랫소리가 들리더군요.

　'오늘 밤은 아스카이에 묵고 싶구나.'

　여자는 사전에 용의주도하게 음색 고운 육현금의 줄을 맞춰 놓았는지, 노랫소리에 맞추어 멋들어지게 합주를 하였습니다. 그 광경이 참으로 볼만했지요. 「아스카이」 율조의 선율이 발 너머에서 들려오는, 여자 손으로 부드럽게 퉁기는 육현금의 현대적이고 화려한 음색과 어우러져 청명한 달빛과 실로 그윽한 조화를 이루었습니다. 남자는 감격에 겨워하며 발 가까이로 다가가더군요.

　'이 뜰의 낙엽은 아직 아무도 밟은 흔적이 없구려. 그대의 사랑하는 이는 참으로 무심한가 보오.'

　그러더니 이렇게 빈정거리며 국화를 꺾어 노래하더이다.

　　육현금 소리도 달빛도
　　곱고 청결한
　　집이라 하는데
　　그대는 야속한 사람을
　　잡아두지 못하였구려

　'이거, 실례가 많았소이다.'

이렇게 말하고는 또 곰살맞게 농을 걸더군요.

'한 곡 더 부탁하오이다. 이렇게 들어줄 이가 있을 때에는 손을 아깝다 말고 줄을 퉁겨야지요.'

그러자 여자는 짐짓 목소리를 꾸미며 이렇게 노래합디다.

초겨울 찬바람을 타고 들려오는
당신의 격한 피리 소리
그 소리에 걸맞은 말씀을 하시는
당신을 잡아둘 말이 어디
있으오리까

짜증스러운 내 마음도 모르고 맞장구를 치더니, 이번에는 쟁을 반섭조에 맞추어 현대식으로 긁어대니 그 소리가 뛰어나지 않다고는 할 수 없어도 내 쪽이 부끄러워 어찌할 바를 모를 정도였습니다. 어쩌다 친밀해진 시녀가 한없이 요염하고 바람기가 있다면 가볍게 사귀는 상대로는 재미도 있겠지요.

그러나 평생을 다니며 인생의 반려로 삼기에 그런 여자는 너무 요염해서 위험하기도 하고 싫증이 나는 법이지요. 좀 지나치다 싶어서 그날 일을 빌미로 그 여자하고는 헤어졌답니다.

이 두 가지를 견주어 생각해보면, 젊었을 적 제 머릿속에도 여자가 그렇게 요염하게 구는 것은 어딘가 수상쩍고 믿음직스럽지 못하다는 생각이 있었나 봅니다. 하물며 젊지도 않은 지금은 더더욱 그런 느낌이 크지 않을 수 없지요.

여러분도 지금은 마음 가는 대로, 만지면 떨어질 듯한 싸리나무의 이슬처럼 남자의 유혹을 기다리는 여자나, 대나무 잎에 쌓여 손으로 뜨려 하면 금방 사라져 없어질 듯한 싸라기눈 같은, 그렇게 가냘프고 요염한 여자만 흥미롭다 여기실지 모르겠으나, 앞으로 칠팔 년 지나면 변하게 될 것입니다.

변변치 않은 저의 충고를 가슴에 새기고, 요염하게 남자에게 꼬리를 치는 여자에게는 절대로 마음을 두지 마십시오. 그런 여자는 부정한 잘못을 저질러 남편의 체면을 깎는 입방아에 오를 터이니 말입니다."

두중장은 감탄스럽다는 듯 고개를 끄덕였습니다. 허나 겐지는 조용히 미소지으면서 그럴 수도 있겠지, 라고 생각하는 듯하였습니다. 그러고는 이렇게 말하고 웃고만 있습니다.

"양쪽 모두, 꼴사납고 남 듣기에 거북한 얘기로군."

"나도 바보 같은 남자 이야기를 하나 해보겠네."

이번에는 두중장이 이야기를 꺼냈습니다.

"아주 은밀하게 정을 통하던 여자가 오래 사귀어도 좋을 만큼 마음에 쏙 들었다네. 정이 깊어지면서 여자의 사랑스러움도 한결 더하고 마음도 더더욱 쏠려서, 드문드문이나마 발길을 계속했지. 그러자 여자 쪽에서도 나를 미더워하는 눈치였네. 그런데도 다른 여자에게 돌리는 발길은 여전해서, 여자가 원망스럽게 여길 터이지, 하고 생각은 하면서도 모른 척하고 있었네. 여자는 오래도록 내가 발길을 하지 않아도 수상쩍어하는 기색도 없고, 오로지 아침저녁으로 진심으로 내게 정성을 다하니 가엾기도 해서, 오래오래 나를 의지하라는 말로 위로해주기도 하였지.

아비도 없는 불안한 처지라 무슨 일이 있으면 나를 의지하는 기색이 역력했네. 그게 또 얼마나 사랑스럽던지. 그런데 수더분하고 친절하다 안심하고 오래도록 찾아가지 않았더니, 그동안에 내 아내가 사람을 시켜서 매정하게도 몹쓸 협박 비슷한 짓을 한 모양이었네. 모든 것을 나중에야 들었지. 나는 그런 험악한 일이 있었던 줄도 모르고, 마음으로는 늘 잊지 않으면서도 편지도 쓰지 않고 오래도록 마냥 내버려두었던 것이었네. 여자가 얼마나 낙담하고 불안했겠는가.

우리 사이에는 어린아이도 있었으니, 생각다 못했는지 패랭이꽃을 담아 편지를 보냈더군."

이렇게 말하면서 두중장은 눈물을 머금었습니다.

"그래, 그 편지에 뭐라고 씌어 있던가?"

겐지의 물음에 두중장이 답하였습니다.

"뭐 특별한 말은 없었네.

산골짜기 집 울타리는
무너지고 황폐해졌어도
가끔은 찾아와

정을 나누어주면 좋을것을
패랭이꽃 같은 당신의 어린 딸에게

이렇게만 썼기에 생각이 나서 찾아갔더니 예전처럼 아무 거리낌 없이 맞아주기는 하였는데, 수심에 젖은 표정으로 밤이슬에 흠뻑 젖은 뜰을 바라보면서 풀벌레 소리 못지않은 작은 소리로 숨죽여 울고 있었네. 그런 여자의 모습이 마치 옛이야기처럼 보이더구면.

흐드러지게 앞다투어 핀 가을꽃
아름다운 꽃 가리기도 쉽지 않은데
그래도 나는 오직 하나
패랭이꽃 너만을
좋아하누나

이렇게 노래를 읊고 아이는 제쳐두고, '핀 후에는 아내와 나의 침상처럼 소중한 패랭이꽃이여'란 옛 노래처럼 아내를 사랑하는 마음으로 우선 그 어미의 마음을 달래주었네.

당신을 맞이하는 침상도
그곳을 닦는 내 소맷자락도
눈물에 젖어 축축한데

비바람까지 몰아치는

서글픈 가을이 되었구려

여자는 이렇게 슬쩍 말을 돌리면서 진정 원망하는 듯 보이지 않게 눈물을 흘렸지만, 흐르는 눈물이 보일까봐 부끄러운 듯 감추려 하였다네. 마음속으로는 나 때문에 괴로워하면서도 내가 눈치챌까봐 몹시 두려워하는 기색이어서, 나도 대수로운 일은 아닌 모양이라고 편하게 생각하고 그 후에도 찾아가지 않고 그냥 내버려두었다네.

그러자 여자가 온데간데없이 모습을 감추어버리고 말았지 뭔가. 만약 아직도 살아 있다면 매정한 세상을 등지고 이리저리 떠다니겠지. 내가 그녀를 사랑했을 때, 성가실 정도로 내 주위를 맴돌았다면 이렇게 행방마저 알 수 없도록 놔두지는 않았을 터인데. 그렇게 몰인정하게 인연을 끊지만 않았다면 아내로서 한평생을 사랑할 수도 있었을 터인데 말일세.

그 패랭이꽃이 사랑스러워 내 어떻게든 찾아내고 싶은데, 지금도 전혀 소식을 알 수 없다네. 이야말로 아까 좌마두가 얘기한 믿지 못할 여자의 예가 아니겠는가. 겉으로는 아무 일 없는 척하면서 마음속으로는 나의 매정함을 원망하고 있었다는 것도 모르고 나만 혼자 사랑하고 그리워하였으니, 아무 도움도 안 되는 짝사랑이었던 게지. 요즘 들어 겨우겨우 잊어가고 있는데, 여자 쪽에서는 나를 잊지 못하여 홀로 외로이 가슴을 태우는 밤도 있을 터이지. 이거야말로 죽을 때까지 같이하지 못하는, 미덥지 못한 남녀 사이가 아니고 무엇이겠나.

그러니 저 질투심 많고 잔소리 많았던 여자도 추억이야 잊혀지지 않겠지만 정작 마주하면 시끄러우니 질려서 염증이 나겠지. 육현금 솜씨가 뛰어난 그 재주꾼도 바람을 피운 죄는 무겁지 않은가. 믿음직스럽지 못한 패랭이꽃의 어미도 다른 남자가 생긴 것은 아닐까 하는 의심이 들곤 하니, 결국 어떤 여자가 가장 좋은지는 뭐라 말할 수가 없군. 그게 남녀 사이란 것일까. 지금까지 많은 이야기가 오갔듯이, 여자를 죽 늘어놓고 보아도 우열을 가리기가 힘들다는 것만은 분명한 듯하이. 이런 여자들의 좋은 점을 고루 갖춘 결점 없는 이상적인 여자가 과연 어디에 있을까 싶네. 길상천녀를 사랑하여 아내로 삼자니 향내 나고 답답하여 곤란할 터이고.”

이렇게 말하니, 모두들 웃음을 터뜨렸습니다.

두중장은 도 식부승을 쳐다보면서 채근하였습니다.

“자네한테도 틀림없이 재미있는 얘깃거리가 있을 터인데. 어디 좀 털어놓아 보게나.”

“저 같은 말단에게 어찌 말씀드릴 얘깃거리가 있겠습니까.”

이렇게 식부승이 대답하자, 두중장은 열이 올라 어서 빨리 해보라고 채근하니 식부승은 무슨 얘기를 하면 좋을지 이리저리 생각하다가 어렵사리 말을 꺼냈습니다.

"제가 서생이었을 시절의 일입니다만, 똑똑한 여자란 이런 여자를 이르는 말일까, 하고 그 실례를 보는 듯한 여자가 있었습니다. 좌마두 님도 말씀하였지만 그 여자는 조정일이든 무슨 일이든 의논할 수 있었고, 개인적인 처세술에도 아주 능하였지요. 학식도 웬만한 학사들이 무색할 정도였으니, 아무튼 누가 나서서 입도 뻥긋할 수 없을 정도로 박학하기 이를 데 없었습니다.

실은 제가 어느 학사의 집에 학문을 배우러 드나들 때, 그 학사에게 딸이 많다는 소리를 듣고 기회를 잡아 그중 한 명에게 다가가 말을 붙였습니다. 그런데 그만 학사에게 들키고 말았지요. 학사는 결연의 잔을 들이밀면서, '내 두 갈래 길을 노래할 터이니 듣게나' 하고는, 『백씨문집』의 골치 아픈 글귀를 인용해 가면서, 가난한 학사의 딸이야말로 신붓감으로 최고라고 넌지시 암시를 주었습니다. 그렇다고 내 쪽에서 깊이 사랑한 것도 아니니 그저 아버지의 마음이 신경 쓰여 여자를 함부로 대할 수는 없었는데, 그러다 보니 어느 사이엔가 여자가 나한테 홀딱 반해서 정성껏 시중을 들게 되었습니다.

잠자리에서도 제 학문에 대해서 논하거나 관리로서의 고리타분한 마음가짐 같은 것을 가르쳐주었습니다. 한자로 깔끔하게 쓴 편지도 보내곤 하였습니다. 너무도 사리 정연하게 편지를 써 보내는지라 끝내 헤어지지 못하고 그 집을 드나들게 되었습니다. 그러면서 별것은 아니지만 한시와 한문을 짓는 법도 배웠으니, 그 은혜를 지금도 잊지 않고 있습니다. 그렇다고 마음을 열고 아내로 의지하자니 저같이 학식 없는 남자는 언젠가 반드시 불상사를 저지를 터라 늘 기가 죽어 지냈습니다. 여기 계신 분들처럼 훌륭한 분들에게는 그렇게 간섭하기 좋아하고 만만히 볼 수 없는 아내가 무슨 필요가 있겠습니까. 우리 사이가 왠지 허망하고 안타까웠지만 그래도 여자가 사랑스럽고, 이것도 전생의 인연인가 싶어서 헤어지지 못하고 관계를 계속하였으니 남자란 참 종잡을 수 없는 것인가 봅니다."

그러자 그다음 사연을 듣고 싶은 두중장이 부추겼습니다.

"그것 참 재미있는 여자로군."

두중장의 속셈을 뻔히 알면서도 식부승은 코를 실룩거리며 흥에 겨워 이야기를 이어갔습니다.

"그런데 오래도록 찾지 않고 있다가 불현듯 들러보았더니, 늘 편하게 지내던 방에는 들이지 않고 발 너머로 답답하게 말을 하는 것이었습니다. 질투가 나서 토라졌는가 생각하니 시답지 않아서, 만약 그렇다면 헤어지기에 아주 좋은 때라고 생각하였지요. 허나 그 똑똑한 여자는 그리 경솔하게 질투심에 불탈 여자는 아니었습니다. 남녀 사이를 훤히 꿰뚫어보고 있으니 잠시 소식이 없었다고 투덜거리지는 않았습니다. 뿐만 아니라 높은 목소리에 가칠한 말투로 차분하게 말하는 것이었습니다.

'몇 달 전부터 심한 감기를 앓고 있습니다. 열이 너무 올라 힘이 들어서 마늘을 복용하고 있는 터라 악취가 심해 만나 뵐 수가 없군요. 얼굴을 마주할 수는 없으나 하실 말씀이 있다면 여

기에서 듣겠습니다.'

그러니 뭐라고 대꾸를 할 수 있겠습니까.

'알았소.'

이렇게만 대답하고 물러나려 하자 과연 섭섭했는지 큰 소리로 말하더군요.

'이 냄새가 없어질 무렵, 들러주세요.'

그 말을 못 들은 척하자니 가엾고, 그렇다고 잠시 우물쭈물하고 있을 계제도 아니었습니다. 코를 찌를 만큼 풍풍 풍기는 마늘 냄새를 견딜 수 없어 도망치듯 걸음을 떼며 노래만 건넸지요.

사랑하는 이가 찾아올 조짐이라는
거미가 집을 치는 저녁나절인데
찾아오지도 말고 홀로
낮을 지내라 함은
그 무슨 야속한 말인가

'대체 무슨 이유란 말이오.'

이런 말을 채 끝내기도 전에 뛰쳐나왔는데, 주춤할 새도 없이 등 뒤에서 화답가 소리가 들려왔습니다.

사랑을 위해

발걸음이 끊이지 않는
원만한 사이라면
낮에 만난들
무엇이 부끄러우리

"참으로 대단한 여자였습니다."

이렇게 그럴싸하게 말하자 다른 세 사람은 어이가 없어서 뻔한 거짓말이라고 웃었습니다.

"그런 여자가 대체 어디 있다는 말인가. 그런 여자하고 같이 있느니 차라리 귀신하고 마주 앉아 있는 편이 그나마 낫겠네. 아아, 불쾌하군. 좀더 그럴싸한 이야기를 해보게나."

식부승을 지탄하며 채근하였습니다.

"아니, 더 이상 그럴싸한 이야기가 어디 있겠습니까."

식부승은 시치미를 뗐습니다.

좌마두가 다시 그 말을 이어받았습니다.

"남자나 여자나 교양이 부족한 사람일수록 사소한 지식을 남김없이 끄집어내 자랑하고 싶어하니 참으로 한심한 일이지요. 여자인 처지에 중국의 삼사, 오경 같은 본격적인 학문을 최고 수준까지 독파하려고 공부를 한다면 애교가 너무 없지 않겠습니까. 물론 여자라고 해서 세상에 통용되는 많은 일들을 전혀 모르고 지낼 수야 없겠지요. 하지만 굳이 공부를 하지 않아도 어느 정도 재치 있는 여자라면 한문으로 쓴 책에 관해서도 자연히 보고 듣는 일이 많지 않겠는지요.

그렇게 해서 한자를 휙휙 써대고, 가나로 쓰는 것이 상식인 여자끼리의 편지에 까다로운 한자를 절반 이상이나 섞어 쓴다면 보기 흉한 일 아니겠습니까. 왜 좀더 여자답게 할 수 없는지 안타까워지지요. 당사자야 그런 생각이 없겠지만, 한자가 많으면 읽는 소리도 딱딱하게 들려 귀에 거슬리고 자연스럽지도 않으니 말입니다.

그런데 이런 일이 의외로 신분이 높은 분들 사이에도 흔히 있단 말입니다. 노래 읊기를 잘하여 자랑삼는 사람이 자기도 모르게 노래에 사로잡혀 노래밖에 생각 못하고, 세련된 옛 노래를 첫 구절부터 집어넣어 듣는 사람의 기분 따위는 신경도 쓰지 않고 읊어댄다면 큰 피해가 아닐 수 없지요. 그에 화답하지 않으면 풍류를 모르는 사람이라 여겨질 수도 있고, 화답을 하지 못하는 사람은 창피를 당할 수도 있으니 말입니다.

오월 오일 단오절 때처럼 궁중에 연회가 있어 준비를 서두르는 아침에, 창포 따위 생각할 틈도 없는데 멋진 창포 뿌리에 빗댄 세련된 노래를 지어 보내거나, 구월 구일 중양절 국화꽃 잔치에 나서기 직전, 한시를 짓느라 골머리를 앓아 바깥일 따위 생각할 겨를도 없는 그때 하필이면 국화에 맺힌 이슬에 빗대어 원망에 찬 노래를 보내면, 신경에 거슬리고 짜증도 나지 않겠냐는 말입니다. 그렇게 바쁠 때 굳이 그런 짓을 하지 않아도 좋을 터인데 말이지요. 나중에 한가할 때 여유롭게 보면 의외로 재미

있기도 하고 감동할 수도 있는 노래인데, 때와 장소를 가리지 않는 탓에 결국 외면당하게 되지요.

남자의 입장을 배려하는 상상력도 없고 자기 본위의 억지스러움을 강요하는 여자는 오히려 천박하게 여겨지게 마련입니다. 무슨 일이든 때와 장소를 분별하지 못하는 머리로는, 괜스레 거드름을 피우거나 풍류를 아는 척하지 않는 편이 무난한 법이지요. 잘 아는 일이라도 모르는 척하고, 하고 싶은 말도 열에 하나둘은 하지 않는 것이 좋다는 말입니다."

겐지는 그런 말을 들으면서도 마음속으로 오직 사랑하는 한 사람만을 생각하고 있었습니다. 후지쓰보야말로, 지금 나온 이야기처럼 모든 면에서 부족함이 없는 보기 드문 사람이라 여겨졌습니다. 그리고 그런 생각을 하니 그리움에 가슴이 답답하고 마음이 괴로웠습니다.

이야기가 꼬리를 물고 이어지다가 끝내 결론이 나지 않은 채 두서없이 끝나고 말았습니다. 밖에서는 벌써 날이 희뿌옇게 밝아오고 있었습니다.

오늘은 오랜만에 비도 그치고 날씨도 화창합니다. 이렇게 궁중에만 틀어박혀 있으면 좌대신이 걱정을 많이 할 터이니 안되었다 싶은 마음에 겐지는 좌대신 댁에 가기로 하였습니다.

좌대신 댁에 들어서면 집의 모양새나 아내의 인품이나 한결같이 기품 있고, 모든 것이 반듯하게 정리되어 흐트러짐이 없습니다. 역시 이 여자야말로 어젯밤 여인 품평회 때 버리기 어려운 여자의 예로 화제에 오른, 성실하고 신뢰할 수 있는 사람에 해당할 것 같았습니다. 그럼에도 겐지는 아내의 너무도 단정한 모습에 적응하기가 어렵고, 주눅이 들 정도로 새침한 모습이 뭔가 미진한 듯 느껴졌습니다. 그러다 보니 자연히 중납언이나 중무 등 아내의 아름답고 젊은 시녀들을 상대로 농담을 하게 됩니다. 더위 탓에 단정치 못하게 옷고름을 풀어헤치고 있는 겐지의 모습을 시녀들은 넋을 잃고 바라봅니다.

좌대신도 이쪽으로 찾아와 겐지가 유유자적하게 쉬고 있는 모습을 보고는 발 너머에 앉아 말하였습니다. 겐지가 매우 불편하다는 듯한 표정을 지었습니다.

"이렇게 더워서야, 원."

그러자 시녀들이 키득키득 웃었습니다.

"쉿, 조용히."

겐지는 시녀들을 제지하면서 사방침에 느긋하게 기대어 편안한 자세를 취하였습니다.

날이 어두워지자 시녀가 알리러 왔습니다.

"이쪽은 오늘 밤 궁중에서 보면 음양도의 중신이 있는 나쁜 방향이옵니다. 주무시기에는 방향이 좋지 않사옵니다."

"정말 그렇사옵니다. 늘 피하는 방향이옵니다."

다른 시녀도 말하였습니다.

"그렇다면 이조원 역시 같은 방향이니 갈 수가 없고, 어느 방향으로 바꾼다는 말인가, 몸도 피곤하고 기분도 썩 좋지 않은데."

젠지는 이렇게 말하더니 그대로 자리에 눕고 말았습니다.

"방향을 바꾸시지 않다니, 절대로 있을 수 없는 일이옵니다."

시녀들이 입을 모아 말하였습니다.

"허물없이 드나드는 기의 수(守)가 요즘 들어 나카 강 근처에 있는 집을 개조하였는데, 정원에 개울물을 끌어들여 시원하다 하옵니다."

누군가가 이렇게 말하였습니다.

"그것 잘됐군. 기분도 썩 좋지 않으니 수레를 탄 채로 들어갈 수 있는 편한 곳이 좋지."

젠지가 이렇게 말하였습니다. 은밀히 걸음을 하는 여자들 집 가운데 방향을 바꾸기에 적당한 곳은 얼마든지 있지만, 오랜만에 좌대신 댁에 들렀는데 하필이면 방향이 나쁜 날에 걸려 그것을 핑계 삼아 금방 다른 여인네 집으로 가고 마는구나, 하고 좌대신이 오해를 하면 곤란하겠다 싶어 우려하는 것이겠지요.

기의 수에게 그 뜻을 전하자, 삼가 받아들이기는 하였으나 앞에서 물러나와 시녀들에게 이렇게 말하였습니다.

"실은 아버님인 이요의 개(介) 댁에 부정 탈 일이 있어, 하필이면 이때에 그쪽 여자들이 우리 집에 와 있는데, 좁은 집이라 실례 될 일이 없으면 좋으련만."

이렇게 걱정을 하자 그 말을 들은 젠지가 말하였습니다.

"여인네들이 많다니 오히려 잘된 일이 아닌가. 여자의 온기가 느껴지지 않는 곳이면 쓸쓸해서 어찌 잠을 청할 수 있겠는가. 그 여인네들의 휘장 뒤에 잠자리를 봐주게나."

"때마침 적당한 곳인지도 모르겠사옵니다."

시녀들도 이렇게 말하고 심부름꾼을 보냈습니다.

겐지는 그리 대단치 않은 곳에 은밀하게 가는 것이라 좌대신에게도 알리지 않은 채 친밀한 시종들만 데리고 갔습니다.

"너무도 갑작스러운 일이라서."

기의 수는 이렇게 말하였으나 아무도 신경을 쓰지 않았습니다. 그리하여 침전의 동쪽 방을 깨끗하게 비우고 임시 거처를 마련하였습니다.

정원에 물을 끌어들인 것이며 나름대로 세련미가 있는 집이었습니다. 시골집처럼 나무 울타리로 빙 두르고, 앞뜰에 핀 꽃과 초목도 매우 신경을 써서 심은 듯 보였습니다. 밤바람이 서늘하게 불어오는데 여기저기서 풀벌레 소리가 들리고 반딧불이 어지럽게 날아다니는 그윽한 분위기였습니다.

사람들은 건널복도 아래에서 솟아나는 샘물을 내려다보면서 술잔을 기울였습니다. 주인인 기의 수는 안주를 준비하느라 바삐 움직이면서 허둥지둥거렸습니다. 그동안 겐지는 한가로이 정원을 돌아보면서 지난밤의 일을 떠올렸습니다.

'어젯밤 좌마두가 중류라고 힘주어 말한 집안이 아마 이 정도 계급을 말하는 것이겠지.'

이요의 개의 후처는 처녀 시절 상당히 품위 있는 여자로 정평이 있었다는 풍문을 들은 적이 있는지라, 호기심이 일어 귀를 쫑긋 세우고 있습니다. 아무래도 이 침전의 서쪽 방에서 사람의 기척이 느껴지는 듯하니, 사락사락 옷깃이 스치는 소리가 들리고 젊은 여자의 목소리가 기분 좋게 귀를 간질입니다. 겐지가 있어 조심하느라 나직하게 웃는 소리가 오히려 일부러 그러는 듯이 들렸습니다.

"이런, 조심스럽지 못하게."

격자창이 올려진 것을 본 기의 수가 꾸짖으며 이를 내려버리자, 등잔불의 그림자가 희미하게 어른거리는 장지문에 살며시 다가서면 여자들이 보이려나 하고 생각하였지만 틈새는 어디에도 없었습니다. 그래서 겐지는 잠시 장지문 너머에서 들려오는 여자들의 목소리만 듣고 있었습니다. 여자들은 바로 근처의 안채에 모여 있는 것 같았습니다. 소곤거리는 소리에 귀를 기울이자 아무래도 자기 이야기를 하는 듯하였습니다.

"아직 한창 젊으신데, 점잖게도 지체 높으신 분과 일찌감치 결혼을 하시다니 얼마나 적적하시겠어요."

"하지만 사람 눈에 띄지 않는 곳에는 은밀하게 걸음을 하신다던데요."

그런 이야기를 들으니 놀라워, 가슴속 깊이 간직하고 있는 일들이 온통 신경에 쓰였습니다. 이런 때 시녀들이 그분과의 내밀한 일을 입에 올리면 어쩌나 싶어 조마조마하였습니다. 그러나 그다음 이야기는 딱히 특별한 것도 없어 도중에 엿듣기를 그만 두었습니다.

언젠가 겐지가 식부경의 따님에게 나팔꽃을 선물하면서 같이 보낸 편지 속의 노래를 슬쩍슬쩍 말을 바꿔가며 하는 이야기도 들렸습니다. 편한 자세로 몸을 풀고 섣부른 기억으로 타인의 노래를 가볍게 운운하는 것을 보니, 어차피 이런 시녀의 여주인 같으면 만나봐야 실망할 것이 뻔하다는 생각이 들었습니다.

기의 수가 나와 처마 끝에 초롱을 더 내다 달고 심지를 올려 불을 밝게 한 후, 일단 과자를 대접하였습니다. 겐지가 농담처럼 말하였습니다.

"그런데 '휘장'은 어떻게 되었는가. 그런 준비도 하지 않았다면 접대가 허술한 것이지."

여기서 「휘장」이란 사이바라에 있는 다음 노래에 빗대어 침실에 여자를 준비해놓았느냐고 묻는 것입니다.

우리 집에는 휘장도 내렸네
님들이여 이리 오시게
사위로 맞으리니
안주는 무엇이 좋을까
전복 소라가 좋을까
아니면 성게가 좋을까

기의 수 역시 같은 노래에 빗대어 말하며 황송해합니다.

"안주로 어떤 조개를 좋아하시는지 묻지도 않는 이 주변머리 없는 자여."

겐지는 툇마루에 가까운 침상에서 선잠이 들었고 시종들도 조용해졌습니다.

그 댁에는 기의 수의 귀여운 자식들이 있었는데, 그 가운데에는 궁중에서 전상동으로 지내 겐지의 눈에 익은 아이도 있었습니다. 그리고 이요의 개의 선처가 낳은 자식도 있었습니다. 그 많은 자식 가운데, 꽤나 기품 있는 열두세 살 난 소년이 있어, 누구의 자식인지 묻자 기의 수는 이렇게 대답하였습니다.

"이 아이는 돌아가신 위문독의 막내이옵니다. 어버이의 사랑이 각별하였는데, 어린 시절에 그만 돌아가시고 말았사옵니다. 이 아이의 누이가 저희 아버님의 후처가 된 인연으로 이 집에 몸을 의지하고 있사옵니다. 학문이 출중하고 인품도 좋은지라, 궁중에 들어가 전상동을 하고 싶어하나, 후견인도 없고 하니 순조롭지는 못하옵겠지요."

"가엾은 일이로구나. 그러니까 그 아이의 누이가 그대의 계모란 말인가."

"그렇사옵니다."

"어울리지 않게 젊은 어머니를 두셨네그려. 그 아이에 대해서는 폐하께서도 들은 적이 있으신 듯 '위문독이 아들을 궁중에 들이고 싶다는 말을 흘린 적이 있는데, 그 아이는 지금 어떻게 되었는가' 하고 언젠가 물으신 적이 있다네. 참 남녀 사이란 알 수 없는 것이로군."

겐지는 마치 늙은 사람처럼 이렇게 말하였습니다.

"뜻하지 않은 인연으로 이 집에 기거하고 있으니, 참으로 남녀 사이란 예나 지금이나 어떻게 될지 알 수 없는 것인 듯싶사옵니다. 특히 여자의 운명이란 떠도는 부초처럼 가련하기 그지없사옵니다."

기의 수도 그렇게 말하였습니다.

"이요의 개는 아내를 소중히 여기고 있는가. 주군처럼 떠받들고 있겠지."

"그야 물론, 자기 혼자만의 주군이라 여기며 아끼고 떠받들고 있사옵니다. 그 모양이 나잇값도 못할 만큼 호색적이라, 저를 비롯하여 모두들 못마땅해하고 있사옵니다."

"그래도 자네처럼 나이도 적당한 현대식 젊은이에게 어디 아내를 양보하겠는가. 이요의 개는 그래 봬도 풍류를 아는 건장한 사내인걸."

겐지는 이렇게 말한 후 물었습니다.

"그런데 그 사람들은 지금 어디에 있는가?"

기의 수가 대답하였습니다.

"모두들 별채로 물러갔을 터인데, 어쩌면 남아 있는 사람이 있을지도 모르겠사옵니다."

겐지를 모시고 온 사람들은 모두 술기운이 돌아 툇마루에서 잠들었으니, 사방이 고요하였습니다.

겐지는 착잡한 마음으로 쉬이 잠자리에 들지 못하는데, 홀로 외로이 잠을 자야 하나 싶은 생각이 들자 오히려 잠이 깨는 듯 하였습니다. 방의 북쪽 장지문 너머에서 사람의 기척이 느껴져, 아까 얘기한 사람이 별채가 아니라 혹 그곳에 있는 것은 아닐까, 참으로 가련한 여인이로다, 하고 호기심이 일어 슬며시 일어나 그쪽으로 귀를 기울였습니다. 아까 그 소년이 쉰 목소리로 귀염성 있게 물었습니다.

"누님, 어디 계세요?"

"여기에 누워 있다. 손님은 지금쯤 잠자리에 드셨을까. 상당히 가까운 줄 알았는데, 꽤나 떨어져 있는 모양이로구나."

이렇게 대답하는데, 잠시 잠이 들었었는지 기운 없는 목소리가 소년의 목소리와 너무도 비슷하여 누나라는 것을 이내 알 수 있었습니다.

"차양의 방에 잠자리를 마련했어요. 그 유명한 겐지 님의 모습을 뵈었는데, 정말 아름답고 훌륭하였습니다."

소곤소곤 이야기하는 소리도 들렸습니다.

"낮이었으면 나도 몰래 뵈올 수 있었을 터인데."

여자가 졸린 목소리로 말한 후 침구에 얼굴을 묻는 기척이 느껴졌습니다.

'답답하군. 좀더 내 얘기를 열심히 물어주면 좋을 터인데.'

겐지는 아쉬워하였습니다.

"나는 차양의 방에서 자야겠네. 아아, 어둡다."

동생이 이렇게 말하고 등잔불의 심지를 올리는 것 같았습니다. 여자는 겐지가 있는 곳에서 장지문 너머 대각선을 그리는 자리에서 자고 있는 듯하였습니다.

"중장은 어디에 있는 거지. 옆에 사람 기운이 없으니 왠지 무섭구나."

이렇게 말하자, 차양의 방 가로대 밑에서 자고 있던 시녀들이 대답하였습니다.

"중장은 별채에 목욕을 하러 갔는데, 금방 돌아온다고 하였습니다."

모두들 잠이 든 눈치라 겐지는 시험 삼아 장지문의 잠금쇠를 올려보았는데, 반대쪽 잠금쇠는 잠겨 있지 않았습니다. 소리를 죽여 살며시 들어가자, 장지문 바로 뒤에 휘장이 쳐져 있고 어슴푸레한 등잔불에 드러난 방 안에는 함 같은 것이 몇 개나 어지럽게 놓여 있었습니다. 그 사이를 헤치고 살금살금 걸어 여자의 기척이 느껴지는 곳으로 다가가니, 자그마한 몸집의 여자가 혼자서 잠을 자고 있었습니다. 겐지는 뭔가 모르게 꺼림칙하면서도 여자가 덮고 있는 옷을 살며시 밀어내는데, 여자는 그때까지도 아까 부른 시녀 중장이 돌아온 줄로만 알고 있었습니다.

"중장을 부르기에 근위 중장인 내가 왔소이다. 남몰래 당신을 연모하였는데, 그 마음이 통했나 하고 말이오."

겐지가 그렇게 말하자, 여자는 갑자기 무슨 일이 생긴 것인지 영문을 몰라 귀신에라도 홀린 기분으로 겁먹은 듯 비명을 질렀습니다.

"아."

그러나 겐지가 입고 있는 옷소매가 얼굴에 늘어져 있어 소리가 제대로 나오지 않았습니다.

"너무도 갑작스러운 일이라 충동적인 바람기라 여겨져도 어쩔 수 없으나, 오래도록 연모해온 내 마음을 털어놓고 그 마음을 알아주었으면 하여 기회를 기다리고 있었소이다. 이렇게 된 것이 허황된 인연이라고는 생각지 말아주시오."

이렇게 겐지는 아주 자상하게 말하였습니다. 그 모습이 제아무리 귀신이라도 거칠게 반항할 수 없으리만큼 우아하였습니다.

'수상한 사람이 들어왔다.'

이렇게 소리를 질러 소동을 피우는 것도 천박스러운 일이라 여자는 그저 이런 일을 당한 자신이 한심하고, 겐지의 소행이 참으로 괘씸하고 무례하다 생각하니 너무도 어처구니가 없어 한마디하였습니다.

"사람을 잘못 보신 게지요."

그러나 그 목소리는 들리지 않을 정도로 희미하였습니다. 당장이라도 꺼져버릴 듯 떨고 있는 여자의 모습이 뭐라 말할 수 없이 애처롭고 가련하게 느껴지는 겐지는 한층 사랑스러움에 북받쳤습니다.

"당신을 사모하는 진정한 내 마음의 인도가 있었는데 어찌 사람을 잘못 보겠소. 말머리를 돌려 일부러 모르는 척하니 너무 하시는구려. 절대로 경박한 짓은 아니할 터이니 내 마음을 조금이나마 들어주시구려."

이렇게 말하면서 몸집이 자그마한 여자를 꼭 껴안고 장지문 쪽으로 가려 하는데, 아까 불렀던 중장인 듯한 시녀와 마주쳤습니다. 겐지가 자기도 모르게 소리를 질렀습니다.

"앗."

그러자 그 시녀가 수상히 여겨 손으로 더듬으며 다가왔습니다. 겐지가 입은 옷에 밴 향내가 방에 가득하여 중장의 얼굴까지 풍겼습니다. 중장은 혹시 하고 눈치를 채고는 대체 이게 어떻게 된 일인가 하고 너무도 놀란 나머지 얼이 빠져 말도 제대로 하지 못합니다. 상대가 보통 신분의 남자라면 달려들어 떼어 놓을 수도 있겠지요. 허나 그런 소란을 피워 많은 사람들에게 알려지면 난처한 일이 벌어질 것이라 생각한 중장은 마음이 혼란스러워 그저 두 사람의 뒤를 따라갈 뿐이었습니다. 겐지는 그런 중장을 아랑곳하지 않고 태연하게 침실로 들어가 장지문을 닫으면서 말하였습니다.

"새벽녘에 모시러 오시오."

그러자 여자는 중장이 이 꼴을 어찌 생각하랴 싶으니 죽고 싶을 정도로 괴로워 식은땀까지 줄줄 흘리며 힘들어하는 모습입니다. 겐지는 그 모습이 또한 가여워, 어디에서 나오는 말인지 여자의 가슴을 애절하게 울리는 더없이 사랑에 찬 말로 자상하게 여자를 다독였습니다. 그런데도 여자는 너무도 비참한 자기 모습에 오로지 부끄럽고 괴로울 따름이었습니다.

"이런 일이 현실이라고는 생각되지 않사옵니다. 안 그래도 보잘것없고 천한 몸이온데, 이렇듯 모욕적인 처우를 당하니 어찌 당신의 사랑이 깊다 여길 수 있겠사옵니까. 저같이 하찮은 신분의 여자에게도 신분에 따른 나름의 삶이란 것이 있사옵니다."

여자가 이렇게 말하니, 억지스런 처신을 진정 야속하게 여기고 괴로워하는 듯하여 겐지는 진심으로 가엾고 또 그런 자신을 부끄럽게 생각하였습니다.

"이 몸은 당신이란 여자의 신분이 이러니저러니 하는 것조차 아직 모를 정도로 순진하니, 이런 일은 처음이오이다. 헌데 저 저잣거리에 나다니는 바람둥이 취급을 하니 너무하시는구려. 당신도 소문은 들었을 것이오. 이 몸은 지금까지 단 한번도 터무니없는 일을 저지른 적이 없소이다. 그런데 전생의 인연인가, 당신하고는 일이 이렇게 되었으나 뭐라 비난을 하고 몰아세워도 할 말이 없을 정도로 빠져들었소. 나 자신도 이상하구려."

여러 가지로 진지하게 변명을 하지만, 세상에 그 예가 없을 정도로 아름다운 겐지의 모습을 본 여자는 몸과 마음을 바쳐 겐지의 마음을 따르는 것이 더욱더 비참한 일이라 여겨져, 곰살맞지 못한 여자라고 생각된들 이런 애욕의 길이 전혀 통하지 않는 거친 여자인 척하자고 결심을 하고, 퉁명스런 태도로 일관하였습니다.

원래는 나약한 성품인데 억지로 강직한 태도를 취하니, 잘 휘는 대나무가 쉬이 꺾이지 않는 것처럼 겐지로서도 쉬이 정복할 수 있을 것 같지 않아 뜻밖이었습니다.

겐지의 너무도 무례하고 모욕적인 처사에 여자는 진정 서글프고 한심하여 훌쩍훌쩍 원망에 찬 눈물을 흘리니, 그 모습이 한층 가여워 보였습니다. 겐지는 가엾기는 하여도 만약 뜻을 이루지 못하면 후회가 남을 것이란 생각이 드나, 여자가 어떻게 위로할 수도 없을 만큼 슬픔에 잠겨 있는지라 이렇게 한탄을 하였습니다.

"왜 그리 나를 미워하고 싫어하는 것이오. 뜻하지 않게 이렇게 되었으니, 차라리 전생의 인연이 깊은 모양이라고 생각할 수는 없는 게요. 마치 남자를 전혀 모르는 천진무구한 처녀처럼 시치미를 떼니 너무하시는구려. 내 마음도 괴롭소이다."

여자는 대답하였습니다.

"개의 아내가 되기 전, 옛날 처녀 적 몸으로 이리도 뜨거운 사랑을 받는다면, 설사 처지를 모르는 몰염치한 짓일지언정 당장은 아니라도 언젠가는 진정 사랑해주실 날이 있으리라 마음을 위로하겠지만, 이렇게 오가는 길 덧없는 하룻밤의 정사라고 생각하면 더 이상 슬픈 일이 어디 있겠사옵니까. 아아, 지금 와서 어쩌겠습니까. 이렇게 된 이상 누구에게도 저에 대해서 말하지 마세요. 제발 부탁이옵니다."

이렇게 말하며 괴로워하는 모습이 과장은 아니라 여겨졌습니다.

겐지는 마음을 담아 이런저런 말로 위로를 하고, 앞날에 관해서도 굳은 약속을 하였겠지요.

새벽닭이 울었습니다. 수행한 사람들이 잠자리에서 일어나 이야기하는 소리가 들립니다.

"이런, 늦잠을 자고 말았군."

"어서 수레를 끌어내자."

기의 수도 일어나 나와 말하였습니다.

"여인네의 방향에 부정 탈 일이 있어서 들르신 것도 아닌데 이렇게 서둘러 돌아가실 일은 없지 않사옵니까."

겐지는 두 번 다시 이런 기회가 있을 리도 없거니와 일부러 만나러 올 수도 없고, 편지를 주고받는 일조차 쉽지 않을 것이라 생각하니 마음이 아파 견딜 수가 없었습니다.

중장이 모시러 와 난감해하고 있는 터라, 일단은 여자를 놓아주었다가 다시 가지 말라 잡습니다.

"앞으로 어떻게 편지를 보내면 좋겠소이까. 그대의 그 쌀쌀맞은 태도에서 오는 괴로움과 내 사랑의 깊이에서 오는 괴로움이 모두 지난 하룻밤의 추억이 되었소이다. 이렇듯 애틋한 일이 세상 어디에 있겠소."

이렇게 말하며 우는 모습이 뭐라 말할 수 없이 아름다웠습니다.

새벽닭이 몇 차례이고 우는지라 급한 마음으로 시를 읊었습
니다.

그대의 박정한 대접에
원망스런 마음을 채 말하지도 못하였는데
이리도 빨리 동녘 하늘은 밝아오고
새벽닭이 부지런히 울어대니
어찌 이 몸을 일으킬 수 있으랴

여자는 자신의 처지와 용모, 나이를 생각하니 너무도 어울리
지 않는 일이라 수치스럽고, 분에 넘치도록 고마운 집착과 하룻
밤의 부드러운 애무에도 마음이 동하지 않으니, 오히려 평소에
는 세련되지 못하여 싫다고 가벼이 여겼던 늙은 남편이 자꾸 떠
올랐습니다. 혹 어젯밤 일을 남편이 꿈에라도 보지 않았을까 생
각하자 두려움에 몸이 오그라들 것 같았습니다.

한심한 내 처지에
한탄과 고통의 눈물로
잠도 못 이루고 맞은 아침
새벽닭 우는 소리에
내 울음소리 또한 높아지누나

점차 날이 밝아오는지라 장지문까지 배웅을 하였습니다. 집 안팎이 사람들 소리로 웅성웅성하여 할 수 없이 장지문을 닫고 갈라서 헤어질 때는 허전하고 불안하여, 장지문이 마치 두 사람 사이를 갈라놓은 관문처럼 여겨졌습니다.

겐지는 여자가 사라진 후, 옷을 입고 남쪽 난간에서 한동안 멍하니 사방을 바라보았습니다.

시녀들이 서쪽 격자창을 소리내어 들어올리고 이쪽을 엿보고 있는 듯하였습니다. 툇마루 중간쯤에 세워둔 가리개 너머로 언뜻언뜻 보이는 겐지의 모습을, 몸이 저리도록 아름답다 감탄하며 사모하는 불경스런 시녀들도 있는 듯하였습니다.

달빛은 희미해졌으나 달그림자가 아직도 선명하게 남아 있으니 참으로 그윽한 새벽 경치였습니다. 무심한 하늘과 바라보는 사람의 마음 탓에 쓸쓸하게 보이는가 하면 고혹적으로 보이기도 하였습니다. 털어놓을 수 없는 겐지의 마음속에 비치는 풍경은 어떠했을까요. 여자에게 편지도 보낼 방법이 없으니, 슬프고 애틋한 마음으로 여자의 집 쪽을 몇 번이고 돌아보며 귀갓길에 올랐습니다.

겐지는 집으로 돌아와서도 금방 잠자리에 들지 못하였습니다. 은밀히 만날 수 있는 묘책도 없어 여자의 마음속만 헤아리고 있습니다.

'그 사람이야말로 지금쯤 얼마나 괴로워하고 있을까.'

용모가 이렇다 하게 빼어난 것은 아닌데도 몸가짐이 반듯하고 고상한 소양을 갖추고 있으니, 그 여자야말로 상급의 중류가 아닌가 싶었습니다. 경험이 풍부한 좌마두가 상급 중류 가운데 꽤 쓸 만한 여자가 있다 하였는데, 그 말이 과연 옳았다고 겐지는 수긍을 하였습니다.

그 무렵 겐지는 좌대신 댁에 계속 머물고 있었습니다. 그 후 그 여자에게는 한 번도 소식을 전하지 못한 터라, 얼마나 마음을 태우고 있을까 안타까운 마음에 생각다 못하여 기의 수를 불러들였습니다.

"지난번에 보았던 위문독의 자식을 내게 보내줄 수 있겠느냐. 얼굴이 곱상하게 생겼으니 내 곁에 두고 심부름을 시키고 싶구나. 내 폐하께도 말씀을 드려 궁중에서 전상동으로 있도록 해주마."

그러자 기의 수는 말하였습니다.

"고마운 말씀이옵니다. 그 아이의 누이에게 그 뜻을 전하겠사옵니다."

겐지는 그런 말만 들어도 가슴이 두근거리는데, 시치미를 떼고 넌지시 물었습니다.

"그런데 그 누이는 그대의 동생을 낳았는가?"

"아니, 그런 일은 없사옵니다. 아버님과 함께한 지 이 년 정도가 되었으나, 그 부모가 궁중으로 들이려 뜻한 바와는 다른 처지가 되었음을 분하게 여겨, 당사자는 아버님과의 결혼을 불만스럽게 여긴다 들었사옵니다."

"그거 가엾은 일이로구나. 처녀 시절에는 상당한 미인이었다고 평판이 자자했다던데, 정말 그렇게 아름다운가?"

겐지가 이렇게 묻자 기의 수가 대답하였습니다.

"그렇지 않은 것은 아니오나, 계모는 처음부터 저를 멀리하며 냉담한 태도를 취했사옵니다. 저 역시 '의붓자식은 계모를 가까이하지 않는 편이 좋다'는 말에 따라 계모를 멀리하고 있사옵니다."

그로부터 대엿새 후, 기의 수가 그 소년을 데리고 왔습니다. 찬찬히 살펴보니 딱히 아름답다 할 정도는 아니어도 몸짓이 우아하여 귀족의 자제답게 보였습니다. 곁에 두고 고기미라 부르며 친밀하게 말을 걸기도 하니, 고기미는 어린 마음에도 겐지가 아주 훌륭한 분인 듯하여 기쁘고 고맙게 여겼습니다.

겐지는 누이에 대해서도 여러 가지로 소상하게 물었습니다. 고기미는 대답할 수 있는 일은 똘똘하게 대답하니, 아직 나이가 어린데도 겐지가 부끄러울 정도로 침착하여 얘기를 꺼내기가 쉽지 않았습니다.

그런데도 겐지는 말을 훌륭하게 꾸며 누이와의 관계를 들려주었습니다. 고기미 역시 두 사람 사이에 그런 일이 있었나 하고 대충은 알게 되었는데, 뜻밖이라 생각하면서도 아직은 어린지라 깊이 생각지 아니하고 겐지의 명에 따라 누이에게 편지를 전하였습니다.

　여자는 어이가 없어서 눈물을 흘렸습니다. 동생이 어찌 생각할까 상스럽기도 하고, 그럼에도 편지를 되돌려줄 수는 없으니 얼굴을 가리고 편지를 펼쳤습니다. 길게 풀어놓은 사연 끝에 이렇게 씌어 있었습니다.

　　꿈인 듯하여라

　　덧없는 밀회가

　　다시금 꿈에서나마 보고픈데

　　한탄하며 잠 못 이루는 밤이

　　또 지나는구나

　"이 그리움을 어찌 달래면 좋으리까. '잠들지 못하니 꿈에서도 보지 못하오'란 시구가 바로 나를 뜻하는 듯하구려."

　눈이 부실 정도로 멋들어지게 씌어진 필적을, 여자는 눈물이 앞을 가려 읽지 못합니다.

　수령의 아내가 된 운명, 지금 또 겐지의 사랑을 받아 뜻하지 않은 인연이 새로이 더해진 자신의 슬픈 운명을 생각하며 여자는 목을 놓아 울었습니다.

　다음날, 겐지의 부름을 받은 고기미는 어서 답장을 써달라고 누이를 재촉하였습니다. 여자가 말하였습니다.

"이런 편지를 볼 사람이 없다고 말씀드려라."

고기미는 빙긋 웃으면서 대답하였습니다.

"사람을 잘못 알아봤을 리 없다고 분명하게 말씀하셨는데, 그렇게는 대답할 수 없습니다."

그렇다면 이 아이에게 모든 것을 다 말하였는가 싶어 어처구니없음에 괴로워 몸 둘 바를 몰랐습니다.

"아니 뭐라고. 그런 건방진 소리를 하려거든 이제 그쪽에는 발길도 하지 말거라."

여자는 기분이 몹시 상하여 이렇게 말하였습니다.

"겐지 님께서 부르시는데 어찌 아니 갈 수가 있습니까."

고기미는 이렇게 대꾸하고는 겐지의 집으로 돌아갔습니다.

기의 수는 풍류남이라서 이 계모의 생활을 안타깝게 여기고 있었습니다. 그래서 늘 비위를 맞추려 애썼고, 고기미도 소중히 여기며 어디든 데리고 다녔습니다.

"어제는 하루 종일 기다렸는데, 그쪽은 나만큼 나를 생각지 않는 모양이구나."

겐지가 고기미를 불러 앉혀놓고 원망스럽게 말하자 고기미는 얼굴을 붉혔습니다.

"그래 답장은 어찌 되었느냐?"

겐지의 물음에 고기미는 누이가 한 말을 그대로 전하였습니다.

"뭐라, 내 애써 부탁한 보람도 없구나. 참으로 너무하다."

그러고는 또다시 편지를 건넸습니다.

"너는 잘 모를 것이다. 실은 이요의 노인에 앞서 나는 누이와 좋은 사이로 지냈다. 그런데 내가 믿음직스럽지 못한 젊은이라 경시하고 그 보잘것없는 노인에게 시집을 가더니, 이렇게 나를 멸시하는구나. 허나 너만은 내 자식인 양 생각하고 내 곁에 있어다오. 그 늙은이는 앞으로 얼마 살지 못할 터이니."

겐지가 이렇게 말하자 고기미가 정말 그랬을지도 모르겠다, 일이 참 묘하게 되었구나, 하고 사실로 여기는 모습이 참으로 우스웠습니다.

그 후 겐지는 늘 그 소년을 곁에 두고 우리 아이라 부르며 귀여워하고 궁중으로 데리고 들어가기도 하였습니다. 또한 사가의 갑전에 명하여 고기미에게 새 옷을 만들어주는 등, 친부모처럼 보살폈습니다.

또 여자에게 보내는 편지를 계속 손에 쥐어주었습니다. 허나 여자는, 동생이 아직은 어리고 철이 없으니 혹 잘못하여 편지를 잃어버려 사람 눈에 띄기라도 하면 의지할 데 없는 처지에 가벼운 여자라는 평판까지 나돌 것이라 걱정이 이만저만이 아니었습니다. 자신의 처지가 겐지에게는 전혀 어울리지 않는다고 생각하는 탓에, 아무리 달콤한 내용의 편지라도 상대방의 신분을 경시하기에 가능한 일이라 여기고 절대로 답장을 보내지 않았습니다.

그날 밤 언뜻 본 겐지의 모습이 소문에 듣던 대로 너무도 아름다워 그립고 사모하는 마음이 없는 것은 아니나, 지금 와서 새삼스럽게 사랑의 기교를 아는 여자인 척해봐야 무슨 소용이 있으랴 하고 후회스러웠습니다.

겐지는 한시도 여자를 잊지 못하고 그리움에 몸부림쳤습니다. 그 밤, 고뇌하던 여자의 몸짓과 사랑스러운 모습이 머리에서 떠나지 않고 가슴을 짓눌렀습니다.

들고나는 사람들에 섞여 눈에 띄지 않게 찾아가볼까 싶어도 사람들 눈이 많은 곳이라 조심스럽지 못한 행동이 발각되면 그 사람에게는 참으로 안된 일이니, 이러지도 저러지도 못하고 안절부절못하였습니다.

늘 그러하듯 궁중에서 며칠이나 계속 지내던 때였습니다. 중신이 지상으로 내려오는 날은 구실 삼기에 좋은 때라 벌써부터 기다리고 있었습니다. 그리고 그날을 놓치지 않고 방향을 바꾼다는 빌미로 궁중을 빠져나왔습니다.

급히 좌대신 댁으로 가는 척하다가 도중에 발길을 돌려 기의 수 집에 들렀습니다. 기의 수는 겐지의 갑작스러운 방문에 놀랐으나, 자랑으로 여기는 냇물이 마음에 들어 다시 발길을 하였으리라 짐작하고 더없는 명예에 황송해하였습니다.

고기미에게는 낮에 미리 오늘의 예정을 알려두었습니다. 고기미는 밤낮을 가리지 않고 곁에 두고 있는 터라 오늘도 제일 먼저 불러들였습니다.

여자도 겐지에게서 그런 내용의 편지를 이미 받은 터라, 사람을 속이면서까지 찾아주는 겐지의 깊은 마음에 고마움을 느꼈습니다. 허나 만나서 몸과 마음을 열정에 허락하자니 자신의 비참한 모습을 속속들이 보이게 되는 셈이라 꺼려지는 이상, 그 꿈처럼 지나간 덧없는 하룻밤의 한스러움을 또 반복해야 하나 싶어 마음이 어지러웠습니다.

그리고 이렇게 겐지가 은밀하게 찾아주기를 기다리는 것은 낯간지러운 일이라, 고기미가 겐지의 부름을 받고 자리를 뜬 후에 시녀에게 이렇게 말하였습니다.

"이곳은 손님의 방에서 너무도 가까워 꺼려지는구나. 내 몸이 불편하여 허리와 어깨를 주물러주었으면 싶으니 좀 떨어진 곳으로 가자꾸나."

그러면서 시녀를 채근하여 건널복도에 있는 중장의 방으로 몸을 숨겼습니다.

겐지는 여자의 방에 은밀히 찾아들 생각에 수행한 자들을 일찍 잠자리에 들게 하고 고기미에게 편지를 쥐어 보냈습니다. 고기미는 누이가 어디에 있는지 행방을 알아내지 못하여 온갖 곳을 다 찾아다니다 건널복도에서 간신히 찾아내었습니다. 고기미는 누이의 소행이 속절없고 너무하다 싶어서 거의 울음을 터뜨릴 듯 원망하였습니다.

"정말 너무하는군요. 겐지 님이 저를 얼마나 쓸모없게 생각하시겠습니까?”

“너야말로 어찌하여 이런 좋지 않은 일에 마음을 쓰는 것이냐. 아직 어린아이가 이런 일에 나서서 다리를 놓는 것은 참으로 좋지 않은 일이다.”

누이는 이렇게 꾸짖으며 단호하게 말하였습니다.

“내가 몸이 불편하여 시녀들이 주무르고 있으니, 겐지 님에게 그리 이르거라. 네가 이런 곳에서 어정거리고 있으면 누군들 수상쩍다 여기지 않겠느냐.”

그러나 마음속으로는, 아아 이렇게 지방 수령의 아내가 된 신분이 아니라 돌아가신 부모님의 추억이 남아 있는 집에서 행여라도 겐지 님이 찾아주시기를 기다리는 몸이라면 얼마나 편할까, 하고 생각하였습니다. 겐지 님의 마음을 애써 뿌리치고는 있지만, 제 주제를 모르는 여자라 여길 것이라 생각하니 스스로 결심한 일인데도 가슴이 저리듯 아프고 마음이 어지러웠습니다. 하지만 어쩔 수 없는 자신의 운명이니, 끝까지 정리에 강한 몹쓸 여자로 일관하자고 각오를 다졌습니다.

겐지는 방에 누워, 고기미가 뭐라 누이를 설득시킬지 궁금하나 아직 어린아이라 미덥지 못한 마음으로 기다리고 있었습니다.

고기미가 돌아와 역시 실패로 끝난 자초지종을 이야기하였습니다.

“참으로 대단한 고집이로다. 내가 오히려 부끄러워지는구나.”

이렇게 말하니, 고기미는 겐지의 그런 모습이 안쓰러워 견딜 수가 없었습니다. 겐지는 잠시 말도 하지 않고 불만스런 긴 한숨을 내쉬고는 수심에 잠겼습니다.

벌판 오두막집에 핀 하하키기여
다가서면 환상처럼 사라지는 하하키기
그 하하키기처럼 무정한 그대여
그리움에 찾아왔는데
찾을 길 없어 길 헤매이누나

겐지는 시를 한 수 지어, "뭐라 할 말이 없소이다"란 말을 덧붙여 편지를 보냈습니다. 여자도 잠들지 못하고 있었던 터라 이렇게 답장을 썼습니다.

가난한 오두막집에 산다는
하하키기의 이름이 부끄러워
남모르게 사라져버리고 싶은데
있어도 없는 듯한 환상의 나무인
저 하하키기 같은 나

여자는 겐지가 안쓰러워 잠도 한숨 못 자면서 편지를 들고 오가는 고기미의 모습을 사람들이 이상히 여기지는 않을까 걱정하였습니다.

수행인들은 혼곤히 잠에 빠져 있는데, 겐지는 외로운 마음에 홀로 생각에 잠겨 있습니다. 좀처럼 손에 잡히지 않는 여자의 강경한 성품이 하하키기의 노래와는 달리 사라지기는커녕 오히려 선명하게 마음으로 피어올라 부아가 치미는 한편, 그러하기에 이토록 마음이 끌리는 것이라 생각하였습니다. 그래도 그렇지 너무도 박정한 처사에 에이, 될 대로 되라지, 하고 생각은 하지만 역시 그리 쉽게 단념할 수는 없어서 고기미에게 말하였습니다.

"그 사람이 숨어 있는 곳으로 나를 데리고 가다오."

"좁고 답답한 곳에 틀어박혀 있는데다 안에는 시녀들이 우글거리고 있는 듯하니, 모시기가 망극하옵니다."

고기미는 그렇게 말했습니다. 고기미는 정말이지 겐지의 처지를 안타깝게 여기고 있었습니다.

"그래그래, 너만은 나를 버리지 말아다오."

겐지는 그렇게 말하고 고기미를 옆에 눕게 하였습니다.

고기미가 젊고 아름다운 겐지의 모습을 진정으로 아름답고 훌륭하다 여기니, 겐지도 냉담하고 제 마음 같지 않은 고기미의 누이보다는 오히려 동생 쪽을 사랑스럽게 여기는 것일까요.

매미 허물

매미가 허물만 남겨두고
떠난 나무 아래서
겉옷만 벗어두고
사라진 그대를
잊지 못하는 이 몸

◆ 겐지

얇은 매미의 날개에 내린 이슬이
나뭇가지에 가려 보이지 않듯이
나 또한 사람들의 눈을 피하고 피하여
당신을 향한 애틋한 그리움에
홀로 눈물짓고 있으니

◆ 우쓰세미

❈ 제3첩 매미 허물(空蟬)

空蟬은 '우쓰세미'라 읽고, '매미' 또는 '매미 허물'을 뜻한다. 또한 이 첩에 등장하는 매미 허물 같은 여인의 이름이기도 하다.

잠을 이루지 못하는 겐지는 곁에 누워 있는 고기미에게 말하였습니다.

"사람에게 이토록 미움을 받기는 처음이로구나. 내 오늘 밤 사랑이란 괴로운 것임을 절실하게 깨달았다. 너무도 수치스러워 살아 있다는 것이 싫구나."

고기미는 자기도 모르게 눈물을 흘렸습니다.

겐지는 그런 고기미를 정말 사랑스런 아이라고 생각하였습니다. 끌어안은 그녀의 몸이 더듬는 겐지의 손바닥에 가녀리고 조그맣게 느껴졌던 것이며, 그리 길지 않았던 머리칼의 감촉이 기분 탓인가 이 소년의 느낌과 비슷하게 여겨진 것도 그녀에 대한 그리움을 부추겼습니다.

더 이상 집요하게 주위를 맴돌며 굳이 찾아내어 말을 걸면 수치심이 더하리라 여기고는, 내심 너무한 여자라고 원망을 하면서 뜬눈으로 날을 밝히고 말았습니다.

아직 날이 어둑어둑한데 평소와 달리 고기미에게 자상한 말한마디 건네지 않고 돌아가는 겐지를 보며 고기미는 안타까움을 금하지 못하니, 미진하고 쓸쓸한 기분이 들었습니다.

여자도 마음이 꺼림칙하였으나, 그 후로는 다행히 겐지에게서 편지가 오지 않았습니다. 과연 진저리가 난 모양이라고 여기면서도 이렇게 생각하였습니다.

'만약 이렇게 화가 나신 채로 단념하신다면 나는 얼마나 슬프고 괴로울까. 허나 그렇다 하여 앞으로도 그 억지스런 처사가 계속된다면 견딜 수 없을 터이니 이쯤 해서 은밀한 일을 끝내는 것이 좋을 것이야.'

그런데도 마음은 역시 진정되지 않아, 자칫 울적한 상념에 사로잡히곤 하였습니다.

겐지는 너무한 여자라고 원망은 하나 이대로 마음을 접을 수도 없으니, 체통이 서지 않는 일이라고 분해하고 고민하였습니다. 고기미에게 몇 번이나 말하였습니다.

"그 사람의 냉담한 태도에 너무도 분통이 터져 억지로라도 잊으려 애쓰는데, 마음이 내 말을 듣지 않으니 도저히 단념할 수가 없구나. 괴로워서 견딜 수가 없으니 한 번만이라도 만날 수 있도록 기회를 만들어다오."

고기미는 당황하였지만 이런 일이나마 겐지가 격의 없이 의논해주는 것이 기뻤습니다. 그리고 어린 마음에도 어떻게든 좋은 기회를 잡을 수 없을까 하고 기회를 살폈습니다.

때마침 기의 수가 임지로 길을 떠났습니다. 주인이 없는 집에서 여자들만 한가로이 지내는 것을 안 고기미는 어느 날, 자기 수레에 겐지를 태우고 길도 잘 보이지 않는 저녁 어둠을 타 겐지를 안내하였습니다.

고기미가 아직 어려 제대로 주선을 할 수 있을지 겐지는 믿음직스럽지가 않았습니다. 그렇다 하여 느긋하게 기다리고만 있을 수는 없는 기분이라, 눈에 띄지 않는 간편한 차림을 하고 문이 닫히기 전에 당도하기 위해 서둘러 집을 나섰습니다.

고기미는 사람 눈이 없는 문으로 수레를 들이고 겐지를 내리게 하였습니다. 아직 어린아이라서 숙직을 하는 사람들도 딱히 경계를 하지 않으니, 다가와 곰살맞게 말을 걸지 않는 것이 오히려 다행스러웠습니다.

고기미는 겐지를 침전의 동쪽 옆문 앞에 세워놓고 남쪽 모퉁이 방의 격자창을 일부러 소리나게 두드리면서 차양의 방으로 들어갔습니다.

"창을 닫아야지, 안 그러면 안이 다 보여요."

시녀들이 말하는 소리가 들립니다.

"이렇게 날이 더운데 왜 격자창을 내려놓은 것이죠?"

고기미가 묻자, 이런 대답이었습니다.

"서쪽 별채에 기거하시는 기의 수님의 여동생이 오셔서 낮부터 바둑을 두고 계십니다."

그렇다면 마주하고 바둑을 두고 있는 여인들의 모습을 보고 싶은 마음에 겐지는 살며시 걸어가 발 틈으로 얼굴을 들이밀었습니다.

방금 전 고기미가 들어간 후 격자창을 그대로 열어둔 터라, 방 안의 모습을 들여다볼 수 있었습니다. 다가가 방의 서쪽을 살피니, 격자창 바로 옆에 세워둔 병풍도 끝이 접혀 있고, 더운 탓인가 가리개용 휘장의 얇은 천이 가로대 위에 걸쳐져 있어 방 안이 훤히 보였습니다.

두 여인의 가까이에 등잔불이 켜져 있었습니다. 안방의 중간 쯤에 있는 기둥에 기대어 옆을 향하고 앉아 있는 사람이 꿈에도 그리는 그녀가 아닐까 싶어 겐지는 그쪽으로 눈길을 돌렸습니다. 속에는 짙은 보라색 홑옷 같은 것을 입고, 그 위에 뭔지 잘 모를 옷을 덧입고 있습니다. 자그마하고 길쭉한 머리 모양에 몸집도 가냘픈 사람이 별 볼품없는 모습으로 앉아 있었습니다. 가능하면 마주 앉은 사람에게도 얼굴이 보이지 않도록 조심하니, 돌을 놓는 야윈 손도 소맷자락으로 덮어 주의 깊게 숨기고 있습니다.

또 한 사람은 동쪽으로 앉아 있는 터라 하나에서부터 열까지 다 보였습니다. 하얗고 얇은 홑옷에 홍화와 남으로 물들인 소례복을 단정치 못하게 입고, 붉은색 아랫도리에 허리끈을 묶은 곳까지 가슴 섶을 풀어헤친 모습이 언뜻 조심성이 없어 보였습니다.

그러나 피부색은 속이 들여다보일 듯 하얗고 오동통하게 살이 찌고 키가 큰, 사랑스러운 여자입니다. 머리카락이 송송 돋은 이마가 선명하고 곱고, 눈가와 입가에 애교가 넘치는 화사한 얼굴입니다. 머리카락은 살랑살랑 숱이 많고, 그리 길지는 않지만 볼을 타고 흘러내린 모습과 어깨로 늘어진 모습이 깔끔하고 상쾌하여 어디 하나 결점이 보이지 않으니, 미인이라 느껴졌습니다.

과연 이런 정도라면 아비인 이요의 개가 보기 드문 딸이라고 자랑할 만할 것이라고 겐지는 흥미롭게 바라보았습니다.

겐지는 힐긋 보았을 뿐인데도 이렇게 느꼈습니다.

'조금만 더 성품이 차분하고 얌전하면 좋았을 터인데.'

재주도 그럭저럭 있는 듯하고, 바둑을 다 둔 후에 공배를 메우는 솜씨도 재빠르고, 명랑하게 재잘재잘 떠들고 있습니다. 그 안쪽에 있는 사람은 말없이 침착하게 있다가 이렇게 말하였습니다.

"잠깐만 기다려봐요, 거기는 비긴 곳이잖아요. 이쪽 패부터 먼저 끝내야지요."

그런데 상대방이 이렇게 말하였습니다.

"아니오, 이번에는 제가 졌어요. 여기 이 구석하고, 여기는 몇 집이나 되려나, 어디어디."

그러면서 손가락을 곱아 집을 세는 모습이 기민하고 활달하여, 그 수가 헤아릴 수 없이 많다는 이요 온천의 욕조 수까지 거침없이 셀 수 있을 것 같은데, 다소 기품이 모자라는 듯 보였습니다.

"열, 스물, 서른, 마흔."

몸집이 작은 여인은 소맷자락으로 입가를 완전히 가리고 얼굴이 함부로 드러나지 않도록 조심하고 있는데, 겐지가 가만히 들여다보니 점차 그 옆얼굴이 보였습니다. 눈꺼풀이 약간 도톰하고 콧부리도 반듯하지 않은 것이 나이 들어 보이고 윤기도 없었습니다. 용모는 출중하지 못한데 그 결점을 아리따운 자태로 보완하니, 젊고 용모가 번듯한 다른 한쪽보다 오히려 아량이 깊고 모든 이들의 마음을 끌듯 보였습니다.

명랑하고 애교가 있으며 곱디고운 처녀가 한층 자신만만하게 재잘거리며 자지러지게 웃는 모습을 보자, 그쪽도 화사하고 요염하니 나름대로 매력이 있었습니다.

경망스러운 여자라고 생각하면서도 겐지의 바람 같은 마음은 그 처자 또한 무관심하게 지나치지는 않았습니다.

지금까지 사랑한 여자들은 모두 겐지 앞에서는 품위를 잃지 않으려 몸가짐을 허술히 하지 않았으니, 겐지는 반듯한 여자들의 모습밖에 보지 못하였습니다. 이렇듯 방심하고 있는 여자의 모습을 엿보기는 지금이 처음인지라, 여자가 아무 경계도 하지 않고 고스란히 자신에게 모습을 드러내고 있는 것이 안쓰럽기는 하였으나 좀더 오래 보고 싶었습니다.

그러나 고기미가 나올 듯한 기척이 느껴져 재빨리 그 자리를 떠났습니다.

겐지는 아무 일 없었다는 듯 건널복도 입구에 기대어 있습니다.

고기미가 돌아와 이런 곳에 오래 세워둔 것을 죄스럽게 여기며 말하였습니다.

"평소 걸음을 하지 않던 손님이 와 있어 누이 곁에 다가갈 수 없었사옵니다."

"그렇다면 오늘 밤에도 나를 그냥 돌려보낼 요량인 게로구나. 참 너무하는구나."

겐지가 그렇게 말하자 고기미가 대답하였습니다.

"그럴 리가 있겠사옵니까. 손님이 돌아가면 어떻게든 손을 써보겠사옵니다."

'잘하면 여자를 어떻게 해볼 수도 있다는 말인가. 이 아이는 비록 어린애지만 상황 판단도 할 수 있고 사람의 안색도 살필 수 있을 정도로 눈치가 빠르니.'

겐지는 이렇게 생각하였습니다.

여자들이 바둑을 끝낸 모양입니다. 갑자기 안쪽에서 부산스런 기척이 느껴지고 사람들이 일어나는 듯하였습니다.

"도련님은 어디로 가신 게지. 이 격자창을 이제 닫아야겠네."

이런 목소리가 들리고, 창이 닫히는 소리가 들렸습니다.

"다들 잠이 든 모양이로군. 자 이제 들어가서 어떻게 손을 좀 써보거라."

겐지는 채근을 하였습니다. 고기미는 누이가 감당하기 어려울 정도로 성실하고 고집이 센 성품임을 알고 있는 터라 뭐라 말붙일 그럴싸한 묘안이 없으니, 누이 주위에 사람들이 없어지면 겐지를 살짝 방으로 들여보낼 심산이었습니다.

"기의 수의 여동생도 여기에 있는가, 그 처자도 좀 봤으면 좋겠는데."

겐지가 말하자, 고기미가 대답하였습니다.

"아니 될 일이옵니다. 격자창 안쪽에 또 휘장을 쳐놓았사온걸요."

필시 고기미의 말대로이겠지요. 허나 겐지는 이미 보았으니 고기미의 대꾸가 내심 우스웠지만 가엾은 생각에 그렇다는 말은 할 수 없어 이런 말만 되풀이하였습니다.

"어서 빨리 밤이 깊었으면 싶구나. 너무도 기다려져."

고기미는 이번에는 일부러 문을 두드려 열게 하고 안으로 들어갔습니다. 사람들은 모두 잠이 들어 조용하였습니다.

"나는 이 장지문 가까이서 자야겠군. 시원한 바람이여, 이곳으로 불거라."

이렇게 말하면서 고기미는 제 손으로 얇은 돗자리를 깔고 누웠습니다.

시녀들은 동쪽 차양의 방에 모여 자고 있는 듯합니다. 고기미에게 문을 열어주었던 몸종도 그쪽으로 가서 자니, 고기미는 잠시 눈을 붙이는 척하다가 병풍을 펼쳐 불이 밝은 쪽으로 세워놓고 어두컴컴한 그 안으로 겐지를 끌어들였습니다.

"자칫 얼굴을 들 수 없을 만큼 수치스런 일을 당하면 어찌하
겠느냐."

겐지는 불안한 마음에 몹시 주눅이 들었으나, 고기미가 이끄
는 대로 안방의 휘장 한끝을 살며시 들어올리고 조심조심 안으
로 들어가려 하였습니다. 사방이 고요하여 겐지의 부드러운 옷
깃이 스치는 소리가 유난히 또렷하게 들렸습니다.

여자는 그 후로 겐지가 자기를 완전히 잊은 듯하여 내심 다행
이라고 애써 생각하려 하나, 어찌 된 일인지 저 농염한 꿈같았
던 하룻밤의 일이 마음에서 한시도 떠나지 않으니 안타까움과
그리움에 잠 못 이루는 밤을 지내고 있었습니다. 낮이면 멍하니
상념에 잠기고, 밤이면 밤대로 편히 잠들 수가 없었습니다.

'밤에는 잠 못 이루고 낮에는 바라보며 세월을 보내니 봄이
면 이 눈 쉴 틈 없어라'는 옛 노래에도 있듯이 밤낮을 그런 상태
로 지내니, 지금은 봄도 아닌 여름인데, '새싹'도 아닌 '이 눈'이
쉴 틈 없다고 한층 시름에 잠겨 한탄하였습니다.

"오늘 밤은 여기서 잘래요."

바둑을 같이 둔 의붓딸이 당대의 처자답게 허물없이 쾌활하
게 말하면서 계모 곁에 누웠습니다.

젊은 처자는 순진하기 이를 데 없어 금방 잠에 빠져들었습
니다.

그때 사람이 몰래 숨어든 기척이 느껴지고, 그윽한 향내가 숨

이 막힐 정도로 사방에 떠다녔습니다. 기억에 있는 그 향내에 여자는 흠칫 놀라 고개를 들었습니다. 걷어올린 얇은 휘장 사이로 어두워서 잘 보이지는 않으나 누군가가 살금살금 다가오는 기척을 분명하게 느낄 수 있었습니다. 너무도 황망하여 누구라 판단도 하기 전에 여자는 소리없이 몸을 일으켜 얇은 비단 홑옷을 걸치고 침소를 빠져나왔습니다.

방으로 들어간 겐지는 그 여자가 혼자서 자고 있는지라 안심하였습니다. 기둥과 기둥을 이은 가로대 밑에 시녀가 두 명 정도 자고 있었습니다. 여자가 덮고 있는 이불을 살며시 밀어내고 바짝 몸을 붙이며 옆으로 누웠습니다. 조심조심 여자의 몸을 더듬으니, 지난번 밤에 안았을 때보다 왠지 풍만한 감촉이 전해지는데도 다른 사람인 줄은 전혀 모르고 있습니다. 그러다가 곤하게 잠이 든 채 깨지 않는 여자의 모습이 아무래도 그 여자와는 어딘가 다른 것을 알았습니다. 간신히 다른 사람이라는 것을 깨닫자 이 한심한 사태에 분노가 치미는 한편 이런 생각도 들었습니다.

'그러나 다른 사람이라 하여 허둥지둥 당황하는 것도 얼빠진 노릇이고 이 처자도 이상히 여길 터. 새삼스럽게 그 여자를 찾아본들 이토록 나를 피하고 있으니 어차피 소용없는 일, 그래봐야 어리석은 남자라고 조소당하기가 고작일 것이야.

이 처자가 그 등잔 빛에 보였던 귀여운 여자라면 그리 나쁘지는 않겠지.'

이 또한 여느 때의 풍류스런 바람기 탓이겠지요.

처자가 드디어 눈을 떠보니 예기치 않은 일이 벌어져 있는지라 놀라고 어처구니없어하는 표정이었으나, 이런 때 아무런 마음의 준비도 없는 사람에게 못할 짓을 했다는 연민의 정을 자극하는 조신함은 없었습니다.

처녀치고는 능숙하여 신선함도 없고, 이런 경우에 여자들이 흔히 보이는 꺼져들어갈 듯한 정취도 없습니다.

겐지는 여자에게 신분을 노출시키고 싶지 않았습니다. 그러나 나중에 처자가 어쩌다가 이런 일이 벌어졌을까 하고 이리저리 생각한다면 겐지에게는 별 지장이 없어도 그 고집스런 사람이 세상의 이목이 두려워 얼마나 노심초사할까 하는 가엾은 마음에 이렇게 둘러댔습니다.

"지금까지 부정 탄 방향을 바꾸느라 몇 번 이 집에 신세를 졌는데, 실은 그대가 목적이었소."

눈치가 빠른 여자라면 겐지의 진짜 목적이 계모라는 것을 알아차릴 법도 한데, 시건방지긴 해도 아직 나이 어린 처자인지라 생각이 거기까지 미치지는 못하는 듯 보였습니다.

겐지는 이 젊은 처자가 곱지 않은 것은 아니나 딱히 마음이 끌리는 구석이 있는 것은 아니어서, 역시 그 고집스런 여자의 박정함을 한탄하지 않을 수 없었습니다.

'대체 그 여자는 어디에 숨어서 나를 얼빠진 남자라고 경멸하고 있다는 말이냐. 그렇게 매정하고 고집 센 여자는 세상에 또

없을 것이다.'

겐지는 이렇게 생각은 하면서도 잊을 수가 없으니, 그 여자만을 애타게 그리워하였습니다.

한편 이 젊은 처자의 천진난만하고 구김살 없는 표정 또한 사랑스러우니 애정을 담아 상냥하게, 절대로 이 마음 변하지 않을 것이라 맹세를 하였습니다.

"사람들에게 공공연히 알려진 사이보다 이렇게 아무도 모르는 은밀한 사랑이야말로 애정이 날로 깊어지는 것이라고 옛사람도 말했소이다. 그러니 그대도 나를 생각해주구려. 나는 세상의 이목을 주의해야 하는 신분이라 마음대로 자유롭게 처신할수 없는 때도 있소. 또한 그대의 부모 역시 우리 사이를 허락하지 않을 것이라 생각하니 벌써부터 마음이 아프구려. 나를 잊지말고 꼭 기다려주시오."

이렇게 듣기에 좋을 말을 줄줄이 늘어놓았습니다.

"사람들이 어찌 여길까 부끄러워서 도저히 먼저 편지를 보낼수는 없사옵니다."

처자는 솔직하게 말하였습니다.

"아무에게나 얘기해서는 곤란하오. 아무튼 이 댁의 어린 전상인을 통하여 편지를 보내겠소이다. 그대는 아무 일도 없었던 것처럼 처신하시오."

겐지는 이런 말을 남기고 그 여자가 벗어놓은 얇은 겉옷을 들고 밖으로 나왔습니다.

근처에서 자고 있는 고기미를 깨우니, 내내 신경을 곤두세우고 자고 있던 터라 금방 눈을 떴습니다. 고기미가 살며시 문을 열자, 늙수그레한 시녀의 목소리가 들렸습니다.

"게 누구시오?"

고기미는 성가신 목소리로 대답하였습니다.

"나요."

"이 깊은 밤에 또 무슨 일로 나다니는 겝니까?"

시녀가 잔소리꾼 같은 표정으로 문 쪽으로 다가왔습니다. 고기미는 몹시 짜증이 나서 이렇게 대답하면서 겐지를 슬쩍 문밖으로 내밀었습니다.

"아무 일도 아니라니까요. 잠시 나갔다 오는 것뿐입니다."

새벽달이 환히 비치는 빛 속에서 언뜻 사람 그림자가 스치는 것을 본 시녀는 물었습니다.

"아니, 또 한 사람은 누구시오?"

그러고는 곧이어 말하였습니다.

"아아, 민부로구먼. 정말이지 키 한번 크구나."

민부는 키가 커서 늘 놀림감이 되는 다른 시녀였습니다. 늙은 시녀는 고기미가 민부를 데리고 나가는 것이라 착각하고는 이렇게 말하였습니다.

"도련님도 이제 곧 민부만큼 키가 클 것입니다."

그러면서 겐지가 나간 문으로 나갔습니다. 고기미는 당황하였지만 그렇다고 늙은 시녀더러 돌아오라 할 수도 없었습니다.

겐지는 건널복도의 입구에 몸을 바짝 붙이고 숨어 있습니다. 늙은 시녀가 그쪽으로 다가가 호소하였습니다.

"오늘 밤 숙직을 하고 있구려. 나는 엊그제부터 속이 좋지 않아서 내 숙소에서 쉬고 있었는데, 시녀가 부족하다고 하여 어젯밤 다시 나오기는 하였으나 아무래도 참기가 어렵구려."

이쪽의 대답도 미처 듣기 전에 이렇게 말하고는 황망하게 가 버렸습니다.

"아이구 배야, 그럼 또……."

겐지는 간신히 위기를 모면하였습니다. 역시 이렇게 남의 눈을 피해 은밀하게 여자를 찾아다니기란 경솔하고 위험하기 짝이 없는 일이라는 것을 몸소 깨달았을 터이지요.

겐지는 고기미의 수레를 타고 이조원으로 돌아왔습니다.

겐지는 고기미에게 오늘 밤에 있었던 일을 속속들이 이야기하면서 잔소리를 하고는 그 여자를 비난하고 원망하였습니다.

"너는 아직 어려서 도움이 안 되는구나."

고기미는 마음이 안타까워도 할 말이 없었습니다.

"그 사람에게 이토록 미움을 받으니 나 자신이 싫어지는구나. 말이라도 상냥하게 걸어주면 좋을 것. 내가 이요의 개보다 못하다는 말인가……."

참으로 아쉽다는 듯 이렇게 중얼거렸습니다.

그렇게 유감스러워하면서도 그 사람이 벗어놓았던 얇은 겉옷을 가슴에 품고 잠자리에 들었습니다.

　그 매정한 여자를 투덜투덜 원망하는 한편, 곁에 누운 고기미에게는 온화하고 신중하게 말하는지라 고기미는 정말이지 마음이 괴로워 풀이 죽었습니다.

　"너는 귀엽고 사랑스러우나 그 박정한 사람의 동생이고 보니, 언제까지 내 곁에 둘 수는 없을 것 같구나."

　그렇게 한동안을 누워 있었으나 잠은 도저히 오지 않았습니다. 그래서 서둘러 벼루를 들이라 하여, 늘 품에 지니고 다니는 첩지를 꺼내 연습을 하듯이 글을 흘려 썼습니다.

　　매미가 허물만 남겨두고
　　떠난 나무 아래서
　　겉옷만 벗어두고
　　사라진 그대를
　　잊지 못하는 이 몸

　고기미는 그 첩지를 품안에 넣었습니다.

　또 한 사람의 의붓딸 역시 어떻게 생각하랴 연민스러웠지만, 이리저리 궁리를 한 뒤 딱히 전할 말을 이르지는 않았습니다. 다만 그 얇은 겉옷은 그리운 사람의 몸내가 밴 옷이라 늘 곁에 두고 바라보았습니다.

　고기미가 기의 수의 집에 가자 고기미를 기다리고 있던 누이는 엄하게 꾸짖었습니다.

"어젯밤에는 너무도 어처구니가 없어서 간신히 몸을 숨기기는 하였으나, 사람들이 의심할 것은 불 보듯 뻔하다. 대체 무슨 심산이더냐. 정말이지 내 고초가 이만저만이 아니다. 네가 이렇듯 미덥지 못하니, 그분도 뭐라 생각하실지 모르겠구나."

고기미는 이쪽저쪽에서 꾸중만 들으니 속이 상하였지만, 겐지가 연습을 하듯 쓴 편지를 꺼내 누이에게 건넸습니다.

누이는 편지를 받아 들고 읽었습니다. 그 어부가 벗어놓은 허물 같은 겉옷을 가지고 가다니. 아아, 이 일을 어쩌나. '이세의 어부가 벗어놓은 옷'처럼, 그 얼마나 땀 냄새가 날 것인가 하고 마음이 혼란스러웠습니다.

서쪽 별채의 딸은 왠지 수치스러운 기분으로 자기 방에 돌아갔습니다. 아무도 그 일을 모르니 누구에게 얘기를 할 수도 없어 홀로 수심에 잠겼습니다.

고기미가 분주하게 이쪽저쪽 드나드는 모습을 볼 때마다, 행여나 그분이 편지를 보내주시지는 않을까 하여 가슴이 조마조마한데, 겐지에게서는 그 후로 소식 한 장 없었습니다.

참으로 너무한 처사라고 생각하지는 못하고, 사람이 바뀌어 그리된 일인 줄도 알 리가 없으니 제아무리 활달한 처자라 할지라도 수심에 잠기지 않을 수 없겠지요.

한편 한결같이 고집을 꺾지 않는 여자도 겉으로야 차분하게 평정을 유지하는 것처럼 보이나 겐지의 마음이 진실인 듯 여겨지자, 만약 이 일이 남편이 없는 처녀 시절에 생겼다면 얼마나 좋았을까, 하고 머릿속으로 그려봅니다. 지나간 날을 돌이킬 수는 없으니 겐지를 향한 그리움을 끝내 억누르지 못하고, 받은 편지 한끝에 남몰래 이런 글을 썼습니다.

> 얇은 매미의 날개에 내린 이슬이
> 나뭇가지에 가려 보이지 않듯이
> 나 또한 사람들의 눈을 피하고 피하여
> 당신을 향한 애틋한 그리움에
> 홀로 눈물짓고 있으니

밤나팔꽃

어쩌면 그분
겐지 님이 아니실까
하얀 이슬에 젖고 젖어
한결 아름다운 빛을 더하는
밤나팔꽃 같은 모습이

◆ 유가오

가까이 다가와
헤아려봄이 어떠하리
해질 녘 어슴푸레한 빛에
언뜻 본 밤나팔꽃
그 꽃의 정체를

◆ 겐지

❀ 제4첩 밤나팔꽃(夕顔)

夕顔은 '유가오'라고 읽으며, '밤나팔꽃'이라는 뜻이다. 동시에 이 첩에 등장하는 여인의 이름이기도 하다.

겐지가 육조에 있는 연인의 집에 은밀하게 드나들던 무렵의 일입니다. 그날도 퇴궁을 하여 육조로 가는 길에 중병에 걸려 수계를 받은 대이 유모나 문병하면서 한숨 돌리자 싶어서, 오조에 있는 유모의 집을 찾았습니다.

수레가 들어갈 문이 잠겨 있는지라, 수행원에게 안에 있는 유모의 아들 고레미쓰를 부르라 하였습니다.

수레에 탄 채로 고레미쓰를 기다리는 동안, 따분하여 볼품없는 큰길의 모습을 바라보고 있자니 유모의 집 옆에 새 노송으로 울타리를 빙 두른 집이 눈에 띄었습니다. 격자창이 네 짝 올려져 있고 새하얀 발이 시원스럽게 쳐져 있었습니다. 그 너머로 이마가 아리따운 여인이 몇이나 힐긋힐긋 비쳐 보였습니다. 여자들 역시 이쪽을 내다보고 있는 듯하였습니다.

서서 움직이고 있는 듯한 여자들의 하반신을 어림해보니 키가 몹시 큰 듯하였습니다.

'대체 어떤 여자들이 모여 있는 것일까.'

겐지는 호기심이 일었습니다.

수레도 가능한 한 눈에 띄지 않게 약식을 사용하였고, 행차를 알려 사람들을 물리지도 않았으니 자기가 누구인지 알 리가 없을 것이라고 안심하는 마음으로 슬쩍 수레에서 얼굴을 내밀고 둘러보았습니다. 격자창을 포개 올려 안이 훤히 들여다보이는데, 비좁기 짝이 없는데다 언뜻 보기에도 소박하고 보잘것없는 집이었습니다. 그 집을 구석구석 살피면서, 어차피 이 세상은 어디에서 산들 일시적인 거처에 지나지 않으니 금전옥루나 이 보잘것없는 집이나 결국 마찬가지라는 생각이 절실하게 들었습니다.

미늘처럼 소박한 널울타리에 푸른색이 선명한 덩굴이 빙빙 휘감겨 있고, 하얀 꽃이 저 혼자만 즐거운 듯 함박 피어 있습니다.

"게 누구 없느냐. 저기 피어 있는 꽃이 무슨 꽃이더냐?"

겐지가 혼자 중얼거리듯 묻자, 겐지를 호위하는 수행원이 앞으로 나와 무릎을 꿇고 말하였습니다.

"저 하얗게 피어 있는 꽃은 밤나팔꽃이라 하옵니다. 꽃 이름이 사람의 이름 같사오나, 이렇게 조촐하고 소박한 집의 울타리에 피는 꽃이옵니다."

겐지는 조그만 집들이 다닥다닥 볼품없이 들러붙어 있는 동네 여기저기에 맥없이 기운 처마 끝으로 밤나팔꽃 덩굴이 빙빙 휘감겨 있는 곳을 보고는 명하였습니다.

"참으로 비참한 숙명의 꽃이로구나, 한 송이 꺾어 오너라."

수신은 막대기를 받쳐둔 문 안으로 들어가 하얀 꽃 덩굴을 꺾었습니다. 소박한 집인데도 어딘가 모르게 정취가 있는 미닫이 문으로 노란 생사로 짠 홑치마를 길게 입은 귀여운 몸종이 나와 손짓하였습니다.

수행원이 다가가자 색이 변할 정도로 깊은 향을 먹여 좋은 냄새가 풍기는 하얀 부채를 내밀었습니다.

"이 위에 꽃을 올려드리세요. 몹시 연약한 꽃이니까요."

마침 그때 고레미쓰가 문을 열고 나와 수행원은 부채에 꽃을 얹어 고레미쓰에게 건넸습니다. 고레미쓰는 그 꽃을 겐지에게 올렸습니다.

"열쇠를 어디다 둔지 몰라 한참을 기다리게 하였사옵니다. 이 주변에는 겐지 님의 신분을 알아볼 만큼 눈치 빠른 자가 없으나, 더러운 길바닥에 수레를 멈추게 하여 황공하옵니다."

고레미쓰는 몇 번이고 사과하였습니다.

수레가 겨우 문 안으로 들어가자 겐지는 수레에서 내렸습니다.

고레미쓰의 형 아사리와 데릴사위 미카와의 수, 그리고 딸이 노모의 중환 때문에 모인 자리에 겐지가 우연히 들러주니, 모두들 더없이 고맙고 황송하여 인사를 올렸습니다.

"이제는 아무 미련도 없는 몸이오나, 지금까지 이 세상을 버리지 못한 것은 출가를 하면 더 이상 겐지 님을 뵈올 수 없지 않을까, 그 점이 아쉬워 이렇게 주저하고 있었나이다. 수계를 받은 덤으로 새 생명을 얻어 저를 찾아주신 모습을 이렇게 뵈오니, 이제 저세상으로 데려갈 아미타불이 오신다 한들 기꺼이 기다릴 수 있을 것 같사옵니다."

유모가 자리에서 일어나 말하며 힘없이 눈물을 흘렸습니다. 겐지는 눈물을 머금고 이렇게 말하였습니다.

"요즘 들어 병세가 호전되지 않는다 하여 늘 걱정하고 있었습니다. 이렇게 세상을 버리고 머리를 자른 모습을 보니 정말 슬프고 유감스럽습니다. 아무쪼록 오래오래 살아서 내가 고위고관이 되는 것을 보아주시구려. 그런 다음에 아무 걱정 없이 구품정토 가운데 최고의 극락세계에서 다시 태어나는 것이 좋지 않겠습니까. 이 세상에 조금이라도 감회가 남아 있다면 왕생에 좋지 않다고 들었습니다."

유모란 것은 자기가 몸소 키웠기에 아무리 출중하지 못한 아이라도 나무랄 데 없는 아이라 여기게 마련인데, 하물며 이 유모는 겐지처럼 훌륭한 분을 아침저녁으로 모시고 키웠음을 스스로 감사하고 명예롭게 여기니, 황감함에 눈물이 하염없이 흘러나왔습니다.

"마치 버린 세상에 아직도 미련이 남아 있는 것처럼 우시니 보기 민망합니다."

그 자식들은 노모가 우는 것이 흉물스러워 서로 어깨와 팔꿈치를 꼬집고 눈짓을 하였습니다.

겐지는 우는 유모의 모습이 더없이 불쌍하였습니다.

"어렸을 적, 사랑하고 귀여워해줘야 할 사람들이 잇달아 나를 버리고 돌아가셔서 그 후로 많은 사람들의 손을 거치며 키워진 듯한데, 내 진심으로 부모라 여기고 따른 사람은 유모밖에 없었습니다. 어른이 되어서는 성가신 세상의 범절 같은 것이 있어 아침저녁으로 만날 수도 없었고, 마음대로 찾아갈 수도 없었습니다. 그럼에도 오래도록 만나 뵙지 못하면 왠지 허전하고 쓸쓸해서 견딜 수가 없었습니다. 정말 자식이 어버이를 따르듯 하였으니, '이 세상에 피해 갈 수 없는 사별 따위는 없으면 좋으련만'이라는 옛 노래 같은 마음으로, 피할 수 없는 사별 따위 절대 없기를 바라고 있습니다."

이렇듯 자상하게 말하며 눈물을 닦아내는 소맷자락에서 풍기는 향내가 온 방에 넘칠 듯 가득하였습니다. 지금까지 어미의 모습을 흉물스럽다 여기던 자식들도, 생각해보면 과연 행복한 일생이었다고 모두들 눈물에 젖었습니다.

유모의 쾌유를 비는 가지기도를 이미 올리고 있으나, 달리 시작하라는 명을 내린 겐지는 그 집을 나서려고 고레미쓰에게 초롱을 준비하라 이르고 아까 그 부채를 보았습니다. 부채를 사용했던 사람의 향내가 진하게 배어 있어 마음이 혹하였습니다. 부채에는 풍류스런 필체로 노래도 적혀 있었습니다.

어쩌면 그분

겐지 님이 아니실까

하얀 이슬에 젖고 젖어

한결 아름다운 빛을 더하는

밤나팔꽃 같은 모습이

슬쩍 서체를 바꾸어놓은 필적이 기품 있고 사연이 있을 듯 보였습니다. 겐지는 뜻밖의 일에 마음이 동하여 고레미쓰에게 물었습니다.

"이 서쪽 이웃집에 누가 사는지, 들은 적이 있는가?"

고레미쓰는 또 예의 몹쓸 버릇이 도졌나보다 하고 생각하였으나 그렇다 말은 하지 못하고, 퉁명스럽게 대답하였습니다.

"지난 대엿새 동안 이 집에 머물렀사오나, 병자의 일이 걱정스럽고 간병에 몸이 바빠 이웃일 따위는 보고 들을 틈도 없었사옵니다."

"그런 것을 물으니 밉살스러운 게로구나. 그러나 이 부채는 좀 조사를 해봐야 할 사연이 있는 듯하니, 이 주변 사정을 아는 자를 불러주게나."

겐지가 이렇게 말하자 고레미쓰는 안으로 들어가 집의 관리인을 불러 물었습니다.

"이웃집은 양명개로 지내는 자의 집이었사옵니다. 주인은 지방으로 내려갔고, 아내란 자는 젊고 풍류를 좋아하고, 자매들은 궁중에서 일하는데 종종 이 집에 드나든다고 이웃집 하인에게 들었사온대, 그 하인도 자세한 것은 모르는 듯하였사옵니다."

남자는 말하였습니다.

'그렇다면 부채에 노래를 쓴 것은 궁중에서 일하는 여자의 소행일 터이지. 득의양양 붙임성 있게 읊었으나, 그래 봐야 시시껄렁한 신분의 여자일 터.'

겐지는 이렇게 생각하면서도 겐지라 지목하고 노래를 읊어 보낸 저의를 외면하기는 어려워 밉살스럽게 여기지 않으니, 여자에게만은 바람처럼 가벼운 마음 탓이겠지요.

겐지는 품에서 종이를 꺼내 애써 자기 필체가 아닌 것처럼 꾸며 노래를 지어서는 수행원에게 들려 보냈습니다.

가까이 다가와
헤아려봄이 어떠하리
해질 녘 어슴푸레한 빛에
언뜻 본 밤나팔꽃
그 꽃의 정체를

여자들은 지금까지 겐지의 모습을 한번도 본 적은 없으나 틀림없는 그분이라고 추측한 겐지의 옆얼굴을 보고 그냥 가만히 있을 수가 없어서 노래를 지어 불쑥 보냈던 것입니다. 그런데 겐지에게서 아무런 회답도 없이 시간만 흐르니 체면이 서지 않아 수치스러워하고 있던 참이었습니다. 그러던 차에 이렇게 일부러 답장을 보내주었으니 우쭐한 마음에 의논들을 하였습니다.

"자, 뭐라 답장을 쓰면 좋을꼬."

수행원은 경망스러운 여인네들이라고 짜증을 부리며 재빨리 돌아오고 말았습니다.

행차의 선두를 지키는 자가 밝혀 든 횃불이 어른거리는 가운데 겐지는 유모의 집을 은밀히 빠져나왔습니다.

이웃집의 격자창은 완전히 닫혀 있었습니다. 격자창 사이로 새어나오는 반딧불보다 희미한 등잔불이 호젓한 마음을 자극하였습니다.

늘 걸음하는 육조의 저택은 정원의 나무숲이며 꽃나무들이 다른 곳과는 전혀 풍취가 달라 한가롭고 고요하고 우아합니다.

이 육조 여인의 고귀하고 단정한 자태는 달리 비할 사람이 없을 정도로 아름다우니, 아까 밤나팔꽃이 피어 있던 울타리의 여자 따위를 떠올릴 여지는 없었습니다.

다음날 아침, 두 사람이 다소 늦잠을 잤습니다. 겐지는 아침 해가 오를 무렵에야 육조의 저택을 나섰습니다.

여명 속에 돌아가는 겐지의 모습은 과연 사람들이 입을 모아 칭송하기에 과장이 없을 정도로 대단하였습니다.

오늘도 저 밤나팔꽃이 핀 울타리 앞을 지나갔습니다. 지금까지 몇 번이나 지나친 길이었는데 노래를 주고받은 사소한 일이 있고부터는, 대체 어떤 사람이 살고 있을까 싶어 오가는 길에 눈길을 멈추게 되었습니다.

며칠이 지나 고레미쓰가 겐지를 찾아왔습니다.

"어미의 병세가 악화되어 간병에 틈을 낼 수 없는 터이오라……"

이렇게 말을 꺼내고는 바싹 가까이 다가와 말하였습니다.

"지난번 말씀이 계신 후에, 이웃을 잘 아는 자를 불러 물어보았습니다만, 분명한 말은 하지 않았사옵니다. 지난 오월부터 비밀리에 이웃집에 머무는 여인이 있다고 하는데, 어떤 분인지는 집안 사람들에게도 알리지 않는다고 하옵니다. 저도 이따금 울타리 너머로 들여다보곤 하는데, 발 사이로 젊은 여자의 모습이 보였사옵니다. 형식상이나마 단출한 겉치마를 갖춰 입은 것으로 보아 모시는 주인이 있다는 뜻이옵지요.

어제 일이옵니다만, 기우는 햇살이 이웃집 가득 비추고 있는데, 편지를 쓰느라 앉아 있는지 여자의 얼굴이 참으로 아리따웠사옵니다. 수심에 잠겨 있는 듯 보이기도 하고, 곁에 있는 시녀들도 소리 죽여 울고 있는 것을 똑똑히 보았사옵니다."

겐지는 미소를 지으며 그 여자에 대해 자세하게 알고 싶은 호기심이 일었습니다. 고레미쓰도 마음속으로 생각하였습니다.

'겐지 님은 사회적으로도 신분이 높은 분이시나, 그 젊은 나이하며 여자들이 넋이 나간 듯 열심히 사모하니, 그 여자가 무뚝뚝하기만 하다면 도리어 정이 없어 재미가 없을지도 모르겠구나. 여자들이 상대도 하지 않을 만큼 낮은 신분의 남자들조차 이 사람이다 싶은 여자가 있으면 마음이 동하는 법인데, 하물며 여자들이 사족을 못 쓰는 겐지 님이니 풍류남인 것도 어쩔 수 없는 일이지.'

"혹 알아낼 수 있는 일이 있을까 싶어서 볼일이 있는 척하고 이웃집 여인에게 연문을 보내보았더니, 곧바로 달필로 쓴 답장이 왔사옵니다. 아무래도 꽤 괜찮은 여인들이 있는 듯하옵니다."

고레미쓰의 이 말에 겐지는 말하였습니다.

"그 여자에게 좀더 말을 많이 붙여보거라. 여자들의 정체를 알아낼 수 없다면 아쉬울 듯하구나."

저 비 내리는 날 밤의 여인 품평회에서 두중장이 하중의 하라고 경멸하며 염두에도 두지 않았던 주거환경이지만, 그런 집에서 뜻하지 않게 쓸 만한 여자를 발견할 수 있다면 기적이라고 마음이 설렜습니다.

헌데 저 너무하다 싶을 정도로 냉담하고 매미처럼 옷만 벗어두고 사라진 여자가 떠오르면서 이 세상 여자가 아닌 듯 여겨질 때마다, 만약 순순히 몸을 던져주었다면 여자에게는 안된 일이지만 실수를 저지른 셈치고 관계를 끊어버렸을 터인데 분통하게도 여자에게 두 번이나 거절을 당한 채 끝나게 생겼으니, 이대로는 물러날 수 없어 분한 마음이 들끓었습니다.

이전 같으면 그렇게 평범한 신분의 여자에게는 마음도 두지 않았을 것이나, '비 내리는 날 밤의 여인 품평회'가 있고부터는 호기심을 자극하는 여러 계층의 여자가 있다는 것을 알았으니, 점점 더 다양한 여자에게 흥미와 관심을 품게 되었습니다.

의심도 하지 않고 한결같은 마음으로 오로지 만날 날을 기다리는 다른 젊은 여자가 가엾다는 생각이 들기도 하였습니다. 그러나 매미 허물 같은 우쓰세미가 시치미 뗀 얼굴로 자기와 의붓딸과의 정사를 시종일관 싸늘한 눈길로 지켜보았을 것이라 생각하면 부끄럽고 부끄러워, 일단은 우쓰세미의 본심을 파악하고 보자고 생각할 때 마침 이요의 개가 상경하였습니다.

이요의 개는 도읍에 도착하자마자 제일 먼저 겐지를 찾아 인사를 올렸습니다. 배를 타고 와서인지 그을러 다소 까매진 얼굴에 여행의 피로가 역력한 이요의 개의 모습은 세련되지 못하고 거칠게 느껴졌습니다. 그러나 귀한 집안에서 태어난데다 비록 나이가 들어 용모는 늙었어도 차림새는 단정하고 풍모도 당당하였습니다.

이요의 개가 그 지방 이야기를 여러 모로 들려주자 겐지는 도고 온천의 욕조 수나 물어볼까 하고 생각하였으나, 왠지 모르게 뒤가 켕기고 시선도 마주할 수가 없으니 마음속에서는 여러 가지 생각이 오갔습니다.

'정말 이렇게 정직한 늙은이 앞에서 이런 생각을 하다니, 얼마나 어리석고 한심한 일인가. 남의 아내와 벌이는 비밀스런 정

사는 참으로 무모한 일이로구나.'

좌마두가 요염한 여자는 남편을 배신하여 웃음거리로 만들기 십상이니 조심하라고 충고한 일까지 떠오르니, 이요의 개가 안됐다 싶었습니다. 우쓰세미의 냉담함은 분하고 화가 나지만, 이요의 개에게는 갸륵한 아내라고 생각되었습니다.

"딸자식을 적당한 사람과 혼인시키고, 이번에는 아내를 데리고 이요로 내려갈까 하옵니다."

이요의 개의 이 말을 듣자 겐지는 마음속으로 당황하고 어쩔 줄을 몰랐습니다. 다시 한 번 우쓰세미를 만날 수는 없을까 하여 고기미와 의논을 하였으나, 설사 여자 역시 사모하는 마음으로 동의를 한다 해도 신분이 다른 이상 그리 쉽게 찾아갈 수는 없는 일입니다. 하물며 우쓰세미는 신분에 걸맞지 않은 일이니 새삼스럽게 관계를 계속할 수는 없다고 깨끗이 단념하고 있었습니다. 그런 한편 겐지가 자기를 완전히 잊어버리면 그 또한 속절없고 괴로운 일일 것이라, 적당한 때를 봐서 자상하게 답장을 썼습니다.

글귀 속에 넌지시 읊은 노래 또한 신기할 정도로 사랑스럽고 마음을 부추기는 표현이 곁들여 있어 그리움을 한층 되새기게 하는 터라 겐지는 야속하고 얄미운 여자라고 원망하는 한편으로 역시 잊을 수 없는 여자라고 생각하였습니다.

우쓰세미의 의붓딸은 남편이 정해지고 나서도 여전히 기다리고 있는 눈치라, 언제든 마음만 먹으면 만날 수 있는 여자라고 여기고 안심하니 혼담에 관한 소문을 이리저리 들어도 전혀 동요하지 않았습니다.

어느덧 가을이 되었습니다. 겐지 자신이 자초한 일이기는 하나, 깊이 번뇌하는 일이 많아져 좌대신 댁에는 거의 발길을 하지 않았습니다. 좌대신 댁에서는 원망이 이만저만이 아니었습니다.

좀처럼 정을 주지 않으려 하였던 육조의 미야스도코로마저 뜻한 대로 제 것으로 삼고 나자 겐지는 갑자기 돌변하여 쌀쌀맞게 그녀를 대하니 참으로 안된 일입니다. 아무리 해도 그렇지, 미야스도코로가 몸도 마음도 허락하지 않았던 무렵, 그토록 빠져들었던 것처럼 강렬한 열정이 이제는 느껴지지 않으니 어쩐 일일까 하고 생각되었습니다.

이 미야스도코로는 무슨 일이든 극단적일 정도로 심각하게 생각하는 성품이었습니다. 나이도 겐지에 어울리지 않게 훌쩍 많아, 세상 사람들이 소문을 들으면 얼마나 나를 멸시할까 하고 괴로워하였습니다. 겐지가 가끔씩만 발길을 하여, 이렇듯 홀로 외로이 잠 못 드는 밤에는 온갖 슬픈 생각이 가슴에서 요동을 치는 터라 풀이 죽어 지냈습니다.

안개가 자욱한 아침이었습니다. 어젯밤에는 오랜만에 겐지와 미야스도코로가 애틋한 하룻밤을 함께하였습니다. 미야스도코로는 겐지에게 어서 빨리 돌아가라고 채근을 합니다.

어젯밤에 격렬한 사랑을 나눈 탓인지 피로한 겐지는 아직도 졸린 눈으로 한숨을 쉬면서 방을 나섰습니다. 시녀 중장이 격자문을 한 칸 들어올리고 미야스도코로에게 배웅을 하라는 뜻으로 휘장을 살짝 걷어올렸습니다. 미야스도코로는 이부자리 안에서 아직 몸도 마음도 나른함에 젖어 있으니, 간신히 고개를 들고 밖을 내다보았습니다.

온갖 꽃이 알록달록 흐드러지게 피어 있는 정원으로 눈길을 돌리니 그 아름다움에 취하고, 툇마루에 서 있는 겐지의 모습 역시 더할 나위 없이 아름다우니 그만 넋을 잃을 따름입니다.

시녀 중장이 수레에 타기 위해 건널복도로 가는 겐지와 동행하였습니다. 계절에 어울리는 보라색 겉옷을 입고 얇은 겉치마를 받쳐 입은 중장의 허리가 나긋나긋 요염하게 보였습니다. 겐지는 돌아서서, 툇마루 구석에 중장을 잠시 앉게 하였습니다. 그러고는 주종의 예를 허물지 않는 깍듯한 태도하며, 까만 머리칼이 볼을 타고 내린 모습하며, 과연 미인이라고 감탄하였습니다.

청초하게 피어 있는
나팔꽃 같은 여인이여
바람둥이라 이름나기를 피하고는 싶으나
어찌 꺾지 않고 지나갈 수 있으랴
오늘 아침 사랑스런 이 나팔꽃을

"아아, 어찌하면 좋다는 말이야."

겐지는 이렇게 말하고 중장의 손을 잡았습니다. 중장은 당황하지 않고 순간적으로 시녀의 입장에서 미야스도코로를 꽃에 비유하여 차분하게 노래를 지어 읊었습니다.

아침 안개도 채 걷히기 전에
돌아갈 길을 서두르는 당신
나팔꽃처럼 아름다운 이에게는
마음이 있지 않은 듯 보이니

세련되고 귀여운 차림으로 잔뜩 멋을 부린 심부름하는 소년이 발목에 단단히 맨 바짓자락을 아침 이슬에 적시면서 꽃들 사이로 헤치고 들어가 나팔꽃을 꺾어 오는 모습하며, 그림 속 풍경처럼 정취 있는 정원이었습니다.

이렇다 할 인연이 있는 것은 아니어도 사람들은 겐지의 모습을 힐긋만 보고도 그 눈부심에 마음을 빼앗기고 넋을 잃었습니다. 멋도 정취도 모르는 산골 촌뜨기도 아름다운 꽃그늘 아래에서 쉬고 싶어하는 것은 당연한 일일까요. 겐지의 빛나는 모습을 본 사람들은 각자의 신분에 맞추어 사랑하는 딸을 겐지에게 보내어 시중들게 하기를 바라고, 내놓을 만한 여동생이 있는 자는 신분이 낮은 시녀라도 상관없으니 역시 겐지의 댁에서 시중들게 하기를 바라지 않는 자가 없었습니다.

하물며 미야스도코로의 시녀 중장처럼 들를 때마다 말을 건네주는, 사모하는 겐지의 모습을 가까이에서 볼 수 있는 시녀라면 어떻게 겐지에게 신경을 쓰지 않을 수 있을까요. 정리를 알기에 더욱이 아침저녁으로 이 댁에 머물러 편하게 지내신다면 얼마나 좋을까 하고 허전하고 아쉽게 생각하는 듯하였습니다.

그 일은 그렇고, 예의 고레미쓰는 그 후에도 겐지에게 부탁받은 일을 자세하게 조사하여 보고하였습니다.

"그 여자의 태생은 전혀 알 수가 없었사옵니다. 세상의 눈을 매우 꺼려하여 숨어 살고 있는 듯 보였습니다만, 너무도 따분한 나머지 젊은 여자들이 남쪽 길로 격자창이 나 있는 방에 모여, 길에서 수레 소리가 나면 밖을 내다보는 것 같았습니다. 주인인 듯한 여자도 간혹 그 방에 와 있사온데 어렴풋이 보아 잘은 알 수 없으나 용모가 아주 출중하였사옵니다. 지난날 행차를 알리며 큰길을 지나가는 수레가 있었사온데, 그 광경을 내다보던 어린 시녀가 부산을 떨면서 이렇게 말했나이다.

'우근 님, 어서 나와서 보시어요. 지금 중장님이 지나가고 계셔요.'

그러자 다른 연배의 시녀가 나와서 제지하였습니다.

'소란을 떨기는.'

그러면서도 이렇게 말하며 나와 보았습니다.

'어떻게 중장님이라는 것을 알았느냐. 어디어디 나도 좀 보자

꾸나.'

그 방으로 가려면 널다리를 건너야 하는데, 그 시녀가 너무 서두르는 바람에 옷자락이 무엇엔가 걸려 휘청거리며 쓰러져 하마터면 널다리에서 떨어질 뻔하였사옵니다.

'아니, 가쓰라기의 신은 널다리를 만드는 명수일 터인데 어찌 이렇듯 위태롭게 다리를 만들어주셨을까.'

이렇게 불평을 하더니, 내다볼 마음이 식어버린 듯하였사옵니다.

'수레를 타고 계시는 분은 평상복 차림에 수행원을 동행하고 있습니다.'

'저분은 누구누구시고, 또 저분은 누구누구셔.'

어린 시녀가 이름 대는 것을 들어보니, 모두 두중장님을 호위하는 수행원과 시동들이라, 두중장님의 수레가 틀림없다고 하였사옵니다."

겐지는 그 말을 듣고 말하였습니다.

"두중장인지 아닌지 분명하게 확인하고 싶구나."

혹시 그 집에 숨어 산다는 여자가 '비 내리는 날 밤의 여인 품평회'를 할 때 두중장이 지금도 잊을 수 없다고 한 가엾은 패랭이꽃 여자가 아닐까 싶은 생각이 들어서 한층 더 알고 싶었습니다. 그런 겐지를 보고 고레미쓰는 이렇게 말하며 웃었습니다.

"실은 그 집의 시녀 한 명을 잘 구슬려서 집 안을 구석구석 살펴보았사온데, 제 앞에서는 이 집에는 시녀들밖에 없다는 말투로 굳이 얘기하는 젊은 여자도 있어, 홀딱 속아 넘어간 척하며 드나들고 있사옵니다. 그쪽은 만사를 용케 숨기고 있다고 생각하고, 어린 시녀들이 어쩌다 말실수를 할 때에도 대충 얼버무리며 달리 주인은 없는 양 처신하고 있사옵니다."

"유모를 문병하러 가는 길에 어디 한번 들여다보게 해주게나."

'임시 거처라지만, 그 집의 허우대로 보아 비 내리는 날 밤의 여인 품평회에서 두중장이 경멸하였던 하급 여자들이나 있을 터이지. 그런데 그런 가운데 뜻하지 않은 보물이 있다면.'

겐지는 이런 생각을 하였습니다.

고레미쓰는 아무리 사소한 일이라도 겐지의 마음을 거스르지 않도록 주의하고 있으나, 자기 역시 여자라면 사족을 못 쓰는 편이라 꽤나 이리저리 수단을 강구하며 분주하게 애를 써서 겐지가 그 집을 드나들 수 있도록 하였습니다.

그 이야기를 구구절절 하자면 번거로우니, 이전처럼 생략하도록 하겠습니다.

그런데 어디에 사는 누구인지 여자의 신분을 확실하게 확인할 수 없는 터라 겐지도 이름을 밝힐 수는 없었습니다. 늘 차림새가 돋보이지 않도록 신경을 써가며 전에 없이 정성껏 드나드는지라 고레미쓰는 여자를 진심으로 생각하고 있는 모양이라고 여겼습니다. 그래서 자기 말을 겐지에게 주고 자기는 걸어서 동행하였습니다.

"사랑하는 사람이 이렇듯 볼품없이 걸어가는 모습을 보면 실망이 클 것이야."

불평을 늘어놓기는 하였으나, 겐지는 이 사랑을 비밀에 부치고 싶은 터라 밤나팔꽃을 꺾어온 수행원과 상대방이 전혀 얼굴을 모르는 시동 한 명만 데리고 갔습니다. 또 만의 하나 눈치를 채면 어쩌랴 싶어서 이웃인 유모의 집에는 들러 쉬지도 않았습니다.

유가오 쪽도 겐지의 정체를 알 수 없으니 석연치 않은 기분에 심부름꾼이 오면 미행을 시키거나, 새벽녘 돌아가는 겐지의 뒤를 밟게 하는 등 어떻게든 사는 곳을 알아내려고 애쓰는데, 겐지는 미행을 보기 좋게 따돌리곤 하였습니다.

그런 한편 유가오에 대한 겐지의 사랑은 날로 깊어가 하루라도 만나지 않고는 견딜 수가 없으니, 그녀가 늘 마음에 걸리고 한시도 잊을 수가 없었습니다. 이런 자신을 용의주도하지 못하고 경솔하다고 깊이깊이 반성하고, 한심한 일이라고 생각하면서도 역시 뻔질나게 드나들지 않을 수 없었습니다.

이러한 애정 행각에는 성실하고 진지한 사람도 이성과 분별력을 잃는 경향이 있는데, 겐지는 지금까지 허물이 되는 짓은 하지 않으려고 자중한 터라 남에게 비난을 들을 경솔한 처신은 하지 않았습니다. 허나 이번만은 아침에 헤어져 저녁나절 찾아가기까지 낮 동안의 짧은 시간조차 이상할 정도로 보고 싶어 정신을 차리지 못하고 괴로워하였습니다. 한편으로는 이렇듯 마음을 빼앗길 만한 상대도 아닌데 어째서 미친 사람처럼 정신을 차리지 못하는 것이냐고 애써 냉정을 기하려고 노력하였습니다.

여자는 뭐라 말할 수 없이 순진하고 부드럽고 온순하나 생각이 깊다거나 철저한 구석은 별로 없고, 어린아이처럼 천진난만하고 상큼합니다. 그렇다 하여 남녀 사이를 전혀 모르지는 않으니 담장 높은 고귀한 집안의 아가씨도 아니겠지요. 대체 이 여자의 어디에 그토록 끌리는 것인지, 겐지는 같은 생각만 내내하고 있습니다.

겐지는 유가오의 집에 갈 때는 일부러 헙수룩하고 간편한 차림으로 변장을 하고 얼굴조차 제대로 볼 수 없도록 하였습니다. 깊은 밤, 사람들이 잠들기를 기다려 드나드니 옛날에 들은 이야기 속의 요괴인 것만 같아 여자는 몹시 불길한 느낌에 불안하고 슬퍼서 견딜 수가 없었지만, 그 사람의 분위기는 어둠 속에서 더듬는 손길로도 대충 알 수가 있는지라 고레미쓰를 의심해보기도 하였습니다.

'대체 어느 정도 신분이 높으신 분일까. 역시 이웃집 바람둥이가 끌어들인 것일까.'

헌데 고레미쓰는 전혀 모르는 일인 척 시치미 뗀 표정으로 자기 정사에만 들떠 드나드니, 대체 어찌 된 일인지 여자는 전후 사정을 알 수가 없어 얼토당토아니한 기묘한 생각을 하는 지경이었습니다.

겐지 역시 유가오가 이렇게 진정으로 자기에게 마음을 허락한 것처럼 보여 자신을 방심하게 해놓고, 홀연 행방을 감춘다면 어디를 어떻게 찾아야 좋을지 모르니 걱정스러웠습니다.

지금 유가오가 살고 있는 집은 어디까지나 숨어 지내기 위한 임시 거처인 듯하니 어디론가 정처없이 거처를 옮겨버릴지도 모른다고 생각하면, 그날이 언제일지 예상할 수도 없고 끝내 여자의 행방을 찾지 못했을 때에는 결국 이 정도의 얄팍한 사랑에 지나지 않았다고 단념할지도 모르겠으나, 그냥 그대로는 도저히 끝낼 수 없을 것 같았습니다.

사람의 눈을 우려하여 만나지 못하는 밤이면 겐지는 도무지 견딜 수가 없어서 고통스러울 정도로 번뇌하며 이렇게 생각하였습니다.

'아무래도 그녀를 은밀하게 이조원으로 맞아들여야겠구나. 설사 세상에 알려져 불상사가 생긴다 해도 그렇게 될 전생의 인연이었을 터. 이토록 여자에게 혼을 빼앗기기는 예전에 없던 일인데, 대체 이 무슨 운명이란 말인가.'

"좀더 편한 곳으로 가서 느긋하게 이야기를 나누도록 합시다."

이렇게 권하면 여자는 어린애처럼 대답하였습니다.

"왠지 불안하옵니다. 말씀은 그렇게 하셔도 지금껏 이상한 취급만 받았는걸요. 두렵사옵니다."

겐지는 일리가 있는 말이라고 웃으면서 자상하게 말하였습니다.

"과연 그대의 말이 옳소, 대체 어느 쪽이 여우인지 모르겠구려. 아무튼 가타부타 따지지 말고 내게 홀려 있으시구려."

여자는 완전히 마음을 허락하고 뭐가 어떻게 되든 상관없다고 마음먹었습니다.

제아무리 기괴하고 불가사의한 일이라도 한결같이 따라주는 여자의 마음을 참으로 어여쁘다 여긴 겐지는, 어쩌면 이 여자가 바로 두중장이 얘기한 패랭이꽃 여자가 아닐까 하고 짐작하였습니다. 그때 들은 다양한 여자의 성품이 떠올랐으나 여자에게 숨기지 않으면 안 될 사연이 있을 터인즉 굳이 캐묻지는 않았습니다. 지금으로서는 여자가 느닷없이 겐지를 배신하고 행방을 감추어버릴 성품으로는 보이지 않았습니다. 만약 찾아가지 않는 밤이 며칠이고 계속되어 버림을 받았다고 여기는 일이라도 있다면 여자도 행방을 감추어버리고 싶은 기분이 들 터이지만, 겐지 자신은 도저히 마음이 다른 여자에게로 옮겨 갈 것 같지 않았습니다. 아니 오히려 여자 쪽이 먼저 싫증을 내어 마음이 변하면 오히려 사랑의 맛이 깊어지지 않을까 하는 생각마저 할 정도였습니다.

팔월 십오일 둥그런 보름달이 뜬 중추절 밤의 일이었습니다. 맑디맑은 달빛이 틈새가 많은 미늘지붕 누옥에 가득가득 새어 들어, 겐지는 여자의 낯선 거처를 신기한 기분으로 바라보고 있는 사이 어느덧 날이 밝아오고 있었습니다.

이웃집 사람들이 잠에서 깨어나고 남자의 옹색한 목소리가 들려왔습니다.

"어이구, 춥다 추워, 왜 이리 추울꼬."

"올해는 영 장사도 신통치 않고, 시골로 행상을 나가봐야 별 실속이 없겠다 싶으니, 정말이지 불안해서 견딜 수가 없군. 어이, 이웃집 양반, 듣고 있는가?"

이렇게 주고받는 말이 들려옵니다. 가난하고 초라한 살림 때문에 아침 일찍부터 일어나 시끌시끌 소란을 떠는 소리가 가까이서 들려오니 여자는 참으로 부끄러웠습니다.

체면을 중시하고 잘난 척하는 여자라면 부끄러운 나머지 사라져버리고 싶을 만큼 비참한 누옥이었을 터이지요. 그러나 이 여자는 태연하게, 괴로운 일이나 외면하고 싶은 일이나 부끄러운 일이나 별로 신경을 쓰는 듯지도 않고, 몸짓이나 자태가 품위 있고 가련하며 이웃들 사이에서 상스럽게 오가는 말이 무슨 뜻인지도 모르는 듯하였습니다. 그래서 겐지는 정말 부끄러워 얼굴을 붉히기보다는 차라리 죄가 덜하다고 생각하였습니다.

우르릉우르릉 울리는 천둥소리보다 끔찍한 소리를 내며 빙빙 돌아가는 디딜방아 소리도 머리맡까지 들렸습니다.

'아아, 참으로 시끄러운 소리로구나.'

겐지도 그 소리에는 치를 떨었으나 무슨 소리인지 알지 못하니 언짢은 소리로만 들립니다. 그밖에도 여러 가지로 성가신 소리가 많이 들렸습니다.

하얀 천을 두드리는 다듬이질 소리도 이쪽저쪽에서 희미하게 들리고, 거기에 하늘을 나는 기러기 소리까지 합세합니다. 그렇게 가을의 풍광을 전하는 소리들이 하나가 되어 겐지의 마음을 적적하게 울렸습니다.

툇마루 가까운 곳에다 잠자리를 잡았던 두 사람은 미닫이문을 열고, 밖을 내다보았습니다. 좁은 뜰에 멋들어진 담죽이 서 있고 풀꽃에 돋은 아침 이슬은 이렇게 미천한 집에서도 대저택의 정원에 뒤지지 않게 반짝거립니다.

벽 속에서 우는 귀뚜라미 소리마저 광대한 저택에서는 어쩌다 간혹 듣는 소리인지라 겐지는, 온갖 풀벌레 소리가 뒤섞여 귓전에서 시끄럽게 들리는 것이 오히려 정취가 있고 재미있다 여겼습니다. 이 또한 여자의 깊고 한결같은 사랑의 덕으로 그 어떤 결점도 마음에 쓰이지 않기 때문이겠지요.

여자는 하얀 겹옷 위에 부드러운 연보라색 윗도리를 겹쳐 입고 있습니다. 소박한 그 모습이 참으로 가녀리고 사랑스럽습니다. 어디가 어떻게 특별하달 만한 곳은 없어도 가냘프고 나긋나긋한 몸매에 어떤 말을 할 때의 표정 등이 너무도 사랑스러워 그저 귀엽게만 느껴질 뿐입니다.

'조금만 더 마음의 표정을 보여준다면 한결 사랑이 더할 터인데. 좀더 몸과 마음을 나누며 여자를 만나야겠구나.'

겐지는 이런 생각을 하며 말합니다.

"자, 여기에서 얼마 멀지 않은 거처에 가서 편안하게 밤을 지내도록 합시다. 이런 곳에서만 만나니 견딜 수가 없구려."

여자는 앉은 채 새침하게 대답하였습니다.

"그럴 수는 없사옵니다. 어찌 그리 급하게."

겐지가 두 사람의 관계를 이 세상에 이어 저세상에서도 계속하겠노라 맹세하자, 여자가 한 점 의심 없이 몸과 마음을 죄 맡기니 그 심정이 다른 여자들과는 다르고 불가사의할 정도로 신선하여 도저히 사랑에 익숙한 여자라고 여겨지지 않았습니다. 겐지는 그런 여자가 한없이 사랑스러워 주위의 눈길 따위 아랑곳하지 않게 되었습니다. 겐지는 우근이라는 시녀를 불러, 수행원에게 수레를 툇마루 앞까지 대령하도록 이르라 명하였습니다.

이 집의 시녀들도 아씨를 향한 겐지의 애정이 예사롭지 않음을 평소 잘 알고 있어 왠지 모르게 불안해하는 한편, 신뢰하고 있었습니다.

동틀 녘이 가까웠습니다. 새벽닭이 우는 소리는 들리지 않는데, 긴부 산에 불공을 드리러 가기 전 천일결재를 하는 수행자들의 소리인지 땅에 이마를 조아리고 늙수그레한 목소리로 염불을 외우면서 예를 올리는 소리가 들려왔습니다. 오체투지의 예를 갖추기 위해 앉았다 일어섰다 하는 동작의 소리도 들리니 힘겨운 근행을 하고 있는 듯합니다. 가엾게도 아침 이슬처럼 덧없는 이 세상에서 남은 목숨도 얼마 되지 않는 늙은이들이 대체 무엇을 탐하려고 기도를 올리고 있는지, 겐지는 그 목소리가 허망하게 들렸습니다.

"나무당래도사."

이렇게 중얼거리며 절을 하고 있는 듯합니다.

"저 소리를 들어보시오. 저 노인들은 내세를 믿으니, 목숨이 이승에만 있다고 여기지 않겠지요."

이렇게 말하며 가엾은 마음에 노래하였습니다.

저 우바새의 근행을

불도의 안내자로 삼아

그대여 내세까지

우리 굳은 사랑의 인연을

등지지 말아주구려

중국의 현종 황제와 양귀비가 장생전에서 나눈 사랑의 맹세는 죽음의 이별로 끝나 불길하니, 비익조로 환생하자는 약속 대신에 미륵보살이 이 세상으로 오신다는 오십육억 칠천만 년, 지금으로부터 아득하게 먼 미래의 그날까지라 약속하였으나 참으로 허풍스런 약속이 아닐 수 없지요.

전생의 불운이 한스러운

이 몸의 박복함

아무리 당신을 사랑한다 한들

앞날의 맹세 따위

어찌 벌써부터 믿을 수 있으리오

이런 노래로 화답을 하지만, 과연 이 여자에게 노래를 짓는 취향이 얼마나 있을지 미덥지 못한 느낌입니다.

여자는 저물기를 주저하는 달빛에 이끌리듯 정처도 없이 불쑥 길을 나서는 것이 아무래도 내키지 않아 망설이고 있습니다. 겐지가 온갖 형언으로 달래고 구슬리는 사이 홀연 달이 구름 속으로 숨어, 밝아오는 하늘빛이 곱게 보였습니다.

날이 훤히 밝아 사람 눈에 띄는 불상사가 생기기 전에 겐지는 서둘러 집을 나섰습니다. 여자를 가볍게 안아올려 수레에 태우자 우근도 함께 올라탔습니다.

오조 근처에 있는 어떤 별장에 도착하였습니다.

부름을 받은 집지기가 나오기까지, 수레 안에서 황폐한 문 위로 넉줄고사리가 무성하게 돋아 있는 것을 올려다보았습니다. 사방에 나무가 울창하여, 그 탓에 아직도 어두컴컴하였습니다.

안개까지 자욱하여 눅눅한데, 수레의 발을 올려놓은 터라 겐지의 소맷자락이 축축하게 젖었습니다.

"내 이런 일은 처음 해보는 것인데, 그리 쉽지만은 않군."

옛사람도 사랑의 암로에 길을 잃어

이렇듯 어두운 새벽길을

헤매고 다녔을까
내게는 처음인
사랑의 도피행인데

"그대는 이런 경험이 있소이까?"

젠지가 여자에게 묻자, 유가오는 부끄럼을 타면서 노래하였습니다.

이제 저물려는
산자락의 본심도 모르고
그곳으로 다가가는 달은
어쩌면 하늘 도중에서
사라져버릴지도 모르니

"두렵사옵니다."

이렇게 중얼거리며 여자는 정말이지 무섭다는 듯 겁먹은 표정을 짓는지라, 그 좁은 집에서 여자들끼리 지내는 생활에 길든 탓이겠거니 싶어 젠지는 웃음이 나왔습니다.

문 안으로 수레를 들이게 하고 서쪽 방에 자리를 마련하는 동안 난간에 수레채를 걸쳐두고 기다렸습니다.

우근은 일의 전말에서 가슴 설레는 정취를 느끼고 남몰래 아씨의 지난 사랑의 장면을 떠올리고 있었습니다.

집지기 남자가 긴장한 표정으로 분주하게 오가면서 준비를 하는 모습을 보고 우근은 겐지의 신분을 간파하고 말았습니다.

희끗희끗 날이 밝아 주변의 형태가 보이기 시작할 무렵, 수레에서 내린 겐지는 방으로 들어갔습니다. 갑작스럽게 준비한 방치고는 모든 것이 말끔하였습니다.

"믿을 만한 사람을 아무도 동행하지 않으시다니, 아니 되올 일입니다."

집지기는 겐지와는 허물이 없는 하급 집사이고 좌대신 댁에도 무상으로 출입하는 남자라, 앞으로 나와 우근을 통하여 말하였습니다.

"쓸 만한 사람을 부르오리까?"

겐지는 집지기의 입을 막았습니다.

"일부러 이렇게 사람들 출입이 뜸한 곳을 은신처로 삼아왔느니라. 절대로 다른 사람에게 발설해서는 아니 된다."

집사가 서둘러 겐지에게 밥을 올리는데, 상을 나르는 시녀도 달리 없었습니다.

아직 객지에서 잠자리를 경험한 적이 없는지라, 오로지 서로를 사랑하고 한없이 탐닉하고 두 사람 사이가 영원히 변함없도록 맹세하는 일 외에 다른 일은 없었습니다.

겐지는 해가 중천에 올라서야 잠자리에서 일어나 손수 격자창을 들어올렸습니다. 황폐한 뜰에는 인기척 하나 없으니, 저 멀리까지 내다보였습니다. 나이를 먹은 나무들이 울창하게 서 있는데도 오히려 을씨년스럽게만 느껴집니다.

뜰에 핀 풀꽃은 역시 이렇다 할 아름다움이 없으니 온통 가을 벌판처럼 황량하기만 합니다. 연못에도 물풀이 뒤덮여 있었습니다. 정말이지 언제 이렇듯 끔찍하고 살벌한 폐원이 된 것일까요.

별채에 방을 만들어 집지기 일가가 살고 있는 듯한데, 이쪽과는 꽤 멀리 떨어져 있습니다.

"사람이 발길조차 하지 않는 음산한 곳이 되고 말았구나. 설사 귀신이 살고 있다 해도 내게는 손을 대지 않을 터이지."

이렇게 겐지는 중얼거리는데, 그 얼굴이 아직도 복면에 가려져 있습니다. 여자가 복면이 답답하고 서먹서먹하다며 싫어하니, 과연 이렇듯 깊은 사이가 되었는데 여전히 얼굴을 숨기기가 미안해 처음으로 복면을 벗었습니다.

저녁에 내린 이슬에 꽃이 피듯
지금 내 복면을 벗고
얼굴을 보이는 것은
지나가는 그 길에서
모습을 보인 인연이 있었음이니

"어떠하오? 하얀 이슬처럼 빛난다는 내 얼굴이."

겐지가 말하자 여자는 힐긋 곁눈질을 하면서 가녀린 목소리로 화답하였습니다.

이슬에 젖어 빛나듯
빛나 보이던 얼굴이
지금 가까이에서 보니
그만은 못하오
해질 녘 어둠 속에서
잘못 보았나보이다

겐지는 여자의 그런 노래마저 흥미롭게 생각하였습니다.

완전히 모습을 드러내고 마음을 연 겐지는 세상에 둘도 없을 만큼 아름다웠습니다. 더욱이 장소가 이렇듯 음산한 탓인가 한층 아름다움이 돋보여 귀신마저 매료되지 않을까 불길하게 느껴졌습니다.

"언제까지고 남처럼 이름조차 가르쳐주지 않는 당신의 박정함이 원망스러워 나 역시 얼굴을 보이지 않으려 했소이다. 그러니 지금이라도 이름을 가르쳐주시오. 그렇지 않으면 마음이 편치 않을 듯하니."

겐지가 이렇게 말하였지만, 여자는 서먹서먹 수줍어하는 모습이 응석을 떨고 있는 듯도 보였습니다.

"'어부의 자식'인걸요, 이름을 밝힐 만한 신분이 아니옵니다."

"어쩔 수 없군, 그 또한 내 탓이 클 터이니."

이렇듯 투정을 부리고, 사랑의 말을 주고받으면서 종일을 지냈습니다.

마침내 고레미쓰가 거처를 찾아내어 과일 등을 올렸습니다. 우근과 마주치면 당신의 수작이 아니냐고 따지고 들 것이 분명하여 꺼림칙한 마음에 겐지 곁에는 가지도 않았습니다.

고레미쓰는 한 여자 때문에 이렇듯 사람들의 눈을 피해가며 이리저리 방황하는 겐지의 애착이 흥미로워, 그럴 만한 가치가 있는 여자임이 틀림없다고 상상하였습니다. 그러면서 자기가 먼저 말을 건넬 수도 있었는데 겐지에게 양보한 것을 스스로 마음이 너무 넓었다고 분해하니, 참으로 어처구니없는 일이지요.

노을진 저녁 하늘을 바라보고 있는데 방이 어둡고 음산하다 하여 여자가 겁을 내니, 겐지는 발을 걷어올리고 여자 곁에 나란히 누웠습니다.

저녁노을에 비친 서로의 얼굴을 마주보면서, 여자도 뜻하지 않게 일이 이렇게 된 것을 불가사의하게 생각하였습니다. 겐지는 지금 모든 불안과 수심을 잊고 조금씩 자기에게 마음을 여는 여자의 모습이 뭐라 말할 수 없이 사랑스러웠습니다.

종일 겐지 곁을 떠나지 않고 지내면서도 아직 두려움에서 벗어나지 못한 듯 움찔거리는 모습이 싱그럽고 가련하기도 합니다.

겐지는 일찌감치 격자창을 내리고 등잔불을 준비하라고 일렀습니다.

"이렇게 격의 없는 사이가 되었는데 아직도 그대는 숨기고 있는 것이 있으니 답답한 일이구려."

겐지는 투덜거렸습니다.

지금쯤 궁중에서는 폐하께서 겐지를 무척 찾을 터인데, 폐하의 명을 받은 내시가 어디를 어떻게 찾아 헤매고 다닐지 걱정스러웠습니다.

'그건 그렇고 이렇듯 이 여자에게 흠뻑 빠져들다니 나 자신도 알 수 없는 노릇이로구나. 근자에 육조의 미야스도코로에게는 한번도 찾아가지 않았으니 얼마나 나를 원망하고 상심하고 있을까. 원망을 사는 것은 괴로운 일이지만, 그 사람으로서는 어쩔 수 없는 일이지.'

겐지는 육조의 미야스도코로에게 가장 미안해하였습니다.

눈앞에 마주하고 앉아 있는 여자는 이렇게 새침하고 천진하여 견딜 수 없이 사랑스러운데, 육조의 미야스도코로는 자존심이 너무 세서 갑갑하고 따분하니 그 점만 조금 고쳐주면 좋을 터인데, 하고 겐지는 마음속으로 두 사람을 비교하였습니다.

밤이 찾아와 잠시 선잠을 자고 있는 두 사람의 베갯머리에, 소스라칠 만큼 아름다운 여자가 앉아서 이렇게 말하는 것이었습니다.

"진정으로 당신을 사랑하고 흠모하는 이 몸을 버리고, 이렇게 평범하고 보잘것없는 여자를 데리고 다니며 총애하시다니 너무 하옵니다. 너무도 뜻밖이라 분하고 억울하옵니다."

그러면서 겐지 곁에서 자고 있는 여자를 붙잡아 깨우려고 하는 꿈을 꾸었습니다.

무엇인가 덮치고 있는 듯 가위에 눌리고 숨이 막혀 눈을 뜨자 갑자기 등잔불이 꺼졌습니다. 캄캄한 어둠 속에서 불길한 느낌에 칼을 뽑아 부적처럼 베개맡에 놓아두고 우근을 깨웠습니다. 우근도 겁이 나는지 무섭다는 표정으로 움찔움찔 곁으로 다가왔습니다.

"건널복도에 있는 숙직자를 깨워서, 불을 붙여오라고 하거라."

겐지가 우근에게 명하자, 우근이 말하였습니다.

"이렇게 어두운데 어떻게 가라 하시옵니까?"

"어린애 같은 소리를 하기는."

겐지가 웃으면서 손뼉을 치자 메아리처럼 그 소리가 울리면서 음산하게 퍼져나갔습니다. 허나 아무도 소리를 듣지 못하는지 달려오는 자가 없어, 여자는 무서움에 바들바들 떨면서 어쩔 줄을 모르고 있습니다. 땀마저 축축하게 배어나오고 정신을 잃은 듯 보입니다.

"아씨는 툭하면 이렇게 겁에 질리는 체질이온데, 지금 그 심정이 어떠하겠습니까."

우근이 말하였습니다.

'그지없이 나약한 사람이 얼마나 불안하였으면 낮에도 하늘

만 쳐다보았을까. 못할 짓을 하였구나.'

이렇게 생각하며 겐지는 말하였습니다.

"내가 사람을 깨워 와야겠구나. 손뼉을 치니 소리가 울려 시끄러워서 아니 되겠다. 너는 여기서 잠시 아씨 곁을 지키고 있거라."

그러면서 우근을 유가오 곁에 데려다놓고, 서쪽 문을 여니 어찌 된 일인가 건널복도에도 불이 꺼져 있었습니다.

바람이 다소 불고, 숙직자들도 많지 않은데 모두들 잠이 들었는지 인기척이 느껴지지 않았습니다. 집지기의 아들이며 평소 겐지가 가까이 두고 심부름을 시키는 젊은이와 전상동에 예의 수행원밖에 없습니다. 기척을 하자 집지기의 아들이 반응을 보이며 일어났습니다.

"불을 밝혀 오너라. 수행원에게는 활시위를 퉁기고 계속 소리를 지르라 이르거라. 이렇게 인적 없는 곳에서 안심하고 잠을 자다니 한심하구나. 아까 고레미쓰가 보였는데, 어디에 간 것이냐?"

겐지가 이렇게 묻자 수행원이 대답하였습니다.

"아까까지 대기하고 있다가 아무 부름이 없으시기에, 새벽녘에 모시러 오겠노라는 말을 남기고 돌아갔사옵니다."

집지기의 아들은 장인소 소속의 궁중을 경비하는 무사인 터라 능숙한 솜씨로 활시위를 퉁기고, "불조심, 불조심"이라고 소리를 지르면서 집지기의 가족들이 사는 쪽으로 사라졌습니다.

그 소리에 겐지는 궁중의 생활을 떠올리며 이렇게 가늠하였습니다.

'지금쯤 숙직하는 관리들의 이름을 확인하는 일은 다 끝났겠지. 근위부 소속 숙직자들의 이름을 확인하는 시각일 게야.'

그렇다면 밤이 그리 깊지는 않았다는 뜻이겠지요.

겐지가 방으로 돌아와 손을 더듬어 확인해보니, 유가오는 원래 모습대로 누워 있는데 그 옆에 우근이 엎드려 있었습니다.

"이 무슨 꼴이냐. 겁을 먹어도 정도가 있지. 이렇게 황량한 곳에는 여우 같은 짐승이 살고 있어서 인간을 위협하려 못된 짓을 하는 법이거늘. 허나 내가 있는 이상 그런 것들에게 일을 당하지는 않을 것이다."

이렇게 말하며 우근을 일으켰습니다.

"아아, 끔찍하옵니다. 저는 너무도 무섭고 끔찍해서 엎드려 있었사옵니다. 그보다 아씨야말로 얼마나 무서울지요."

우근이 말하자, 겐지가 물었습니다.

"오오, 그렇구나. 그런데 왜 그리 무서워하는 것이냐?"

그러면서 유가오를 끌어안아 더듬어보니 숨도 쉬지 않았습니다. 흔들어보아도 몸이 맥없이 흔들거릴 뿐 정신을 잃은 모양이었습니다.

"어린애처럼 연약한 사람이라 귀신에 홀린 게로구나."

겐지는 어쩔 줄 몰라하였습니다.

그때 집지기의 아들이 불을 밝혀 왔습니다. 우근마저 거의 정신을 잃어 몸을 움직일 수 있을 것 같지 않았습니다. 겐지는 가까이에 있는 휘장을 끌어당기며 명하였습니다.

"좀더 가까이 오너라."

그러나 침소 가까이 가는 것은 전례가 없는 일이라, 집지기의 아들은 삼가 조심스러워 툇마루에서 방 안으로 들어가지 못하고 있습니다.

"좀더 불을 가까이 가지고 오라지 않느냐. 때와 장소를 구별하여 가릴 것을 가려야지."

이렇게 말하고 겐지는 불을 당겨 유가오를 들여다보았습니다. 그 머리맡에 아까 꿈에서 보았던 여자가 환영처럼 불쑥 떠올랐다가 사라졌습니다. 옛날이야기 속에나 이런 일이 있는 줄 알았는데, 이렇게 해괴망측한 일이 현실에서 일어나다니 예사롭지 않고 불길하기 짝이 없었습니다. 아무튼 유가오가 어떻게 된 것인지 걱정스러움에 마음이 흔들려 자신에게 해가 미칠지도 모른다는 생각 따위는 할 여유도 없는 겐지는 살며시 유가오의 곁에 누워 눈을 떠보라 하였습니다.

"이 어찌 된 일이오."

그러나 유가오의 몸은 싸늘하게 식었으니 벌써 숨을 거둔 지 오래였습니다. 어떻게 손을 써볼 도리가 없는 겐지는 이런 일에 어찌 대처하면 좋을지 몰랐습니다. 의논할 상대도 없으니, 법사라도 있다면 이런 때 힘이 되어주련만 하고 생각하였습니다. 그토록 용감한 척 굴었지만 아직은 젊은 나이인지라 눈앞의 여자가 숨을 거둔 모습을 보고는 어쩔 줄 몰라 싸늘한 여자의 몸을 꼭 껴안고 슬픔에 겨워하였습니다.

"제발 부탁이니 눈을 떠보시오. 내게 이런 고통을 주다니, 숨을 쉬어보시오."

허나 싸늘하게 식은 여자의 몸에는 벌써 죽음의 반점이 나타나고 있었습니다.

겁에 질려 벌벌 떨고 있던 우근은 정신을 차렸으나, 이번에는 유가오의 죽음에 하염없이 눈물을 흘리니 그 모습 또한 가련하였습니다.

겐지는 옛날에 궁중에서 남전의 귀신이 어떤 대신을 위협했다가 도리어 대신의 꾸짖음에 놀라 달아났다는 이야기를 떠올리며 애써 마음을 강하게 먹으려고 하였습니다.

"설마 이대로 죽지는 아니하겠지. 밤이라 소리가 더 크게 울리니 조용히 하거라."

이렇게 우근을 꾸짖었지만 겐지 자신도 너무도 갑작스럽고 황당한 일에 넋을 잃은 한편 집지기 아들을 불러 이렇게 명하였습니다.

"참으로 해괴한 일이나, 갑작스럽게 귀신에 씌어 고통을 겪고 있는 사람이 있으니 서둘러 고레미쓰의 집에 가서, 이리로 오라 한다고 수행원에게 이르거라. 또 고레미쓰의 형 아사리가 그 집에 있으면 같이 오라 한다고 은밀히 전하거라. 유모는 이런 야행을 용납하지 않는 사람이니 절대로 큰 소리를 내서는 안 된다. 알았느냐?"

이렇게 입으로는 명하였으나, 이 사람을 이렇듯 허망하게 보내서는 안 된다는 생각에 가슴이 메이고, 황당한 사태에 소름이 끼쳐 어쩔 바를 몰랐습니다. 밤바람이 아까보다 다소 세차게 불어대는 것을 보니 한밤이 지난 듯싶었습니다. 그런데다 울창한 숲 속으로 솔바람 소리가 음산하게 울리고, 귀에 선 새소리도 들리니 올빼미인가 봅니다.

이리저리 생각해보니, 온 데가 다 낯설고 음산한데다 인기척 하나 없는 곳이었습니다. 어쩌다가 이렇게 불길한 곳에 잠자리를 청하였는지 뭐라 말할 수 없이 후회스러웠으나, 이제 와서는 어쩔 수 없는 일이었습니다.

우근은 겐지에게 매달려 부들부들 떨고 있으니, 그녀 역시 당장이라도 숨이 꺼질 것 같은 지경이었습니다. 이 여자도 죽어버리는 것은 아닐까 하고 겐지는 불안한 마음으로 우근을 부축하여주었습니다. 정신을 차리고 있는 것은 겐지뿐인데, 그 역시 뭘 어떻게 해야 좋을지 몰랐습니다.

등잔불은 애처롭도록 희미하니, 안방과 이 방 사이에 서 있는 병풍 위며 온 구석구석에 검은 어둠이 떠다녀 음침하고 스산하기 이를 데 없었습니다. 등 뒤에서 누군가의 발소리가 바짝 다가오는 듯한 느낌도 들었습니다.

'고레미쓰가 한시라도 빨리 와주면 좋으련만.'

겐지는 그를 기다리는 시간이 길게만 느껴졌습니다. 찾아다니는 여자가 많아 늘 자는 곳이 일정치 않은 남자인지라 수행원이 이리저리 찾아다니는 데 시간이 걸리는 모양이었습니다. 기다리는 입장에서는 날이 밝기까지의 시간이 천 날 밤을 지내는 듯 길었습니다.

저 멀리서 새벽닭 울음소리가 들렸습니다.

"대체 무슨 운명으로 이렇듯 목숨을 건 불행을 겪어야 하는 것일까. 내가 저지른 짓이기는 하나, 사랑해서는 안 될 후지쓰보 님을 비밀리에 사랑한 죄 때문에 이렇듯 지난날에도 앞날에도 없을 사건이 일어난 것이겠지. 아무리 숨기려 해도 세상일이란 끝까지 다 숨길 수 없는 것이니 언젠가 폐하의 귀에 들어갈 것은 물론이요, 재미난 이야깃거리 삼아 사람들의 입방아에 오르내려 하잘것없는 도읍의 젊은이들까지 입을 놀리지 못해 안달할 것은 뻔한 일. 내 어리석게도 끝내 오명을 날리게 되는 것인가."

겐지는 이렇게 한탄하였습니다.

간신히 고레미쓰가 당도하였습니다. 평소에는 깊은 밤이든 이른 아침이든 늘 겐지가 명하는 대로 움직이던 자가 하필이면 어젯밤 곁을 지키지 않은데다 부름에마저 늦은 것을 용서할 수 없어 화가 났지만, 아무튼 곁으로 불러들였습니다.

그리하여 어젯밤 일의 전말을 얘기하려 하나, 너무도 꿈처럼 허황되어 잠시 입을 떼지 못하였습니다.

우근은 고레미쓰가 왔다는 말을 듣자, 유가오와 겐지가 관계한 날부터 지금까지의 일이 줄줄이 떠올라 또 울음을 터뜨렸습니다. 지금까지 혼자서 정신을 차리고 여자를 껴안고 있던 겐지도 고레미쓰의 얼굴을 보자 안도감에 마음이 풀어지면서, 참았던 슬픔이 북받쳐 오르고, 흘러내리는 눈물을 어찌하지 못하고 소리내어 하염없이 울었습니다.

겐지는 다소 마음을 진정시키고 나서 말하였습니다.

"참으로 믿을 수 없는 일이 일어났느니라. 어처구니가 없어서 뭐라 표현할 말이 없구나. 이렇게 갑작스럽게 변사한 경우에도 아무튼 독경을 한다고 들었는데, 독경을 하고 소생하도록 기도도 하고 싶어 네 형 아사리도 같이 오라 일렀거늘."

고레미쓰가 대답하였습니다.

"아사리는 어제 히에이 산으로 돌아갔사옵니다. 그건 그렇고 실로 해괴한 사건이로군요. 이전부터 아씨께서 몸이 안 좋으셨다거나 그런 일은 없었사온지요?"

"그런 일은 없었느니라."

그러면서 우는 그 모습마저 아름답고 안쓰러워 고레미쓰는 덩달아 슬퍼하며 울음을 터뜨렸습니다.

나잇살도 있고 세상사에 풍부한 경험을 쌓은 자라면 이런 황당한 일을 당했을 때 큰 힘이 될 터이지만, 아직 젊은 두 사람은 뭘 어찌해야 좋을지 몰라 난감하기만 하였습니다.

"이 집의 집지기에게 의논해서는 절대로 안 될 것이옵니다. 그 남자는 신뢰할 수 있는 사람이라 비밀을 지킨다 해도, 집안 사람들 가운데는 입이 가벼워 자칫 발설을 하는 자도 분명히 있을 테니 말이옵니다. 아무튼 일단은 서둘러 이곳을 떠나시는 것이 좋을 듯하옵니다."

고레미쓰의 말에 겐지가 답하였습니다.

"허나 여기만큼 사람 눈에 띄지 않는 은밀한 곳이 어디 또 있겠느냐."

"옳으신 말씀이옵니다. 오조의 집에서는 여자들이 슬픈 나머지 울고불고 난리겠지요. 이웃 사람들이 모여들어 무슨 일인가 하고 귀를 쫑긋할 터이니 소문이 퍼지지 않을 수 없을 것이옵니다. 산사 같으면 장례식도 치르니, 시신이 사람 눈에 띄어도 이상히 여기지는 않을 것이옵니다."

고레미쓰는 여러 모로 생각한 끝에 이렇게 말하였습니다.

"옛날에 친하게 지내던 시녀가 출가하여 동산 언저리의 암자에 칩거하고 있사온데, 그곳으로 시신을 옮기면 어떨는지요. 그 여승은 아버지의 유모였사온데, 지금은 나이도 먹었고 주변에 인가도 많지만 그곳만은 한적하옵니다."

그리하여 어언 날이 밝아올 무렵, 분주하고 시끌시끌한 틈을 타 수레를 침전에 대었습니다.

겐지가 유가오의 시신을 도저히 안을 수 있을 것 같지 않아, 고레미쓰가 얇은 이불에 싸 수레에 실었습니다. 자그마한 몸집이 시신이란 섬뜩함도 없이 사랑스럽게 보였습니다. 단단히 싸지 않은 터라 이불 꾸러미에서 흘러나온 검은 머리칼을 본 겐지는 눈물이 넘쳐흐르고 눈앞이 캄캄하였습니다. 너무도 안타깝고 슬퍼서 마지막까지 지켜보리라 생각하였지만 고레미쓰가 채근하였습니다.

"어서 빨리 말에 올라 이조원으로 돌아가시옵소서. 사람들의 왕래가 많아지기 전에."

고레미쓰는 겐지에게 말을 내주고, 우근만 시신의 곁을 지키게 하고 자신은 바짓자락을 걷어 올리고 수레의 뒤를 따랐습니다.

생각해보면 어이없고 예사롭지 않은 일, 고레미쓰는 뜻하지 않은 장례를 치르게 되었다 여기면서도 슬퍼하는 겐지의 모습을 두 눈으로 똑똑히 본 터라, 이 일로 어떤 벌을 받게 된들 어떠하랴 하고 걸음을 옮겼습니다.

겐지는 허망한 마음으로 망연자실한 채 이조원으로 돌아왔습니다.

"어디에서 오시는 길이온지요. 안색이 몹시 안 좋아 보이옵니다."

시녀들이 말하였습니다. 겐지는 곧장 침소로 들어 두근거리는 가슴을 진정시키며 조용히 생각해보지만, 슬픔을 참을 수 없었습니다.

'어째서 그 수레를 타고 같이 가지 않았단 말인가. 만약 여자가 되살아난다면 내가 그 자리에 없음을 무어라 생각할꼬. 자기를 버리고 떠나버렸다고 몹시 슬퍼하지 않겠는가.'

이렇듯 혼란스럽고 애틋한 마음에 설움이 북받쳐 올랐습니다. 두통도 심하고 열도 있는 듯하고, 괴롭고 몸도 좋지 않아 어찌할 바를 모르니, 이렇게 약해져서야 나도 그 사람의 뒤를 따를지 모르겠다고 생각하였습니다.

해가 중천에 올랐는데도 자리에서 일어나지 않는지라 시녀들이 이상히 여기고 죽을 끓여 올렸으나, 겐지는 오직 괴롭고 허망한 생각뿐이었습니다.

그때 궁중에서 폐하의 명을 받은 좌대신의 아들들이 왔습니다. 어제 겐지의 행방을 알아내지 못한 폐하께서 몹시 걱정을 하였던 것입니다. 겐지는 두중장만을 불렀습니다.

"부정 탄 일이 있어 그러니 선 채로 잠시 이쪽으로 와주게나."

두 사람은 발을 사이에 두고 마주하였습니다.

"유모 중의 한 사람이 지난 오월부터 중병을 앓고 있다가 머리를 자르고 수계를 하였는데, 그 공덕 덕분인가 한때 병세가 호전되었다가 요즘 들어 다시 악화되었네. 생전에 한번만 더 나를 보고 싶다 하여, 어릴 적부터 가까이 지내던 사람의 마지막 소원을 들어주지 않으면 박정하다 원망할 것 같아 문병을 하러 갔다네. 그런데 병을 앓고 있던 그 집의 하인이 집 안에서 갑자기 죽어버렸다는군. 내게 폐가 될까 해가 지고 난 후에 은밀하게 시신을 옮겼다는데, 나는 나중에야 들어 알았네. 궁중에 제례가 많은 시기인데, 부정 탄 몸으로 입궁을 할 수 없어 이렇듯 근신하고 있는 참이네. 게다가 감기에 걸렸는지 오늘 아침부터 머리가 깨질 듯 아프고 몸도 시원치 않으니, 이렇게 실례를 하네그려."

이렇게 겐지가 말하자, 두중장이 말하였습니다.

"그렇다면 폐하께 그리 전해 올리겠네. 어젯밤 풍악놀이 때 폐하께서 그대를 애타게 찾으셨는데, 행방을 알지 못해 몹시 언짢아하셨다네."

두중장은 이렇게 말하고 돌아가려다가 다시 발길을 돌려 물었습니다.

"그런데 어떤 부정을 탔다는 말인가. 여러 가지로 설명은 하였으나 아무래도 진짜 얘기 같지 않으이."

겐지는 내심 화들짝 놀라 얼버무리고 말았습니다.

"그렇게 자세히 말고, 내가 그냥 뜻하지 않은 부정을 탔다고만 말씀드려주시게나. 문후도 드리지 못하여 죄송하다고 말일세."

그러나 다시 생각해보았자 소용없을 슬픔에 사로잡혀 몸 상태마저 좋지 않으니, 두중장의 얼굴을 제대로 보지 못하였습니다.

두중장에게 공연한 궁금증이 일어 파고들게 해서는 곤란하겠다고 생각한 겐지는 두중장의 동생인 장인소의 변을 불러들여 입궁할 수 없는 까닭을 폐하께 자세하게 말씀 올리라고 당부하였습니다. 좌대신 댁에도 이러저러한 이유로 당분간 찾아갈 수 없노라는 뜻을 전하도록 하였습니다.

날이 저물자 고레미쓰가 찾아왔습니다. 겐지가 죽은 사람으로 인하여 부정을 탔노라고 말한 탓에 찾아온 사람들도 모두 자리에 앉지 못하고 서둘러 돌아가니, 이조원은 사람의 그림자도 없이 한적하였습니다.

겐지는 고레미쓰를 가까이 불러들여 물으며 소맷자락으로 얼굴을 가리고 눈물을 흘렸습니다.

"그래 어찌 되었느냐. 역시 소생하지 않았더냐?"

그러자 고레미쓰도 눈물을 흘리며 말하였습니다.

"돌아가셨사옵니다. 시신을 마냥 그곳에 놔둘 수 없기에, 내일이 장례에 길일이라 제가 아는 고명한 노승에게 장례 준비에 만반을 다하라 일러두었사옵니다."

"따라간 시녀는 어찌 되었느냐?"

겐지의 질문에 고레미쓰가 답하였습니다.

"그 시녀도 살아갈 수 있을지 의문스럽사옵니다. 아씨를 뒤따라가야 한다면서 울부짖고, 오늘 아침에는 골짜기에 몸을 던질 듯하였사옵니다. '오조의 집 사람들에게 이 일을 알리고 싶다'고 하여, 마음을 좀 가라앉히고 전후 사정을 고려한 후에 알리라고 일단은 만류하였사옵니다."

겐지 역시 우근이 가엾어 이렇게 말하였습니다.

"나도 이렇듯 마음이 혼란스러워 죽을 것만 같구나."

"무슨 말씀을 그리 하시옵니까. 슬퍼 마시옵소서. 모든 것이 전생의 인연이옵니다. 남들이 알면 곤란하기에 이 몸이 모든 것을 알아서 처리하였사옵니다."

고레미쓰가 말하였습니다.

"네 말이 옳구나. 모든 일이 인연이라고 단념해보려 하지만, 내 속절없는 바람기에 사람 하나가 목숨을 잃었다고 비난들이 클 테니, 그것이 몹시 괴롭구나. 네 누이동생 소장 명부에게도 절대로 얘기해서는 안 되느니라. 하물며 유모에게는 더욱이 안 되느니라. 이런 일에는 잔소리가 심한 분이니, 알게 되면 그 얼마나 부끄럽겠느냐."

겐지가 고레미쓰의 입을 막았습니다.

"물론이옵니다. 그밖의 법사들에게도 전혀 다른 얘기를 꾸며 대었사옵니다."

고레미쓰가 대답하니, 겐지는 모든 것을 고레미쓰에게 맡겼습니다.

두 사람이 얘기하는 소리를 언뜻언뜻 들은 시녀들이 의심하였습니다.

"정말 이상하네요. 부정을 탔다며 입궁도 하지 않으시면서, 한편으로는 이렇게 사람을 불러들여 소곤소곤, 뭔가를 슬퍼하시고. 아무래도 석연치가 않아요."

"앞으로도 빈틈없이 일을 처리해주게나."

겐지는 장례식의 절차에 대해서도 많은 얘기를 하였습니다.

"아니옵니다. 그렇게 대단하게 치르지 않는 편이 좋을 듯싶사옵니다."

고레미쓰가 이렇게 말하고는 일어나 돌아가려고 하였습니다. 겐지는 못 견디게 슬퍼서 말하였습니다.

"바람직하지 않은 일이겠지만, 다시 한 번 그 사람의 시신을 보지 않고는 미련이 남아 견딜 수가 없을 것 같구나. 말을 타고 가봐야겠다."

고레미쓰는 말도 안 되는 경솔한 일이라 생각하면서도 이렇게 말하였습니다.

"정히 그렇게 생각하신다면 어쩔 수 없지요. 그럼 지금 당장 출발하시어 밤이 깊기 전에 돌아올 수 있도록 하시옵소서."

겐지는 요즘의 은밀한 나들이를 위해 만든 간편복으로 갈아입고 집을 나섰습니다.

마음이 혼란스럽고 암담하고 견딜 수 없어 이렇게 터무니없는 목적을 위해 집을 나서기는 하였으나 어젯밤의 위험천만한 경험에 넌더리를 내고 있는 터라, 한편으로는 어찌하면 좋을까 하고 망설여지기도 하였습니다. 허나 역시 그냥 이대로 있으면 슬픔을 견딜 길이 없었습니다. 화장을 하기 전에 한 번만이라도 죽은 사람의 시신을 보지 않고는 언제 다시 이 세상에 살았던 날의 그 여인의 모습을 만나볼 수 있을까 싶어, 슬픔을 견디면서 늘 데리고 다니는 고레미쓰와 수행원을 동행하고 길을 나섰습니다.

밤길이 무척이나 멀게 느껴집니다.

열이레 달이 휘영청 떠올랐을 때 가모 강가에 접어들었습니다. 행차를 알리는 횃불이 희미해지면서 화장터인 도리베노 쪽이 보였을 때, 여느 때 같으면 왠지 모르게 스산할 터인데 오늘 밤만큼은 무섭다는 생각조차 들지 않았습니다. 겐지는 천 갈래만 갈래 찢어지는 마음으로 당도하였습니다.

이 주변은 원래 음산하고 불길한 곳인데, 너와를 이은 집 옆에 근행을 위해 세운 승려의 암자가 한층 쓸쓸하였습니다.

등잔불 빛이 문틈으로 희미하게 새어나왔습니다. 안에서는 여자가 홀로 우는 소리만 들렸습니다. 밖에서는 법사가 두세 명 이따금 얘기를 나누면서, 공덕이 특별하다는 무언염불을 소리 죽여 외우고 있었습니다.

초야에 행하는 근행이 모두 끝나 근처 산사들도 조용하고 사방이 고요하기만 하였습니다.

기요미즈 절 방향으로는 불빛이 많이 보이는 것을 보니, 사람들이 많이 모여 있는 듯하였습니다.

주지승의 아들이 근엄한 목소리로 경을 외우는 소리를 듣자 겐지는 눈물이 다 말라버릴까 싶을 정도로 울었습니다.

너와집으로 들어서자, 등잔불의 빛은 시신에게 닿지 않도록 벽을 향하고 있고, 우근은 시신과 병풍을 사이에 두고 엎드려 있었습니다. 겐지는 얼마나 괴로우랴 싶은 마음으로 우근을 바라보았습니다.

시신은 전혀 흉물스럽지 않고 생전의 모습 그대로 귀엽고 사랑스러웠습니다.

겐지는 시신의 손을 잡고는 목소리를 다하여 한없이 울었습니다.

"목소리만이라도 다시 한 번 들려주구려. 대체 전생에 무슨 인연이었기에. 그렇게 짧은 시간에 내 온 마음을 다하여 사랑하였거늘, 그런 나를 두고 가버리다니 너무하구려. 너무도 슬프고 마음이 어지럽소이다."

승려들도 누구인 줄 모르는 채 이상하다 여기면서 그 비탄에 몸부림치는 모습에 덩달아 눈물을 떨어뜨렸습니다.

겐지는 우근에게 이렇게 말하였습니다.

"자, 함께 이조원으로 가자꾸나."

"어렸을 적부터 오랜 세월, 한시도 곁을 떠나지 않고 시중을 들었던 분과 이렇듯 황망하게 이별을 하였사온데, 새삼 돌아갈 곳이 어디에 있겠나이까. 또 사람들에게는 그분이 돌아가신 것을 뭐라 설명하면 좋겠나이까. 슬픔이야 감수한다 치더라도 제가 곁을 지키고 있었는데 어찌 된 일이냐고 오조의 사람들이 가타부타 말이 많을 것이오니, 그것이 괴롭사옵니다."

우근은 이렇게 말하고는 거의 정신을 잃을 듯 울어대며 말하였습니다.

"뼈를 태우는 연기에 섞여 저도 뒤를 따르겠습니다."

"자네가 그렇게 한탄하는 것도 무리는 아니나 이 세상은 이렇듯 무상한 것이다. 이별이란 어떤 이유에서든 슬픈 것이야. 앞서 죽은 사람이나 뒤에 남은 사람이나 모두 같은 목숨이니 언젠가는 끝이 있는 법이니라. 슬픔을 추스르고 내게 의지토록 하거라."

겐지는 우근을 위로하는 한편으로 한마디하였습니다.

"이렇게 말하는 나야말로 정말 살아갈 수 있을 것 같지가 않구나."

그러니 참으로 불안한 일입니다.

"날이 밝겠사옵니다. 어서 돌아가셔야 하옵니다."

고레미쓰의 말에 겐지는 가슴이 메어 몇 번이고 뒤를 돌아보면서 발걸음을 떼었습니다.

돌아가는 길, 길가에 핀 들풀에는 이슬이 돋아 있고 아침 안개는 자욱하게 끼어 있는데 눈물까지 흘러 앞을 가리니, 어딘지 알수 없는 무명의 어둠 속을 헤매고 있는 듯한 기분이었습니다.

생전의 모습 그대로 누워 있는 죽은 사람의 모습, 어젯밤 서로의 옷을 주고받았는데, 겐지의 붉은 옷을 걸친 시신의 모습이 떠오르고, 대체 전생에 무슨 인연이었기에 이리 비통한 이별을 해야 하는가, 하고 가는 길 내내 생각하였습니다.

겐지는 말을 타고 당당히 갈 수도 없을 만큼 탈진한 상태라 돌아가는 길 역시 고레미쓰가 동행하였습니다.

가모 강둑에 이르러 끝내 말에서 떨어진 겐지는 상심이 매우 컸습니다.

"이런 길바닥에서 죽는 것인가. 이조원까지 가기도 어려울 것 같구나."

이렇게 말하자 고레미쓰도 동요하고 말았습니다. 내가 좀 확실한 인간이었다면 겐지 님이 무슨 말을 하든 그런 곳에 데리고 가지 않았을 터인데 하고 후회스러우니, 안절부절못한 채 마음이 혼란스러워 가모 강의 물로 손을 깨끗이 씻고 기요미즈 절의 관음보살에게 빌어보았으나, 도무지 어찌해야 할 줄을 몰라 허둥대고 있습니다.

겐지도 애써 마음을 다잡아 마음속으로 부처님에게 기도를 올렸습니다. 고레미쓰의 도움으로 겨우겨우 이조원에 도착하였습니다.

시녀들은 겐지의 이렇듯 수상쩍은 밤나들이를 두고 한탄을 하였습니다.

"참으로 보기가 민망스럽군요. 요즘은 늘 안절부절못하시고, 차분하게 나다니지 못하시니. 더욱이 어제는 정말 몸이 안 좋으신 듯 보였는데, 왜 이리 밤이면 밤마다 훌쩍훌쩍 나다니시는 것일까요."

겐지는 자리에 눕자마자 그대로 잠에 빠져들었으나 몸을 뒤척이며 괴로워하다가, 이삼 일이 지나자 눈에 띄게 쇠약해졌습니다.

천황은 그 소식을 듣고 몹시 마음 아파하였습니다. 겐지의 쾌유를 비는 기도 소리가 여기저기서 끊이지 않으니 일대 소동입니다. 음양사가 행하는 제의와 굿, 그리고 밀교의 주술과 기도 등 온갖 의식과 기도가 행해지니 그 성대함이 말로는 다할 수 없을 정도였습니다.

사람들은 겐지는 세상에 비유할 대상이 없을 만큼 아름답고 훌륭하니 어쩌면 오래 살지 못할 것이라고 입을 모아 걱정하고 야단법석이었습니다.

그렇게 병상이 무거운 와중에도 겐지는 예의 우근을 곁에 불러들이고 가까운 곳에 방을 내주어 시중을 들게 하였습니다.

고레미쓰도 제정신이 아니었으나 애써 마음을 가라앉히고 여주인을 잃고 허전해하는 우근을 꼼꼼히 보살피면서 겐지를 잘 모실 수 있도록 격려하였습니다.

겐지는 다소나마 기분이 좋을 때면 우근을 불러들여 일을 시키는지라 우근도 얼마 지나지 않아 다른 시녀들과 어울려 살게 되었습니다. 색이 짙은 상복을 입은 모습이 딱히 아름다운 것은 아니어도 이렇다 할 결점은 없는 젊은 시녀였습니다.

"상상할 수 없을 만큼 짧았던 우리 두 사람의 사랑의 인연을 따라 나도 얼마 못 살 것 같구나. 네 오랜 세월 의지하였던 주인을 잃어 얼마나 허망하고 불안하겠느냐. 내 남은 목숨이 있다면 너를 보살피고 위로해주려 하였건만, 머지않아 그 사람의 뒤를 따르게 될 것 같으니 아쉬운 일이구나."

이렇듯 힘없는 목소리로 말하고 소리없이 눈물을 흘렸습니다. 우근은 지금 와서 새삼 한탄해봐야 소용없는 유가오의 죽음은 그렇다 치고, 겐지마저 죽는다면 얼마나 안타까운 일일까 하여 진심으로 걱정하였습니다.

이조원 사람들은 겐지의 병세에 차도가 없자 모두 당황하고 어쩔 줄을 몰라 거의 이성을 잃었습니다.

궁중에서도 내리는 빗발보다 더 빈번하게 사람이 나왔습니다. 천황이 몹시 상심하고 계시다는 말을 들은 겐지는 너무도 죄송스러워 억지로나마 기운을 내려고 애썼습니다.

좌대신도 있는 힘을 다해 겐지를 간병하였습니다. 매일 분주하게 이조원으로 걸음을 하여 정성스럽게 겐지를 보살폈습니다. 그 보람이 있었는지, 스무 날 남짓이나 겐지를 짓누르던 병세가 이렇다 할 후유증도 남기지 않고 점차 물러났습니다.

공교롭게도 쾌차한 날과 삼십 일 동안의 근신 기간이 끝나는 날이 겹쳤는지라, 그 밤 겐지는 상심이 크시다는 폐하께 황송스러워 궁중의 숙식소를 찾았습니다.

퇴궁을 할 때는 좌대신이 수레를 가지고 궁중으로 마중을 가자신의 집으로 데리고 갔습니다. 그리고 와병 후의 몸가짐 등을 단속하며 엄중하게 근신하도록 하였습니다. 당사자는 멍하니 아직도 꿈속을 헤매는 듯한 기분이니, 한동안은 다른 세계에 다시 태어난 듯한 느낌이었습니다.

구월 이십일일경, 겐지는 완쾌되었습니다. 와병 후 안쓰러울 정도로 야위기는 하였으나 그 모습이 도리어 요염한 정취를 풍기고 있습니다. 툭하면 멍하니 밖을 내다보며 수심에 잠겨 소리내어 울었습니다. 그런 모습을 해괴하게 여기는 사람도 있어 걱정들을 하였습니다.

"귀신에 홀린 것은 아닐까."

그런 어느 한가로운 저녁나절에 겐지는 우근을 불러 속내를 털어놓았습니다.

"도저히 알 수가 없구나. 그 사람이 어째서 그렇듯 자기 신분을 숨기려 했던 것인지. 설사 '어부의 자식'이었다 해도, 내가 그토록 사랑하였는데 남을 대하듯 숨겼으니 너무도 한스럽구나."

그 말을 들은 우근이 말하였습니다.

"끝까지 숨기고자 하는 뜻이야 있었겠사옵니까. 그 짧은 만남에서 대단치도 않은 이름을 언제 밝힐 수 있었겠사옵니까. 애당초 기이한 인연으로 일이 그렇게 되었사오니, 모든 것이 꿈만 같고 현실 같지 않다고 말씀하였나이다. 겐지 님이라는 소문이야 무성하였사오나, 직접 이름을 밝히지 않으시니 그 또한 '한때의 노리갯감이라 여기시기는 탓, 진정으로 사랑해주시지는 않을 것이다. 그러니 아마도 끝까지 신분을 밝히지 않으실 게야'라며 한스러워하셨사옵니다."

"우리 서로가 쓸데없는 고집을 피웠구나. 그렇게 숨기고자 한 뜻은 전혀 없었다. 폐하의 꾸중을 비롯하여 삼가 조심할 것이 많은 신분에다 세상에서 금하는 은밀한 만남을 경험한 적이 없기에 어리석게도 사람들의 눈길을 두려워하였구나. 내 장난삼아 여자에게 마음을 둔다 한들 세상은 좁으니 주위가 시끄럽고 이런저런 비난을 쉬이 받는 처지이니라.

그런데 그 우연한 일이 있었던 저녁부터 이상하게도 그 사람을 잊을 수 없어서 억지를 써가면서 은밀히 만났는데, 이렇게 된 것도 전생의 인연이다 싶은 것이 안타깝기도 하고 원망스럽기도 하였느니라. 그렇게 짧은 인연이었는데 어쩌면 그리도 애틋한 마음으로 사랑할 수 있었는지. 그 사람에 대해서 좀더 자세한 것을 알고 싶구나. 지금은 아무것도 숨길 필요가 없으니. 이레마다 부처님의 얼굴을 그리게 하여 법회 때 공양을 드리고 있는데, 대체 누구를 위한 공양이라 여기면 좋단 말이냐."

겐지가 이렇게 말하자 우근이 말을 꺼냈습니다.

"제가 어찌 숨길 수 있겠사옵니까. 허나 본인이 숨기고 말씀 드리지 않은 것을 돌아가셨다고 하여 함부로 발설하는 것은 참으로 죄송스러운 일이옵니다. 양친은 일찍이 돌아가셨습니다. 아버님은 3위 중장을 지내셨는데, 아씨를 무척이나 사랑하셨으나 자신의 운명이 예사롭지 않음을 한탄하시다가 결국은 숨을 거두셨나이다.

그 후에 우연한 인연으로, 당시 소장이셨던 두중장님이 한눈에 반하셔서 삼 년 정도를 열심히 드나드셨습지요. 그런데 지난 가을, 두중장님의 정실의 아버님이신 우대신 댁에서 거의 협박에 가까운 편지를 보내셨습니다. 원래가 겁이 많고 마음 약한 분이오라 두려움에 오금을 펴지 못하고 서경에 사는 유모를 찾아 그곳에 몸을 감추었습니다. 허나 누추하기 짝이 없는 곳이라 지내기가 불편하여, 차라리 산속 깊은 곳으로 숨어버리고 싶다는 생각을 하였습니다. 그런데 하필이면 올해 그 방향이 불길하다 하여 방향을 바꾸어 오조의 허름한 집으로 간 것입니다. 그러던 차에 겐지 님의 눈에 들어 수치스럽고 한스러워하였습니다. 세상 사람들과 달리 몹시 내성적이라 마음속으로는 사랑하고 있어도 그 마음을 누가 알아챌까 몹시 두려워하여 늘 겉으로는 태연한 척하면서 겐지 님을 만났던 것 같사옵니다."

겐지는 그렇다면 역시 두중장이 얘기한 패랭이꽃 여인이 맞구나, 하고 생각하니 애정이 더욱 깊어졌습니다.

"어린아이의 행방을 알 수 없다고 두중장이 몹시 슬퍼하였는데, 그런 아이가 있느냐?"

겐지가 물었습니다.

"예, 재작년 봄에 낳았사옵니다. 아주 귀여운 여자아이이옵니다."

우근이 대답하였습니다.

"그래서 그 아이는 지금 어디에 있느냐. 사람들 모르게 그 아이를 내게 맡겨줄 수는 없겠느냐. 아무것도 남기지 않고 죽은 그 사람의 유품이라 여기고, 그 아이나마 키울 수 있다면 얼마나 기쁘겠느냐."

겐지가 말하였습니다.

"두중장에게도 알려주고 싶으나 지금 얘기하면 내가 괜한 원망을 듣게 될 터이지. 아무튼 내가 그 아이를 키우지 못할 이유는 없으니 그 아이를 보살피고 있는 유모에게 연락을 취하여 데리고 오너라, 나라는 것은 알리지 말고."

"그렇게만 될 수 있다면 얼마나 다행스럽겠사옵니까. 어린 아씨가 쓸쓸한 서경에서 자라는 것이 못내 안쓰러웠나이다. 오조의 집에는 참하게 보살펴줄 이가 없어 그쪽에 맡겨두고 있었나이다."

해질 녘 사방이 고요한 가운데 하늘의 풍광은 절절하게 마음에 스미고, 앞뜰에 가을 풀은 메마를 대로 메마르고 벌레 소리도 구슬프니 점차 물이 오르는 단풍색이 그림처럼 아름다웠습니다. 우근은 감회에 벅찬 마음으로 사방을 바라보면서 뜻하지않게 좋을 일자리를 얻게 되었다고 생각하니, 저 유가오의 집에서 적적하게 지내던 시간을 떠올리는 것조차 부끄러웠습니다.

대나무 숲에서 집비둘기가 멋없이 굵직한 소리로 울자, 겐지는 언젠가 모처에서 유가오가 이 새소리를 듣고 몹시 무서워하였는데, 오히려 그 모습이 사랑스러웠던 기억이 알알이 떠올라 물었습니다.

"그 사람의 나이가 몇이나 되었을꼬. 세상 사람들하고는 달리 이렇듯 오래 살지 못할 운명이었기에 그리도 가냘프고 나약하게 보였던 게지."

"열아홉이었사옵니다. 저는 그분의 유모의 딸이온데, 어머니가 저를 혼자 남겨두고 세상을 뜨자 3위 중장님께서 가엾게 여기어 거둬주셨습니다. 덕분에 저는 아씨를 모시면서 아씨와 더불어 성장하였사옵니다. 그 은혜를 생각하면 아씨가 돌아가셨는데 어찌 저 혼자 살아갈 수 있겠습니까. 이렇게 이별할 줄을 알았다면 그토록 깊은 정을 나누지는 않았을 터인데, '어쩌다 이토록 가까운 사이가 되어버렸는가'란 노래처럼 오히려 분하옵니다. 저는 마음이 약하고 의지할 데 없는 아씨의 그 마음에 의지하여 오랜 세월 곁을 지키며 살아왔사옵니다."

"여자는 그렇게 좀 나약하게 보이는 것이 사랑스러우니라. 난 성정이 강하고 철두철미하고 사람이 하는 말을 잘 듣지 않는 여자는 아무래도 좋아지지가 않아. 나 자신이 활달하지 못하고 착실하지도 못한 성격이어서 그런지 여자는 그저 얌전하고 순순하고, 자칫하면 남자에게 속아 넘어갈 것처럼 보이는 여자가 조심성도 많지. 또한 오직 남편의 마음을 믿고 따르니 어찌 사랑스럽지 않겠느냐. 그런 여자를 뜻한 바대로 교육하여 함께하면 화목하게 살 수 있을 터인데."

겐지가 말하자, 우근은 이렇게 말하며 울었습니다.

"겐지 님의 그러한 취향에는 딱 들어맞는 분이었는데 안타까운 일이옵니다."

하늘에는 어느 틈엔가 구름이 끼고 부는 바람은 서늘해졌습니다. 겐지는 침울하게 생각에 잠겼습니다.

저 구름이
사랑하는 사람 태운 연기인가 싶어
바라보자니
쓸쓸한 저녁 하늘도
그리워지네

이렇게 혼자서 중얼거리건만 우근은 화답의 노래도 올리지
못하였습니다. 지금 이렇게 겐지와 함께 단둘이서 얘기하고 있
는 사람이 자기가 아니고 아씨였다면, 하고 생각하니 가슴이 미
어지는 듯하였습니다.

겐지는 오조의 집에서 귀가 어지럽도록 들었던 다듬잇돌 소
리의 기억마저 그리워, 백거이의「문야침」(聞夜砧) 가운데에서
'팔구월 긴긴 밤'이란 구절을 읊조리며 자리에 누웠습니다.

저 이요의 개의 처남 고기미는 여전히 이조원을 드나들고 있
는데 겐지는 이전처럼 편지를 전해주는 일도 없으니, 우쓰세미
는 이제 자기를 박정한 여자라고 단념한 모양이라고 생각하였
습니다. 참으로 안된 일이었습니다. 그런데 겐지가 병을 앓고
있다는 소문을 들으니 역시 슬프지 않을 수 없었습니다.

멀리 이요로 내려가려는 지금, 마음도 허전하고 불안하니 이
제 자기를 완전히 잊었는지 시험 삼아 편지를 써 보냈습니다.

"병을 앓고 계시다는 소문을 듣고 걱정하고 있사옵니다만, 뭐라 문안을 드리자니 도저히……."

소식 한 장 없음을
어인 일이냐 묻지도 않는 당신
허망하게 흘러가는 세월에
마음이 어지러워
울며 지내는 나

"실로 마스다이옵니다."
'마스다'란 옛 노래에 나오는 연못 이름이며, 괴롭다 말하는 사람보다 내가 훨씬 더 괴로우니, 사는 보람조차 없다는 뜻을 지닌 말입니다.

겐지는 이런 편지가 다 오다니 희귀한 일이라 여기고는, 우쓰세미에 대한 사랑이 식은 것은 아니어서 답장을 썼습니다. 붓을 쥔 손이 부들부들 떨려 흘려 썼으나 필체는 나무랄 데가 없었습니다.

"사는 보람조차 없다니, 누가 하고 싶은 말인지 모르겠구려."

사랑의 애틋함이란
매미 허물처럼 허망한 것임을
절절히 알았거늘

이런 편지에
　다시금 매달리고 싶은 내 목숨

"참으로 허망하오."

　여자는 허물처럼 벗어두고 나온 얇은 겉옷을 아직도 잊지 않고 있는 듯하여 안쓰럽기도 하고 기쁘기도 하였습니다. 그 후에도 이렇게 밉지 않을 정도로 정이 담긴 편지를 종종 보냈습니다. 그렇다고 만날 생각을 한 것은 아니었으니, 겐지의 가슴에 목석처럼 비정한 여자란 인상을 남기고 싶지 않아 마음속으로 괴로워하고 있었던 게지요.

　또 한 사람 딸 쪽은 장인 소장을 사위로 삼아 드나들게 하고 있다는 소문이었습니다. 겐지는, 이상한 일이다, 만약 아내가 처녀가 아니라는 것을 안다면 어찌 생각할까, 하고 소장의 기분을 생각하니 안되었기도 하고 그 여자의 근황도 알고 싶어 고기미에게 심부름을 시켰습니다.

"죽고 싶을 정도로 그대를 그리워하는 이내 마음을 아시는지요?"

　잠깐이었을지언정
　그렇게 처마 끝에 갈대를 묶어
　인연을 나눈 사이가 아니라면
　무엇을 이유로 티끌만한 원망이나마

내뱉을 수 있으리오

키 큰 갈대에 편지를 묶어 "은밀하게 전하라"고 말하였으나, 만의 하나 실패하여 소장에게 발각된 끝에 여자의 과거가 밝혀졌다 한들 상대가 나라고 짐작되면 용서할 것이라고 생각하니, 그 자만심이야말로 난감하기 짝이 없는 것이었습니다.

마침 소장이 없을 때 고기미가 편지를 전하자, 여자는 새삼스럽게 이제 와서 무슨 편지를, 이라며 원망하는 한편 생각해준 것이 기뻐서 당장에 화답가를 지어 고기미에게 건넸습니다.

은근한 암시의 편지를
받았사오나
서리 맞은 여린 갈댓잎처럼
내 마음 이미 시들었으니

솜씨도 능숙지 못한데 굳이 세련되게 보이려 애써 쓴 것이 품위가 없었습니다. 겐지는 언젠가 희미한 등잔불 빛에 본 얼굴을 떠올렸습니다.

'그때, 건너편에 조신하게 앉아 있었던 우쓰세미는 지금도 떨쳐버릴 수 없을 만큼 얌전하였으나 이 여자는 들떠서 조잘거리는 것이 별 정취도 없어 보였지.'

그때의 기억을 떠올리니, 왠지 이 여자도 버리기는 아깝다는 기분이 들었습니다. 그런 황당한 일을 당하고도 진력이 나지 않는지, 바람둥이라 이름을 날릴 수도 있는 바람기가 다시금 동하는 모양이었습니다.

유가오가 죽은 지 사십구 일이 되었습니다. 히에이 산의 법화당에서 은밀하게 제의가 치러졌습니다. 겐지는 제의를 집행할 승려의 옷가지를 비롯하여 만사 빈틈없이 제의에 필요한 것을 정성껏 준비하였습니다. 독경에 대한 답례도 후하게 내렸습니다. 경서와 불전의 장식도 소홀히 하지 않고 세심하게 배려하였습니다. 고레미쓰의 형 아사리는 매우 덕이 높은 승려라 제의를 더할 나위 없이 훌륭하게 진행하였습니다.

겐지는 학문의 스승으로 가까이 지내는 문장박사를 불러 제의문을 짓도록 하였습니다. 겐지는 누구라고 이름은 밝히지 않고, 사랑하는 여인이 죽어 아미타불에게 여자의 극락왕생을 빈다는 내용의 초고를 애틋한 마음으로 썼습니다. 문장박사는 말하였습니다.

"이 문장 그대로 전혀 손색이 없습니다. 제가 손댈 만한 곳이 한 군데도 없습니다."

겐지는 죽 참아온 눈물을 흘리며 몹시 슬퍼하였습니다.

"대체 어떤 분이실꼬. 그런 분이 돌아가셨다는 소문을 듣지 못하였는데, 겐지 님이 이렇듯 슬픔에 눈물을 흘리도록 사랑하신 분이. 참으로 행운을 타고난 사람이로다."

겐지는 남몰래 지어둔 여자의 옷자락을 부여잡으며 노래하였습니다.

눈물을 흘리며 홀로 묶는
오늘 이 허리끈
저세상에서
그대와 함께 풀며
사랑을 나눌 날이 언제리오

죽은 자의 혼은 사십구 일까지는 중유의 하늘을 헤맨다고 하는데, 오늘 그 혼이 육도 가운데 어느 길을 가도록 정해졌을까 생각하면서 염불과 독경에 정성을 쏟았습니다.

그 후 겐지는 두중장을 만나면 자기도 모르게 가슴이 두근거리면서 유가오의 딸이 자라는 모습을 알려주고 싶은 생각도 들었지만, 그러면 도리어 두중장에게 싫은 소리를 듣게 될까봐 말하지 않았습니다.

오조에 있는 유가오의 집에서는 아씨가 어디로 사라졌는지 몰라 곤욕을 치르고 있었으나, 아무 실마리도 없으니 찾을 길이 없었습니다. 우근마저 아무 소식이 없어 참으로 이상한 일도 다 있다면서 사람들은 걱정하고 한탄하였습니다.

드나들던 분이 분명히 그렇다고는 할 수 없으나 어쩌면 겐지 님이 아니겠느냐는 소문이 내밀하게 나돈 적도 있었기에, 중개 역할을 한 고레미쓰에게 푸념하며 넌지시 물어보았습니다.

"말도 안 되는 소리요, 나는 전혀 모르는 일이오."

고레미쓰는 이렇게 딱 잘라 시치미를 떼며 변함없이 들떠 돌아다니니, 모든 것이 꿈인 것만 같았습니다. 한편으로는 지방 수령의 아들쯤 되는 호색한이 몰래 드나들다가 두중장에게 발각될 일을 두려워하여, 새벽녘 아씨를 데리고 지방으로 내려간 것은 아닐까 하는 상상도 하였습니다.

이 오조 집의 주인은 서경에 사는 유모의 딸이었습니다. 유모에게는 자식이 셋 있는데 우근만 다른 유모의 자식이라 거리감이 있는 터라, 아씨의 상황을 알려주지 않는다고 원망하고 울며 그리워하였습니다.

우근 또한 사람들에게 시끄럽게 비난받을 일이 두렵고 겐지가 그분의 일은 절대로 발설해서는 안 된다고 비밀을 지키고 있기에, 대외적으로는 행방불명인 어린 아씨의 일을 유모에게 묻지도 못하고 허망하게 세월만 보내고 있었습니다.

사십구재를 지낸 다음날 밤이었습니다. 꿈에서나마 유가오를 다시 한 번 만나고 싶어하는 겐지의 꿈에, 당시 모처의 광경과 더불어 베갯머리에 나타났던 여자가 예전의 모습 그대로 나타났습니다. 그 탓에 그렇게 황량한 곳에 눌러 사는 악귀가 자신의 아름다움에 매료되어, 그 앙갚음으로 유가오에게 들러붙어 이런 일이 생긴 것이라고 생각되니 온몸에 소름이 끼쳤습니다.

이요의 개는 시월 일일경 임지로 내려가게 되었습니다. 시녀들도 함께 내려갈 것이라고 생각한 겐지는 각별히 전별금에 신경을 썼습니다. 또 우쓰세미에게는 특별히 선물을 보냈습니다. 오밀조밀 세공한 아름다운 빗과 부채, 신에게 바치는 제물도 특별하게 주문한 것임을 알 수 있는 화려한 삼과 종이 등과 함께 추억이 어린 우쓰세미의 겉옷을 보냈습니다.

언젠가 다시 만날 날까지
그대의 분신이라 여기고
바라보며 지내는 사이
흘린 내 눈물에 이 소맷자락
썩어버리고 말았구려

편지에도 역시 여러 자상한 말이 씌어 있었으나, 성가시니 일일이 옮기지 않겠습니다.
겐지가 보낸 사람은 그대로 돌아갔으나, 우쓰세미는 고기미에게 겉옷에 대한 화답가를 지어 보냈습니다.

겨울옷으로 바꿔 입은 지금
매미 날개 같은 여름옷을
돌려받으니
옛 추억이 되살아나

목 놓아 울 뿐이옵니다

겐지는 아무리 생각해도 다른 여자들에게서는 흔히 볼 수 없는 강경함으로 나를 뿌리친 사람이라 여겼습니다.

오늘은 마침 입동이라, 입동답게 싸늘한 비가 뿌리니 적막하기 이를 데가 없었습니다. 겐지는 종일 상념에 잠겨 이렇게 노래하였습니다.

죽은 여인이나
길 떠나는 여인이나
가는 길은 제각각이라
그 끝을 알 수 없으니
적적한 가을의 해질 녘이여

겐지는 역시 이렇게 남몰래 나누는 사랑은 무슨 일이 생기든 괴로운 법이라는 것을 몸소 절실하게 깨달았습니다.

구구절절한 이야기는 겐지 자신이 애써 비밀에 부치고 있으니, 안쓰러운 심정에 지금까지 세세하게 얘기하는 것을 피해왔습니다.

"아무리 천황의 자식이라 한들, 모든 것을 속속들이 알고 있는 사람마저 허물 하나 없는 완벽한 사람이라 칭찬하는 것은 이상한 일."

그러면서 이 이야기를 지어낸 것이라 말하는 사람도 있기에, 어쩔 수 없이 있는 그대로를 이야기하였습니다. 입이 무겁지 못하다는 질책을 면하기 어려울 터이지만 말입니다.

어린 무라사키

들판의 어린 풀을

그 그리운 지치풀과 뿌리로 이어져 있는

내 것으로 삼고 싶구나

어서 빨리 이 손으로 꺾어

◆ 겐지

✿ 제5첩 어린 무라사키(若紫)

若紫는 '와카무라사키'라고 읽고, 봄에 새싹이 튼 지치 또는 연보랏빛을 뜻한다. 이 첩에서 겐지는 연모하는 후지쓰보의 핏줄이며 평생의 반려가 될 무라사키와 운명적인 만남을 갖는다. 어린 시절의 그녀를 '어린 무라사키', '무라사키 아씨'라고 한다.

겐지가 학질에 걸렸습니다. 각종 주술과 밀교의 기도를 행하게 하였으나 전혀 효험이 없었습니다.

이따금 발작을 일으키기도 하는지라 어떤 자가 말하였습니다.

"북산의 어떤 절에 뛰어난 수행승이 있사옵니다. 작년 여름에도 이 병이 유행하여 사람들이 주술을 행하며 애썼으나 전혀 효험이 없어 곤경에 처해 있었는바, 그 수행승이 단박에 고친 예가 많았사옵니다. 병이 더 도지면 위험하오니 하루빨리 그 수행승을 불러 기도를 명하시옵소서."

겐지는 수행승을 불러들이기 위해 심부름꾼을 보냈으나, 이런 답변만 돌아왔습니다.

"몸이 노쇠하여 허리마저 굽었으니 밖으로 나갈 수도 없나이다."

"그렇다면 할 수 없지. 내 은밀하게 찾아가보는 도리밖에."

겐지는 이렇게 말하고, 평소 각별하게 지내는 네댓 명만을 데리고 날이 밝기 전에 출발하였습니다.

수행승의 암자는 산속의 좀 깊숙한 곳에 있었습니다.

삼월 하순이라 도읍인 헤이안 경의 꽃들은 대부분 지고 있는데 이곳에서는 산벚꽃이 아직 한창이고, 산속 깊이 들어갈수록 봄안개가 자욱하니 그윽한 정취를 뭐라 형용할 길이 없었습니다. 겐지는 이렇게 먼 곳까지 출타하는 일이 흔치 않은 자유롭지 않은 신분이라 신기한 기분이 들었습니다.

절도 상당히 운치가 있었습니다. 그리고 수행승은 높은 봉우리의 깊은 암굴 속에 틀어박혀 있었습니다. 겐지는 몸소 그곳까지 올랐습니다. 겐지는 신분을 알아차릴 수 없는 소박한 차림이었으나, 수행승은 이름도 대지 않았는데 고귀한 신분이라는 것을 금방 간파한 듯 놀라 수선을 피우면서도 웃는 얼굴로 겐지를 맞았습니다.

"오오, 이것 참 황송합니다. 지난번에 저를 부르신 분인 듯한데. 지금은 현세의 일은 거의 생각나는 것도 없고 기도를 하는 방법도 다 잊어버렸는데, 어찌하여 이런 산속 깊은 곳까지 일부러 찾아오셨을꼬."

언뜻 보기에도 상당히 존귀한 수행승이었습니다. 수행승은 부적을 만들어 겐지에게 마시게 하고 밀교의 주술과 기도를 행하였습니다. 그러는 동안 날이 훤히 밝았습니다.

겐지는 잠시 밖으로 나가 사방의 경치를 바라보았습니다. 높은 곳이라 여기저기 흩어져 있는 승방이 내려다보였습니다. 굽이굽이 이어져 있는 봉우리 바로 아래에, 다른 승방들과 마찬가지로 뜰을 깔끔하게 빙 두르고 있는 키 낮은 울타리가 보였습니다. 그 안에는 아담한 집 한 채와 복도 건물이 서 있었습니다. 뜰을 꾸민 나무들도 상당히 정취가 있었습니다.

"뉘가 살고 있는 집인가?"

겐지가 묻자, 동행이 대답하였습니다.

"저곳은 모모라는 승도가 이 년 넘게 칩거하고 있는 집이옵니다."

"그래, 매우 신경이 쓰이는 사람이 살고 있구나. 신분을 감추느라 내 행색이 엉망인데, 승도의 귀에 내가 왔다는 소리가 들어가기라도 한다면 난감한 일이로구나."

겐지가 이렇게 말하였습니다.

뜰에 부처님에게 바칠 물을 뜨거나 꽃을 꺾는 예쁜 여자 아이들의 모습도 보였습니다.

"저런, 저런 곳에 여자가 다 있군."

"설마 승도가 저런 곳에서 여자를 끼고 살 리는 없을 터인데."

"대체 어떤 여자들이지."

수행원들이 저마다 한마디씩 하였습니다. 내려가 슬며시 울타리 사이로 들여다보는 자도 있으니, 이렇게 말합니다.

"아리따운 여자, 젊은 아낙, 아이들도 보입니다."

겐지는 절로 돌아가 근행에 임하면서도 낮이 되면 또 발작이 일어나는 것이 아닐까 싶어 불안하였습니다.

"잠시 기분 전환을 하시면서 병세를 잊어버리는 것이 좋지 않을까 싶사옵니다."

수행인이 이렇게 말하니, 뒷산으로 올라가 도읍 쪽을 바라보았습니다. 저 멀리까지 봄안개가 자욱하게 끼어 있고, 사방 나뭇가지에서는 새싹이 보얗게 돋아나고, 마치 한 폭의 그림 같은 풍경이었습니다.

"이런 곳에 사는 자는 자연의 아름다움을 마음껏 즐길 수 있으니 아쉬움이 없겠구나."

"이런 경치는 어디에나 있는 것이옵니다. 지방의 바다와 산, 각양각색의 자연을 보시면 겐지 님의 그림 솜씨도 눈부시게 발전할 것이온데. 후지 산이니 무슨무슨 고개이니 말이옵니다."

이렇게 말하는 자도 있습니다. 또 서쪽 지방의 풍치 있는 포구와 해변의 경치에 대해서 얘기하는 자도 있으니, 모두들 겐지의 기분을 풀어주려는 뜻이었습니다.

"가까운 곳으로 하자면, 하리마의 아카시 해변이 상당히 좋다고 하옵니다. 딱히 이렇다 하게 볼 곳이 있는 것은 아니오나, 드넓은 바다를 바라만 보아도 마음이 푸근하게 가라앉는 곳이라 하옵니다. 그 느낌이 다른 곳의 풍경과는 각별하다 들었사옵니다.

하리마의 수가 얼마 전 출가를 하여 뉴도라 불리고 있는데, 하나밖에 없는 딸을 호화로운 저택에서 애지중지 키우고 있다 하옵니다. 그 뉴도는 대신의 자손이니 출세할 수도 있었는데, 성정이 몹시 괴팍한 사람이라 대인관계도 싫어하니 근위 중장의 자리를 마다하고, 하리마의 수를 자청하였다 하옵니다. 그런데 그 지방 사람들도 환대를 해주지 않자, '내 무슨 면목으로 다시 도읍으로 올라간단 말인가'라면서 삭발을 한 것이옵니다. 그런데 삭발을 했으면 출가한 자답게 인가에서 멀리 떨어진 산속에서 살든지 해야 할 터인데 그런 해안에서 호화롭게 살고 있은즉 상식 밖이라고 여겨지기도 하나, 하리마 지방에는 출가한 사람이 은신하여 살기에 적당한 장소가 도처에 있기는 하여도 너무 산속 깊은 골짜기면 인가와 멀어 쓸쓸하니 젊은 아내가 적적해할 터이고, 또 그곳이 자신의 수심을 털 수 있는 거처인 듯 보였사옵니다.

얼마 전 제가 하리마 지방으로 내려갔을 때 근황을 살피러 찾아갔더니, 뉴도는 도읍에서야 실력을 인정받지 못해 불행하였으나 시골에서는 수의 권세와 위광을 업고 광활한 토지를 사들여 위풍당당한 저택을 지어 살고 있으니, 만년을 유복하게 지낼 수 있는 재산도 충분히 모은 듯싶었사옵니다. 내세를 위해 근행에도 정진하고 있으니 출가를 하여 도리어 품격이 높아진 듯 보였사옵니다."

"그런데 그 딸은?"

겐지가 물었습니다.

"나쁘지 않사옵니다. 용모나 성품이 상당히 출중하여 하리마의 대대 수들이 각별히 신경을 쓰면서 정중하게 구혼을 청하였으나, 뉴도는 전혀 상대를 하지 않았사옵니다.

'내가 이렇게 한심한 신분으로 영락한 것도 분한데, 자식이라고는 이 딸 하나뿐이다. 장래에 대해서는 내가 생각해둔 것이 있다. 만약 내가 죽은 후 뜻을 이루지 못하고 내가 정해준 운명에서 벗어나게 된다면, 바다에 몸을 던져 죽도록 하라'고 엄한 유언을 남겼다 하옵니다."

겐지도 호기심이 동하여 귀를 곤두세우고 들었습니다. 그러자 수행인들이 이렇게 말하며 웃는 것이었습니다.

"용왕의 아내라도 될 만큼 비장의 딸이란 말인가?"

"너무 바람이 높으면 그도 곤란하지."

이 얘기를 한 것은 하리마의 수의 아들로 6위 장인이었는데, 올해 종5위로 직위가 올라간 요시키요라는 젊은이였습니다. 다른 수행인은 입을 모아 놀렸습니다.

"요시키요는 실로 풍류를 좋아하는 남자이니, 그 딸로 하여금 뉴도의 유언을 깨뜨리게 하려는 속셈이겠지. 그래서 뉴도의 집 주변을 어슬렁거리고 있을 것이야."

"글쎄 어떨지. 아무리 아름답다고 한들 그래 봐야 시골 촌뜨기가 아니겠나. 그런 시골에서 태어나고 자랐으니, 어렸을 때부터 보수적인 부모의 말만 잘 들으면서 살았겠지."

"어머니 쪽은 상당히 집안이 좋은 모양이던데. 도읍의 고귀한 집안에 연줄을 대어 예쁘고 젊은 시녀와 여동을 데리고 와, 딸을 끔찍하게 보살피도록 한다던데."

"그러나 앞으로 매정한 인간이 국수가 되어 부임을 하면, 언제까지고 딸을 그런 식으로 편하게 놔두지는 않겠지."

이렇게 구구하게 말들이 많은 가운데, 겐지도 이렇게 말하였습니다.

"무슨 심산으로 뉴도는 딸에게 바다에 몸을 던지라는 엄한 유언을 남겼을꼬. 세상 사람들이 보는 눈도 심상치 않을 터인데."

겐지는 이렇게 말하며 내심 그 딸에게 깊은 관심을 갖는 듯하였습니다.

"여자들 얘기도 좀 유별할수록 좋아하시는 분이니, 뉴도의 딸 얘기가 귀에 솔깃하실 터이지요."

수행원이 이렇게 겐지의 속내를 간파하였습니다.

"날도 저물어가는데 발작도 이제는 일어나지 않는 듯하옵니다. 어서 도읍으로 돌아가시는 것이 어떠하올지."

수행원의 말에 수행승은 이렇게 말하였습니다.

"병세는 그러하나 귀신이 씌인 듯도 하니, 오늘 밤은 이곳에서 차분하게 기도를 올리고, 내일 산을 내려가도록 하시지요."

"옳은 말씀입니다."

사람들은 말하였습니다. 겐지는 이렇게 산속 깊은 곳의 승방에서 잠을 청하기는 좀처럼 없던 일이라, 적적해하면서도 흥미로운 마음에 이렇게 말하였습니다.

"그렇다면 내일 날이 밝으면 출발하기로 하자."

봄의 길고 따뜻한 낮이 저물고 사방에 저녁 안개가 끼어 어스

름할 때 겐지는 예의 낮은 울타리 집 언저리로 가보았습니다.

다른 수행원에게는 모두 돌아가라 이르고 고레미쓰와 단둘이서 들여다보니, 바로 눈앞의 서쪽 방에서 불상 앞에 앉아 근행을 하고 있는 여승이 있었습니다. 방의 발이 약간 들려 있고 불상에 꽃을 바치는 듯싶었습니다. 그리고 중간 기둥에 몸을 기대고 앉아 사방침에 불경을 얹어놓고, 병자인 듯 기운 없이 경을 외우고 있는 여승은 상당히 신분이 높은 사람인 것 같았습니다. 나이는 마흔 남짓일까요, 피부색이 몹시 하얗고 야위었으나 두 뺨은 오동통하고 짧게 자른 머리칼이 어깨 뒤로 늘어져 있는 모습을 겐지는 지그시 쳐다보았습니다.

"오히려 긴 머리보다 요즘 머리 모양으로 보이는구나."

몸집이 아담하고 나이가 있음직한 시녀가 둘 정도 있었습니다. 그밖에 여자 아이들이 들락거리며 놀고 있었습니다. 그 가운데 나이는 열 살쯤 되었을까요, 하얀 아랫도리에 황매화색 겉옷을 받쳐 입은 모습으로 이쪽으로 뛰어오는 여자 아이가 있었습니다. 그곳에 있는 다른 여자 아이들과는 비교도 되지 않을 만큼 성장한 모습이 기대되는 귀여운 용모였습니다. 머리칼은 좍 펼친 부채처럼 하늘하늘하고, 울어서 빨갛게 부은 얼굴을 비비며 서 있습니다.

"어찌 된 일이냐. 아이들과 말다툼이라도 했느냐?"

이렇게 말하면서 올려다보는 여승의 얼굴과 여자 아이의 얼굴이 다소 닮은 데가 있어, 겐지는 아마 여승의 딸인 모양이라고 생각하는 것 같았습니다.

"이누키가 참새를 놓쳐버렸어요. 어리에다 잘 넣어두었는데."

여자 아이는 몹시 분하다는 듯 말하였습니다. 그 자리에 같이 있었던 한 시녀가 이렇게 말하면서 일어서서 나갔습니다.

"또 그 철부지가 몹쓸 짓을 해서 아씨에게 꾸중을 듣다니, 정말 철이 없어도 너무 없다니까. 참새는 어디로 날아간 거지, 이제 겨우 사람을 따르게 되어 귀여웠는데. 까마귀를 만나면 어쩌려고."

살랑살랑 흔들리는 머리가 무척 길고 아름다워 보였습니다. 소납언 유모라고 부르는 것을 보니 그 여자 아이의 유모 같았습니다.

"원 저런, 어린애 같기는. 어째서 그렇게 어린애처럼 철이 없을까. 내 목숨이 오늘내일하는데, 그런 것은 아무 상관도 하지 않고 참새 같은 것이나 쫓아다니고. 살아 있는 생물을 기르는 것은 죄라고 그렇게 말을 하였는데도, 난감한 일이로구나."

여승은 이렇게 말하고는 아이를 가까이 불렀습니다.

"이리 오너라."

그러자 그 아이는 여승의 곁으로 가서 얌전히 앉았습니다. 얼굴 생김새가 무척 귀엽고, 눈썹 언저리는 아슴푸레하고, 어린애답게 손으로 머리카락을 쓸어올린 이마하며 송송 돋은 솜털이 뭐라 말할 수 없이 사랑스러웠습니다. 그 여자 아이에게 눈길이 사로잡힌 겐지는 앞으로 성장한 모습이 참으로 기대된다는 생각을 하였습니다. 실은 그 아이가 온 마음을 다하여 사모한 분을 너무도 닮았기에 넋을 잃고 바라보는 것이라 여겨지니, 겐지의 눈에 눈물이 넘쳐흘렀습니다.

여승은 그 아이의 머리카락을 쓸어올리면서 말하였습니다.

"너는 머리에 빗질하는 것을 몹시 싫어하지만, 정말 아름다운 머리칼이로구나. 네가 너무 고집이 세고 철이 없어 이 할미는 가엾기도 하고 걱정스럽기도 하구나. 너 정도 나이면 이렇게 어린애 같지 않은 사람도 있는데. 너의 돌아가신 어머니는 열 살 남짓에 아버지를 여의었지만, 그때 벌써 사물의 도리를 분별할 줄 알았느니라. 그런데 너는, 만약 지금 내가 너를 남겨두고 죽어버리면 어떻게 살아가겠느냐."

이렇게 말하며 구슬프게 우는 것을 보니 겐지는 왠지 모르게 슬퍼졌습니다.

그 여자 아이도 여승의 우는 얼굴을 가만히 쳐다보더니, 어린 마음에도 슬펐던 모양입니다. 눈길을 돌리고 숙연하게 고개 숙인 얼굴에 쏟아져 내린 검은 머리칼이 반짝반짝 아름답게 보였습니다.

어떻게 살아갈지
상상도 할 수 없는데
여린 풀처럼 어린아이를
홀로 남겨두고

내 어찌 죽을 수 있으리

여승이 시를 읊자, 곁에 있던 한 시녀가 덩달아 울면서 말하였습니다.

"정말 그렇사옵니다."

싱그런 새싹 같은
아씨의 장래를
미처 보지도 않으시고
먼저 떠나시다니
어인 말씀이십니까

이렇게 말하는데, 저쪽에서 승도가 다가왔습니다.

"문을 너무 활짝 열어놓으셨군요. 오늘따라 그대는 어찌하여 이렇게 끄트머리에 앉아 계시는지요. 저 위 수행승의 승방에 겐지 중장이 학질을 고치러 주술을 하기 위해 와 계시다는 얘기를 방금 들었습니다. 은밀한 행차이신지라, 나는 그런 것도 모르고 이곳에 있으면서 문안도 하지 않았습니다."

이렇게 말하니 여승은 서둘러 발을 내렸습니다.

"에그머니나, 이렇게 볼썽사나운 꼴을 누가 보았다는 말인가요?"

"세상의 평판이 자자한 겐지 님을 뵈올 아주 좋은 기회입니다. 나처럼 세상을 등진 승려의 몸도 한번 뵈오면 그 아름다움에 세상의 시름을 잊고 수명마저 길어질 정도로 훌륭한 모습입니다. 자, 저는 이만 문안을 드리러 가야겠습니다."

승도가 이렇게 말하고 일어서는 기척이 느껴져 겐지도 돌아갔습니다.

"참으로 귀여운 사람을 보았구나. 이러니 색을 좋아하는 세상의 풍류남들이 남몰래 이곳저곳을 돌아다니며 보물 같은 미녀를 찾아내는 것이로구나. 어쩌다 발길을 하였을 뿐인데, 이렇게 뜻하지 않은 보물을 발견하였으니."

이렇게 말하니 잠행도 즐거운 듯 보였습니다.

'그건 그렇고, 그 아름다운 아이는 대체 누구일까. 내 그리운 사람 대신 그 아이를 곁에 두고 지낼 수 있다면 크게 위로가 될 터인데.'

겐지의 마음은 이런 생각으로 가득하였습니다.

겐지가 쉬고 있는 곳에 승도의 제자가 찾아와 고레미쓰를 불러냈습니다. 좁은 곳이라 겐지의 귀에도 고스란히 말소리가 들렸습니다.

"사람을 통해 이곳에 겐지 님이 행차하셨다는 얘기를 방금 들었습니다. 놀라운 일이라 당장에 문안 인사를 드리러 찾아 뵈어야 하오나, 제가 이 절에 칩거하고 있다는 것은 잘 알고 계실 터인데 제게는 비밀로 하셨으니 한스러운 마음에 제 쪽에서도 사양하였사옵니다. 제 승방에는 편안한 잠자리도 마련되어 있사온데 실로 유감스러운 일이옵니다."

승도의 제자는 이렇게 승도의 말을 전하였습니다.

"십여 일 전부터 학질에 걸렸는데 간혹 발작을 하는지라 참을 수가 없어, 사람들이 일러주는 말을 듣고 갑작스럽게 이 산을 찾아왔습니다. 이렇듯 고명하신 스님의 기도가 효험이 나타나지 않을 시에는 뒷수습을 하기도 어려울 터이고, 만의 하나 그런 일이 생기면 유명한 고승이니만큼 한층 고충이 심할 터, 그 점이 염려스러워 내밀하게 온 것입니다. 곧 그쪽으로 찾아뵙겠습니다."

겐지는 이렇게 말하였습니다.

승도의 제자와 들고나듯이 승도 자신이 찾아왔습니다. 이 사람은 승려인데 인품도 고귀하고 세상 사람들에게 존경받는 인물이라 매우 조심스러웠습니다. 겐지는 자신의 신분에 걸맞지 않은 잠행의 모습을 보인 것이 부끄러웠습니다.

승도는 이렇게 산에 칩거하며 수행하는 동안의 일들을 얘기하고, 간곡하게 청하였습니다.

"초라한 암자이기는 마찬가지오나, 제 승방에는 시원한 냇물도 있으니 그 흐름을 보여드리고 싶사옵니다."

겐지는 자신을 아직 본 적도 없는 여자들에게 승도가 허풍스럽게 얘기했으리라 생각하며 쑥스러워하였습니다. 허나 그 사랑스러운 여자 아이가 마음에 걸려 걸음을 하기로 하였습니다.

승도의 승방은 과연 같은 초목이어도 하나하나 신경을 써서 심어 풍취가 있었습니다. 달도 뜨지 않은 밤이라, 냇가에는 화톳불이 밝혀져 있고 등롱에도 불빛이 아른거렸습니다. 아름답게 장식된 남쪽 방이 겐지의 거처로 마련되어 있었습니다. 실내에는 훈향이 그윽하고 불전에 피운 향내도 방 안 가득했습니다. 그런데다 겐지의 옷에 밴 향내까지 부는 바람에 풍겨나니, 그 향기로움에 안방에 있던 여인네들까지 가슴이 설레어 긴장하고 있는 모습이었습니다.

승도는 겐지에게 이 세상의 무상함과 내세에 관한 이야기를 들려주었습니다.

겐지는 남들은 모르는 자신의 무거운 죄가 두려우나 그렇다고 하여 도저히 단념할 수도 없으니, 마음을 졸이며 이렇게 생각하고 있었습니다.

'이 세상에 사는 한, 이 비밀스런 사랑 때문에 괴로워하고 번뇌하지 않으면 안 되겠지. 죽은 후 저세상에 가서는 또 어떤 벌을 받으랴.'

차라리 출가를 하여 세상을 멀리하며 이런 산속에서 살고 싶다는 생각도 하지만, 낮에 본 가련한 소녀의 모습이 마음에 걸리고 다시 한 번 보고 싶어 물었습니다.

"이곳에 머물고 계시는 분은 어떤 분인지요. 그분에 관한 꿈을 이전에 꾼 일이 있는데, 오늘 문득 생각이 나기에 물어보는 것입니다."

그러자 승도는 웃으면서 말하였습니다.

"갑작스럽게 꿈 얘기를 하시옵니까. 애써 물어주셨으나, 신분을 아시면 오히려 실망하실 것이옵니다. 과거 안찰사를 지낸 대납언, 아아, 이미 세상을 뜬 지 오래이니 모르실 것이옵니다. 그분의 정부인이 실은 제 누이였습니다. 안찰사가 타계한 후 출가를 하였는데 근자에 병치레를 많이 하는지라, 이렇게 도읍에도 오르지 않고 산속에 틀어박혀 사는 저를 의지하여 이 산에서 살고 있사옵니다."

"그 대납언에게 여식이 있다는 말을 들은 것 같은데 어찌 되었습니까. 제가 이런 말을 묻는 것은 결코 허튼 마음이 있어서가 아닙니다. 진지하게 묻고 있는 것입니다."

겐지가 대충 짐작이 간다는 듯 말하자, 승도는 말하였습니다.

"딸이 하나 있었는데, 그 딸 역시 죽은 지가 벌써 십 년이나 되었사옵니다. 고 대납언은 입궁을 시키려고 각별하게 키웠는데 그 뜻을 이루지 못하고 타계하고 말았습니다. 그 후 제 누이인 여승이 혼자서 그 딸을 끔찍하게 여기며 키웠는데, 누가 줄을 놓았는지 언제부터인가 병부경께서 은밀하게 드나들게 되었사옵니다. 병부경께는 원래 정부인이 있사온데 신분이 고귀하신 분이라, 그 딸은 마음고생이 여간이 아니었습니다. 앉으나 서나 괴로움이 크니 결국은 마음의 병을 얻어 죽고 말았사옵니다. 마음의 병 때문에도 병을 얻어 죽을 수 있다는 것을 이 두 눈으로 본 셈이옵니다."

그렇다면 그 소녀는 그 죽은 사람의 아이일 것이라고 겐지는 추측하였습니다. 병부경의 피를 이어받아서, 그 여동생인 후지쓰보와 그리 닮았는가 하고 생각하니 마음이 더욱 이끌리고 한층 사랑스레 느껴졌습니다. 소녀는 기품이 있고 아름답고, 괜스레 똑똑한 척하는 구석도 없었습니다. 겐지는 데리고 살면서 내 뜻에 맞는 이상적인 여자로 교육시켜보고 싶다는 생각이 들었습니다.

"그것 참 안된 일이로군요. 그런데 혹 그분에게 어린 자식이 있지 않았습니까."

겐지는 소녀의 신분을 좀더 정확하게 확인하기 위해 물었습니다.

"막 세상을 뜨기 전에 낳았습지요. 그 역시 딸이었사옵니다. 살 날이 얼마 남지 않은 할머니는, 그 아이가 고생의 씨앗이라고 지금도 한탄하고 있사옵니다."

승도가 대답하였습니다. 겐지는 역시 그렇군, 하고 생각하였습니다.

"그런데 좀 묘한 말이기는 합니다만, 그 어린아이의 후견인으로 나를 점찍어달라고 할머니에게 말씀드려줄 수는 없겠습니까. 실은 좀 생각하고 있는 일이 있어서 그럽니다. 결혼하여 정부인이 있는 몸이기는 하나, 서로 마음이 맞지 않은 탓인가 거의 혼자 살다시피 하고 있습니다. 아이가 아직 어리니 그럴 만한 나이도 아니라고 생각하여 나를 세상의 다른 풍류남들처럼 생각한다면 실로 난감합니다만."

이렇게 겐지가 말하였습니다.

"실로 기쁘고 고마우신 말씀이기는 하오나, 그 아이는 아직 철부지라 겐지 님을 상대하는 것은 도저히 무리일 것이라 생각 하옵니다. 허나 본디 여자란, 사람들의 보살핌이 있어야 비로소 어엿하게 성장하는 법이오니, 승려인 제가 뭐라 답변드리기 어 려워도 할머니와 상의하여 본인이 직접 답변드리도록 하겠습 니다."

이렇게 승도가 거북한 태도를 취하며 냉담하게 말하니, 겐지 는 젊은 마음에 쑥스러워 더 이상 아무 말도 하지 못하였습니다.

"아미타불이 계시는 법당에서 근행에 임할 시각이 되었사옵 니다. 초저녁 근행을 아직 드리지 않았으니, 마치고 다시 찾아 뵙겠습니다."

이렇게 말하고 승도는 물러갔습니다.

겐지는 몸도 상당히 좋지 않은데, 비가 조금씩 뿌리기 시작하 고 산바람도 싸늘하게 불어오니, 폭포에도 물이 불은 듯 물 흐 르는 소리가 요란하게 울렸습니다. 비바람 소리와 폭포 소리에 섞여 다소 졸린 듯한 독경 소리가 끊어질 듯 끊어질 듯 애처롭게 들려왔습니다. 아무리 정취에 둔한 사람일지라도 장소가 이러하 다면 공연히 마음이 싱숭생숭해질 터이지요. 하물며 온갖 번뇌 를 잔뜩 껴안고 있는 겐지는 좀처럼 잠을 이룰 수 없었습니다.

승도는 초저녁 근행을 한다고 갔는데, 어느 사이엔가 밤도 홀쩍 깊었습니다.

안방에 아직도 사람이 깨어 있는 기척이 알알이 느껴졌습니다. 사람들이 소리가 나지 않도록 몹시 조심하는 눈치인데도, 묵주가 사방침에 닿아 자그락자그락 울리는 소리가 희미하게 들리니 정겹기도 하고, 옷깃이 부드럽게 스치는 소리도 상당히 품위 있게 들렸습니다. 승방이 좁은지라 기척과 작은 소리들이 가깝게 느껴지는 것입니다. 겐지는 방 밖에 세워둔 병풍을 슬쩍 밀치고는 부채를 탁 쳐서 사람을 불렀습니다.

안방에 있던 시녀가 뜻밖의 일이라 여기면서도 못 들은 척할 수는 없었는지, 앉은 채 무릎을 옮겨 살금살금 나오는 기척이 느껴졌습니다. 그 시녀는 몸을 약간 뒤로 물리고 되돌아가려다가 사방을 살폈습니다.

"이상하네, 역시 내가 잘못 들은 것인가?"

이런 소리가 들리자 겐지가 말하였습니다.

"부처님의 인도는 어두운 곳에서도 절대로 틀리는 법이 없다고 경전에도 씌어 있거늘."

그 목소리가 너무도 젊고 품위 있어 시녀는 대답하는 자신의 목소리를 부끄러워하며 말하였습니다.

"어느 쪽으로 안내하오면 좋을는지 저는 도무지 모르겠사옵니다."

그러자 겐지는 이렇게 답하였습니다.

"갑작스러운 일이라 네가 무슨 일인지 알 수 없는 것도 당연하다만."

　여린 풀의 새싹처럼
　귀여운 그 사람을 보고는
　나그넷길 내 옷소매가
　그리움의 눈물에 젖어
　마를 새가 없구나

"이렇게 전해주지 않겠느냐."

"그런 노래를 전해 받아도 이해할 만한 분이 여기에는 안 계시다는 것을 잘 아실 터인데, 대체 누구에게 그 편지를?"

시녀가 대답하자 겐지가 말하였습니다.

"이렇게까지 얘기하는 것은 그럴 만한 사연이 있음이니 헤아려주게."

그러자 시녀는 안쪽 방으로 들어가 여승에게 전하였습니다.

'아니 이런, 겐지 님께서 요즘 젊은이들처럼 이런 편지를 보내시다니. 이 어린아이가 남녀 사이의 정을 알 만한 나이라고 여기시는 것인가. 그건 그렇고 내가 읊은 여린 풀의 노래를 어찌 들으셨을꼬.'

여승은 이렇게 생각하니, 여러 가지로 이상한 일들뿐이라 마음이 혼란스러웠으나 답신이 늦는 것은 실례겠다 싶어서 화답가를 지어 보냈습니다.

여행길 나그네가

하룻밤 흘린 눈물을

깊은 산속에서 늘 눈물에 젖어

마르지 않는 이끼의 눈물에

어찌 비할 수 있으리오

"우리 옷소매의 눈물은 마르지 않는 것임을."

이 편지를 받은 겐지는 말하였습니다.

"이렇게 사람을 중간에 두고 인사를 드린 일, 저에게는 한번도 없습니다. 첫 경험입니다. 결례가 될지 모르오나 이런 기회에 직접 만나 진지하게 드릴 말씀이 있습니다."

여승은 그 말을 전해 듣고 말하였습니다.

"그 아이에 대해서 말씀을 잘못 들으신 게지요. 이쪽이 무색하리만큼 고귀하신 분에게 뭐라 대답할 말이 있으리오."

시녀들이 말하였습니다.

"그렇게 답하시면 상대 쪽이 결례라 여기시겠지요."

"정말 그럴지도 모르겠구나. 젊은 사람이라면 부끄러워 어쩔 줄을 모를 테지만, 나 같은 늙은이에게 진심으로 말씀을 해주시는데 황송한 일이로구나."

이렇게 말하며 겐지 쪽으로 다가갔습니다.

"갑작스럽게 이런 말씀을 드리니 참으로 경솔하다 여기실 수도 있으나, 들뜬 마음에 일시적으로 드리는 말씀이 아닌 것은 부처님도 아실 것입니다."

겐지는 이렇게 말해보았지만, 주눅이 들 정도로 침착하고 고상한 여승의 모습에 주춤하여 말이 이어지지 않았습니다.

"이렇게 뜻하지 않은 때에 그렇게까지 말씀해주시고, 저 또한 이런 말씀을 드리오니, 어찌 인연이 깊다 하지 않을 수 있으오리까."

여승이 대답하였습니다. 그러자 겐지는 이렇게 말하였습니다.

"처지가 가엾다 들었습니다. 저를 아이의 돌아가신 어머니를 대신하는 사람이라 생각해주실 수는 없겠습니까. 저 역시 철없는 시절에 저를 사랑해주셔야 할 어머니와 할머니를 잃어, 의지할 곳 없는 몸으로 지금까지 허전하게 지내왔습니다. 그 아이도 저와 같은 처지라 여겨지니, 아무쪼록 저를 아이의 친구로 삼아주십사 하고 진심으로 부탁드리고 싶었는데, 이렇게 좋은 기회가 달리 없으니, 할머니께서 어떻게 생각하실지 배려치 않고 단호하게 이런 말씀을 드리는 것입니다."

"기쁘기 한량없는 말씀이기는 하오나 그 아이에 대해서 잘못 알고 계신 것은 아닐까 싶어 걱정이옵니다. 아무 도움도 안 되는 이 늙은이를 의지하며 살아가는 아이가 하나 있기는 하오나, 아직 철이 없는 나이라 관대하게 보아주실 리 없사오니 그 말씀은 도저히 받아들일 수가 없사옵니다."

여승이 말하였습니다.

"모든 사정을 다 알고 있으니 그렇게 고집스럽게 사양 마시고, 이런 말씀을 드리는 제 성의를 다른 사람들과 같이 여기지 말아주십시오."

겐지는 거듭 부탁하였으나 여승은 속 시원한 대답을 하지 못하였습니다.

'겐지 님은 아무것도 모르시니 이렇듯 당치도 않은 말씀을 하시는 게지.'

그러던 참에 승도가 돌아왔기에, 겐지는 이렇게 말하면서 아까 슬쩍 열어두었던 병풍을 다시 닫았습니다.

"아무튼 이런 얘기까지 할 수 있었던 것만 해도 마음 든든합니다."

날이 밝자 근행을 행하는 삼매당 쪽에서 죄의 멸함을 바라는 법화참법의 독경 소리가 산바람을 타고 들려왔습니다. 그 존귀한 소리가 폭포 소리와 함께 울렸습니다.

불어오는 산바람에
법화참법의 독경 소리를 들으니
번뇌의 꿈이 깨이고
감격에 눈물 자아내니
폭포의 울림이여

겐지가 노래를 읊자 승도가 화답가를 읊었습니다.

이 산수의 울림에

그대는 갑작스레 눈물을 흘리며

소맷자락을 적시나

오래 살며 근행한

이 마음은 전혀 설레지 않으니

"저는 이미 귀에 익은 까닭이옵겠지요."

점차 밝아오는 하늘에 아침 안개가 자욱하게 끼어 있고, 어디에서 우는지 알 수 없는 산새들의 우짖음 소리로 가득하였습니다. 이름 모를 나무와 풀과 꽃이 알록달록 뒤섞여 있고, 비단을 깔아놓은 듯 보이는 곳에는 사슴이 서성이고 있으니, 겐지는 보기 드문 풍경에 어젯밤 좋지 않았던 몸마저 개운해지는 듯하였습니다.

예의 수행승은 몸도 제대로 움직이지 못하는 지경이나, 용케 겐지에게 피갑호신법의 수법을 해드렸습니다. 이 사이로 쉰 목소리가 새어나와 발음이 기묘하게 들리나, 그것이 오히려 드높은 공덕을 보여주는 듯하니 수행승은 다라니경을 열심히 읊조렸습니다.

겐지를 모시기 위해 도읍에서 내려온 사람들이 산으로 올라와 병세의 쾌유를 기뻐하였습니다.

천황도 문안 사절을 내려보냈습니다. 승도는 골짜기 깊은 곳에서 도읍에서는 구경할 수 없는 진귀한 산과를 따와 손님들에게 대접하느라 분주하였습니다.

"올 한 해는 산속에서 은거하겠노라 굳은 맹세를 하였기에 도읍까지 배웅을 할 수 없사오나, 지금은 오히려 그것이 유감이옵니다."

이렇게 말하고는 이별의 술잔을 겐지에게 내밀었습니다.

"이곳의 산수에 마음이 푸근하였거늘, 폐하께 걱정을 끼쳐드리는 것도 황송한 일이라 일단 산을 내려갑니다. 머지않아 산벚꽃이 다 지기 전에 다시 한 번 들르겠습니다."

　　도읍으로 돌아가면
　　궁중 사람들에게 들려드리리
　　이 산벚꽃의 아름다움
　　꽃을 흩뿌리는 바람보다 앞서 와
　　이 꽃을 얼른 보라 이르리

노래를 읊는 겐지의 모습과 목소리가 눈부실 정도로 아름다워 승도가 화답가를 불렀습니다.

　　겐지 님의 모습을 뵈옵기는
　　삼천 년에 한 번 핀다는
　　우담화 꽃이 피기를 기다리고 기다리다가
　　마침내 본 듯한 기쁨이니

심산 벚꽃에 어찌 눈길이 옮겨 가리오

그러자 겐지는 미소를 지으며 말하였습니다.

"그 꽃은 삼천 년에 딱 한 번밖에 피지 않는다고 하니 만나기
도 쉬운 일이 아니겠습니다."

수행승은 술잔을 받아들고 눈물을 흘리며 얼굴을 바라보았습
니다.

내 틀어박혀 사는 깊은 산속

소나무 문을 드물게 열고

아직 본 적 없는

꽃 같은 그대의 얼굴을

뵈옵는 기쁨이여

수행승은 겐지에게 수호품인 독고를 헌상하였습니다.

승도는 그 물건을 보고는, 쇼토쿠 태자가 백제에서 입수한 금
강자 염주에 옥을 장식한 물건을, 백제에서 보낸 당시 그대로
중국풍 상자에 넣고 얇은 보자기로 싸서 오엽송 가지에 묶어
선물하였습니다. 또 등나무와 벚나무 가지에 묶은 약을 담은 감
유리 항아리와 산골에서 나는 선물을 이것저것 곁들여 헌상하
였습니다.

겐지도 수행승을 비롯하여 독경에 임해준 승려에게 시주를

하였고, 그밖에도 도읍에 주문하여 준비한 여러 가지 물품을 승방 언저리에 사는 나무꾼들에게까지 나누어주고, 송경을 위해 기부를 한 뒤 출발하였습니다.

승도는 안으로 들어가 겐지의 말을 그대로 여승에게 전하였습니다. 그런데 여승은 이렇게 대답하였습니다.

"지금으로선 아무런 대답도 할 수가 없습니다. 만약 그러한 마음이 있으시다면, 앞으로 사오 년을 기다리신 후에나 뭐라 대답해드릴 수 있을 것 같습니다."

이렇게 대답하니 승도는 또 그 말을 겐지에게 그대로 전하였습니다.

겐지는 이전과 똑같은 대답이라 실로 유감스러웠습니다.

겐지는 어린 아씨에게 보내는 편지를 승도의 심부름꾼에게 슬쩍 건넸습니다.

　　어젯밤 해질 녘
　　어슴푸레 핀 벚꽃처럼
　　아름다운 사람의 모습을 보았기에
　　아쉬움에 오늘 아침 산안개처럼
　　산을 내려가지 못하고 있으니

그 편지에 여승이 답신을 보내왔습니다.

벚꽃의 주위를

떠나기 어렵다는 그 말씀

진심이신가요

안개 끼어 뿌연 하늘 같은

그대의 본심을 지켜보리니

우아한 필적에 실로 기품 있는 글씨였습니다.

겐지가 수레에 오르려던 참에 좌대신 댁에서 하인들과 좌대신의 자식들 여럿이 찾아왔습니다.

"어디로 행차하신다는 말씀도 없이 출타를 하셔서 걱정하였사옵니다."

두중장과 좌중변들이 원망의 말을 늘어놓았습니다.

"이런 행차라면 기꺼이 동행하였을 터인데, 같이 가자 한 마디 말도 없었으니 너무하네그려. 허나 이렇게 훌륭한 벚꽃그늘에 잠시 발길조차 멈추지 않고 돌아간다는 것은 유감스러운 일 아니겠는가."

바위 그늘 이끼 위에 모두들 나란히 앉아 술잔을 돌렸습니다. 흘러 떨어지는 물의 모습이 참으로 장관인 폭포 아래였습니다.

두중장이 품에서 젓대를 꺼내 불었습니다. 좌중변은 부채를 가볍게 치면서 사이바라 가요를 노래하였습니다.

도요라 절 서쪽 팽나무 밑 샘물에

하얀 구슬 가라앉아 있네
새하얀 구슬 떨어져 있네
얼씨구나 좋다

　다른 이들에 비하면 나무랄 데 없이 출중한 좌대신 댁 자식들
이나, 나른한 모습으로 바위에 기대어 있는 겐지는 불길하리만
큼 아름다워 그 무엇에도 비할 수 없을 정도이니, 다른 어떤 것
에는 눈길이 옮겨가지 않았습니다.
　그밖에 피리를 부는 수행원, 시종에게 생황을 건네는 풍류남
도 있었습니다.
　승도는 칠현금을 들고 나와 간곡하게 권하였습니다.
　"아무쪼록 이 칠현금을 한 곡만이라도 타시어 산새들을 놀라
게 해주십시오."
　"아직도 몸 상태가 영 좋지 않아 내키지 않습니다."
　겐지는 이렇게 말하면서도 섭섭해하지 않을 정도로만 잠시
칠현금을 퉁기고는 모두와 함께 자리를 떠났습니다.
　이별이 괴롭고 아쉽다고 하찮은 하급 승려와 밥시중을 드는
시동까지 눈물을 흘렸습니다. 하물며 승방 안에서는 노승들이
지금까지 이렇게 훌륭하신 분의 모습을 뵈온 일이 없었으니, 겐
지의 아름다움을 입을 모아 칭송하였습니다.
　"실로 이 세상 분이라 여겨지지 않는도다."
　승도도 흐르는 눈물을 닦아냈습니다.

"정말이지 전생의 어떤 인연으로 이렇듯 아름다운 모습으로, 이렇게 성가신 이 세상의 말세에 태어나셨을까 하고, 모습을 뵈오면 슬퍼집니다."

어린 아씨 역시 어린 마음에도 겐지를 이 얼마나 훌륭하신 분이냐고 생각하고 이렇게 말합니다.

"아버님보다 훨씬 아름다우셔요."

그러자 시녀가 말하였습니다.

"그러시면 그분의 아이가 되세요."

그러자 어린 아씨는 고개를 까딱 숙이며 정말 멋진 일일 것이라고 생각하는 표정이었습니다. 그 후로는 인형놀이를 할 때나 그림을 그릴 때에도 이분은 겐지 님이셔, 라고 정하고는 예쁜 옷을 입히며 소중히 여겼습니다.

도읍으로 올라온 겐지는 입궁을 하여 산에서 지낸 그동안의 일을 폐하께 보고하였습니다.

"매우 야윈 모습이로구나."

천황은 이렇게 말하고 괜찮으냐고 걱정하였습니다. 수행승의 드높은 법력 등에 대해 묻는지라 겐지는 그때의 일을 소상하게 아뢰었습니다.

"아사리 같은 직책에도 오를 수 있으리만큼 훌륭한 인물인 게로구나. 고생스런 수행도 그리 철저하게 쌓았는데, 지금까지 조정에는 전혀 알려지지 않았다니."

이렇게 말하며 천황은 수행승의 공덕을 치하하였습니다.

마침 좌대신도 그 자리에 와 이렇게 말하였습니다.

"마중하러 내려가려 하였으나 은밀한 미행이었기에 오히려 누가 될까 사양하였습니다. 저희 집으로 가서 하루 이틀 푹 쉬시지요."

그러고는 이렇게 한 마디 덧붙이는 것이었습니다.

"이제부터는 제가 모시겠습니다."

겐지는 그다지 기분이 내키지 않았으나 좌대신의 마음을 헤아려 퇴궁을 하였습니다.

좌대신은 자신의 수레에 겐지를 앞서 태우고 자기는 수레의 말석에 동승하였습니다.

이렇듯 겐지를 더없이 공손하게 모시는 좌대신의 마음이 실로 자상하고 빈틈이 없으니, 겐지도 과연 안되었다 싶은 마음이 들어 미안해졌습니다.

좌대신 댁에서는 오늘 이쪽으로 오실 것이라 기대하고, 오래도록 겐지가 찾아주지 않는 동안에 집 안을 마치 옥궁전처럼 아름답게 갈고닦고 치장을 하여 어디 한 군데 흠잡을 데 없이 준비를 갖추고 있었습니다.

겐지의 부인은 여느 때처럼 안방 깊이 틀어박힌 채 모습도 보이지 않았습니다. 좌대신이 귀찮으리만큼 권유를 하자 겨우겨우 나왔습니다. 허나 준비된 자리에 마치 옛날이야기를 그린 그림 속 공주님처럼 손끝 하나 움직이지 않고 조신하게 앉아 있을

246

뿐입니다.

겐지가 자기 마음을 넌지시 말하고 북산에서 있었던 일을 들려주려고 하여도, 얘기한 보람이라도 있게 재치 있는 대답 한마디라도 해주면 좋을 터인데 부인은 전혀 마음을 열지 않았습니다. 겐지를 거북한 분이라 여기고 세월이 흐를수록 남처럼만 여기니 두 사람의 마음은 멀어질 뿐이었습니다. 겐지는 자기 뜻과는 다른 부인의 태도가 몹시 아쉬웠습니다.

"때로는 세상의 다른 부인들처럼 부드러운 태도를 보여주면 좋겠구려. 견디기 힘들 만큼 혹독한 병을 앓았는데 병세가 어찌되었느냐는 말조차 없으니, 늘 그렇지만 원망스럽구려."

겐지가 말하자, 부인은 간신히 이렇게 말하였습니다.

"'찾아주지도 않는 신세의 괴로움'이라는 노래 같은 심정이온지요?"

곁눈으로 흘깃 쳐다보는 눈매를 보니 겐지 쪽이 오히려 부끄러워질 정도로 기품 있고 아름다웠습니다.

"어쩌다 입을 열고 하시는 말씀이라니 늘 그 모양이구려. '찾아주지도 않는 신세의 괴로움'이라는 소원한 사이는, 우리 부부 사이와 다르지 않소. 너무도 매정한 말투요. 아무리 세월이 흘러도 나한테는 이렇듯 쌀쌀맞게 구니, 언젠가는 마음이 바뀔 게라고 이런저런 방법을 시도하고 있는데 아무래도 점점 더 나를 싫어하는 것 같구려. 아무튼 내 살아 있는 동안 언젠가는."

이렇게 말하며 침소로 들었습니다.

그러나 부인은 뒤따르지 않았습니다. 겐지 역시 자리에 들라고 권하지도 못하고 어쩔 줄을 모르니 한숨으로 잠을 청하였습니다. 그러나 지금은 부인을 안을 마음도 없어졌는지, 일부러 잠이 오는 척하면서 속으로는 다른 여자들을 생각하느라 마음이 어지러웠습니다.

겐지는 저 북산에서 본 어린 풀 같은 소녀의 성장을 곁에서 지켜보고 싶다고 생각하게 되었습니다. 그러나 아직 결혼하기에는 적당하지 않은 나이라는 여승의 생각도 지당하고 하여 이렇게 생각하였습니다.

'하긴 너무 어려서 뭐라 직접 얘기하기는 곤란하고. 무슨 수를 써서라도 원만하게 이리로 데려와, 아침저녁으로 바라보며 마음의 위로로 삼고 싶은데. 병부경은 무척 기품 있고 우아하기는 해도 반짝반짝 윤기 나는 아름다움은 없는데, 그 어린아이는 어찌하여 고모인 후지쓰보를 닮은 것일까. 역시 아버지와 후지쓰보가 같은배에서 태어난 오누이라 그런 것일까.'

그 어린 아씨와 후지쓰보가 조카와 고모 사이라 생각하니 무슨 수를 써서라도 반드시 데려오고 싶다는 생각이 점점 더 간절해졌습니다.

다음날, 겐지는 북산의 승도에게 편지를 썼습니다. 승도에게 이 건에 대하여 넌지시 암시를 준 듯하였습니다. 또 여승에게는 이렇게 썼습니다.

"상대도 해주시지 않는 박정한 태도에 기가 죽어 생각하는 바도 충분히 말씀드리지 못한 것이 못내 아쉽습니다. 이렇게까지 청을 드리는 것은 어린 아씨에 대한 저의 애정이 깊은 탓이오니, 그 점을 헤아려주시면 참으로 다행이겠습니다."

그리고 여린 풀 같은 아씨에게 보내는 편지를 써 조그맣게 접어 동봉하였습니다.

그 산벚꽃처럼
아름다운 그대의 모습이
내 몸을 떠나지 않아
온 마음을
그곳에 남겨두고 왔건만

"밤사이에 분 바람에도 꽃이 지지는 않을까 염려가 되어 견딜 수가 없습니다."

이렇게 씌어 있었습니다. 필적이 훌륭함은 말할 것도 없고, 정성스럽게 포장한 편지의 외양이 한참 나이가 훌쩍 지난 여승의 눈에도 눈이 부실 정도였습니다.

"아아, 참으로 난감한 일이로구나. 뭐라 답신을 쓰면 좋단 말이냐."

여승은 마음을 졸였습니다.

"지난날 이곳을 떠나시며 하신 말씀을 가벼운 농담이라 여겼사온데, 이렇듯 편지를 받으니 뭐라 드릴 말씀이 없사옵니다. 그 아이는 갓 배우기 시작한 '나니와 나루'의 노래조차 만족스럽게 쓰지 못하니, 어찌할 수도 없사옵니다."

세찬 바람이 불어
마침내 지고 말
산봉우리에 핀 벚꽃을
피어 있는 동안만
마음에 두시니
정녕 변덕이 아니올는지

"하여 참으로 걱정스럽사옵니다."

답신에는 이렇게 씌어 있었습니다.

승도가 보낸 답장 역시 같은 내용이어서, 겐지는 답답한 마음에 이삼 일이 지나 고레미쓰를 불러 사자로 내려보냈습니다.

"소납언 유모란 사람이 있을 것이다. 그 사람을 찾아가 자세하게 의논하도록 하여라."

이렇게 단단히 일렀습니다.

'참으로 구석구석 빈틈이 없는 호색가이시로군. 아직 철부지 어린애인데.'

고레미쓰는 북산에서 그 아이를 잠시 훔쳐보았을 때의 일을 떠올리니 겐지의 호색 취미가 우스꽝스럽게까지 여겨졌습니다.

승도는 겐지가 이렇듯 정중한 편지를 보내주니 황송할 따름이었습니다.

고레미쓰는 소납언 유모에게 청을 넣어 만났습니다. 아씨를 생각하는 겐지의 마음과 평소 입에 담는 말과 모습을 소상하게 이야기하였습니다. 고레미쓰는 언변이 좋은 사람이라 그럴싸하게 이야기하고 있는데, 승도와 여승을 비롯한 모두는, 아씨는 아직 어린애인데 겐지 님은 대체 무슨 생각을 하시는 것일까, 하고 불안해하기까지 하였습니다.

겐지가 보낸 편지는 정중하게 씌어 있는데다 안에는 예외 없이 쪽지편지가 들어 있었습니다.

"연습하느라 띄엄띄엄 쓴 글자나마 꼭 보여주시길 바랍니다."

　　내 이렇듯 그대를

　　깊이 생각하고 있는데

　　그대는 어찌하여 산우물에

　　그림자마저 비치지 않게

　　내 곁을 떠나버렸는가

이런 시가 씌어 있었습니다.

한편 답신에는 이렇게 씌어 있었습니다.

　　자칫 퍼보고는

후회한다는

산의 얕은 우물처럼

그대의 얕은 마음으로

어찌 아씨를 만날 수 있으리오

고레미쓰는 도읍으로 돌아가 겐지에게 보고하였습니다.

"여승의 병세가 다소 호전되면 도읍의 자택으로 돌아갈 것입니다. 그때 꼭 확답을 드리기로 하겠습니다."

소납언이 이렇게 말했다고 하니, 겐지는 허전하고 불안하였습니다.

후지쓰보가 병을 앓아 궁중에서 사가로 나왔습니다.

겐지는 몹시 마음을 졸이며 걱정하고 한탄하는 천황의 모습을 진정 마음 아프게 생각하면서도 한편으로는 이렇게 생각하였습니다.

'이런 기회를 놓쳐서야 언제 다시 만날 수 있겠는가.'

이렇듯 들뜬 마음으로 연모하니, 다른 곳에는 전혀 걸음을 하지 않고 궁중에서나 집에서나 낮이면 멍하니 상념에 젖고, 해가 지면 후지쓰보의 시녀인 왕명부를 쫓아다니면서 은밀히 만날 수 있게 해달라고 졸라댔습니다.

그러던 중 왕명부가 무슨 수를 썼는지 주위 사람들의 눈을 피해 후지쓰보의 침소로 겐지를 인도하였습니다.

겐지는 꿈에서도 그리워한 분을 두 눈으로 보면서 몸을 가까이하였으나, 이것이 현실이라 여겨지지 않으니 억지스런 짧은 밀회가 애절하고 슬플 뿐이었습니다.

후지쓰보는 뜻밖의 악몽 같던 첫 밀회를 생각만 하여도 소름이 끼치고 한시도 잊을 수 없어 번뇌에 시달렸는지라, 다시는 이런 잘못을 되풀이하지 않겠노라 굳게 결심한 터였습니다.

그런데 또 이런 처지에 놓인 것이 너무도 한심하여 견딜 수 없는 심정이었습니다.

그러면서도 겐지에게는 형용할 길 없이 부드럽고 정이 담긴 사랑스러움을 보여주었습니다. 그렇다고 하여 허물없이 마음을 연 모습도 보이지 않으니, 몸짓이 한없이 그윽하고 겐지를 압도할 정도로 우아하여 다른 여자들과는 도저히 비교할 수 없을 만큼 빼어났습니다.

'어찌하여 이분은 털끝만한 결점도 갖고 있지 않는 것일까.'

겐지는 오히려 후지쓰보가 원망스럽기까지 하였습니다.

그동안 마음에 쌓이고 쌓인 애틋한 마음을 어찌 다 말로 할 수 있을까요.

겐지는 오늘 밤이야말로 영원히 날이 밝지 않는다는 '구라부 산'에 묵고 싶은 심정이었지만, 속절없는 여름밤은 짧기도 하여 날이 벌써 희끗희끗 밝기 시작하니, 이별의 아쉬움만 더하여 차라리 만나지 않는 편이 좋았을 만큼 슬픈 밀회였습니다.

이제 겨우 만났는데
다시금 만날 밤은
있지도 않을 것 같으니
차라리 달콤한 이 꿈속으로
사라져버리고 싶어라

이런 노래를 읊으며 슬픔에 북받치는 겐지의 모습을 보니, 후
지쓰보는 가엾고 마음이 아파 화답하였습니다.

먼 훗날까지
입방아에 오르지 않을까
둘도 없을 불행한 이내 몸
설령 영원히 깨지 않는
꿈속으로 사라진다 하여도

고뇌에 지친 나머지 혼란스러워하는 후지쓰보의 모습이 그럴
만도 하여, 사랑에 눈먼 겐지 역시 안타까울 따름이었습니다.
왕명부가 겐지가 벗어둔 겉옷을 모아들고 침소로 들어갔습
니다.

겐지는 이조원으로 돌아와 종일을 자리에 누워 눈물로 세월
을 보냈습니다.

편지를 보내도 후지쓰보가 펼쳐보지도 않는다고 왕명부가 전해주니, 답장이 없는 것은 늘 있는 일이지만 오늘 아침만은 너무도 괴롭고 슬픈 나머지 풀이 죽어 입궁도 하지 않은 채 그대로 이삼 일을 집에만 틀어박혀 있었습니다.

폐하께서 이게 또 어찌 된 일인가 하고 걱정하실 것이 틀림없다고 생각하면서도, 저지른 죄가 무겁고 두려워 어찌할 바를 몰랐습니다.

후지쓰보 역시 이 무슨 한심한 운명을 지닌 몸인가, 하고 비통해하니 너무도 한스럽고 슬퍼서 병세가 한층 심해졌습니다. 하루라도 빨리 입궁하라는 폐하의 전교가 몇 번이나 있었으나, 도저히 그럴 마음이 아니었습니다. 몸이 이렇듯 좋지 않은 것이 여느 때와는 다르니 어찌 된 일일까 하고 생각하자, 혹시 하고, 남모르게 짚이는 바가 있으니, 한층 한심하고 괴로워 앞으로 어찌 될 것인가 싶은 생각에 마음이 천 갈래 만 갈래 찢어지는 듯하였습니다.

후지쓰보는 더울 때는 자리에서 일어날 수조차 없었습니다. 임신한 지 석 달째가 되자 남들 눈에도 분명하게 알 수 있게 되어 시녀들이 그 모습을 보고는 괴이쩍게 여기는지라, 이런 지경에 빠진 자신의 운명이 몸이 저리도록 한스럽고 괴로워 눈물을 흘렸습니다.

시녀들은 겐지와의 밀회 따위는 상상도 못하고 있으므로 이상히 여겼습니다.

"어찌하여 이날이 되도록 폐하께 말씀드리지 않았을까요."

후지쓰보의 마음속에는, 틀림없이 겐지의 아이를 가진 것이라고 짐작되는 바가 있었을 것입니다.

목욕 수발을 드느라 후지쓰보의 몸에 대해서는 속속들이 알고 있는 유모의 여식 변과 예의 왕명부는 설마, 하고 생각은 하여도 서로가 입에 담을 일이 아닌지라, 이렇게 된 것은 피할 수 없는 전생의 인연이었다고 생각하였습니다. 왕명부는 이 어처구니없는 일이 두려울 따름이었습니다.

폐하께는 병을 일으키는 귀신에 씌어 회임의 징조를 금방 알아차리지 못했노라고 말씀드렸을 터이지요. 측근의 시녀들도 모두들 그렇게 믿고 있었습니다.

천황은 회임한 후지쓰보를 한없이 사랑스럽게 여기며, 쉴새 없이 문안 사절을 내려보내니, 후지쓰보는 그런 폐하의 총애가 두려워 번뇌가 끊일 날이 없었습니다.

겐지는 요즘 들어 생각지도 못한 끔찍하고 괴상한 꿈을 꾸는지라 점쟁이를 불러 물어보았습니다. 점쟁이는 제왕의 아버지가 될 뜻이라고 얼토당토아니한 꿈풀이를 해주었습니다.

"단, 그 행운 가운데 상서롭지 못한 일이 있으니 근신을 하셔야 할 일도 있습지요."

이렇게 점을 치니, 겐지는 오히려 점을 쳐 성가시게 되었노라고 생각하였습니다.

"이 꿈은 나의 꿈이 아니다. 다른 분의 꿈이니라. 이 꿈이 현실이 될 때까지 절대로 발설을 해서는 아니 된다."

이렇게 명하고, 마음속으로는 대체 이것이 어찌 된 일일까 하고 생각하였습니다. 그러던 참에 후지쓰보가 회임을 하였다는 소문을 들으니, 혹시 내 아이가 아닐까 하고 꿈에 빗대어 생각하게 되었습니다. 그 후로는 더욱 애틋한 말을 구사하여 편지를 보냈으나 편지를 전하는 왕명부는 생각만 해도 소름이 끼치니, 일이 골치 아프게 되었다고 난감해하며 어떻게 처리해야 좋을지를 몰라하였습니다. 지금까지 후지쓰보에게서 딱 한 줄뿐인 답장이 이따금 오기는 하였는데, 지금은 그것마저 뚝 끊기고 말았습니다.

칠월이 되어서야 후지쓰보는 입궁을 하였습니다. 천황은 오랜만이기도 하고 회임을 한 터라, 한결 후지쓰보를 어여삐 여기며 한없는 애정을 베풀었습니다. 후지쓰보는 배가 좀 나오고 몸 상태도 그다지 좋아 보이지 않았으나, 약간 초췌해진 그 모습 또한 비할 바 없이 아름다웠습니다.

천황은 늘 그러하듯, 해가 뜨나 해가 지나 후지쓰보 곁만 지키고 있습니다. 머지않아 관현놀이의 흥이 깊어지는 가을인 터라, 하루도 빠지지 않고 겐지를 곁에 불러 칠현금과 젓대를 이 곡 저 곡 연주하라고 명하였습니다.

그런 때에도 겐지는 속내를 열심히 감추었습니다. 허나 참기 어려운 마음이 자칫 흘러나올 듯 위태로웠던 적도 몇 번이나 있

어, 그것을 느끼는 후지쓰보도 감추고 있는 애틋한 사연을 괴로
워하였습니다.

　산사의 여승은 병세가 다소 호전되어 북산에서 내려왔습니
다. 겐지는 도읍에 있는 여승의 집을 찾아내어 간혹 편지를 보
냈습니다. 물론 여승의 답장은 어린 아씨에 관한 한 여전히 사
양한다는 내용뿐인데다, 지난 몇 달 동안은 후지쓰보에 대한 애
타는 그리움 때문에 다른 일은 생각할 틈도 없이 지나갔습니다.
　가을도 어언 끝나갈 무렵, 겐지는 허전함에 한숨을 쉬며 울적
해하고 있었습니다.
　달빛이 아름다운 밤, 가까스로 이전부터 은밀히 다니던 곳을
찾아볼까 싶은 생각이 들었습니다. 마침 그때 소나기 같은 비가
죽죽 내렸습니다. 걸음을 할 곳은 육조의 경극 근처였습니다.
퇴궁을 하여 돌아가는 길이라 길이 다소 멀게 느껴졌습니다. 가
는 도중에 오래된 나무들이 울창하게 서 있는 곳이 있었는데,
그 뒤에 언뜻 보기에 황량한 집이 한 채 보였습니다. 이런 길에
늘 동행하는 고레미쓰가 말하였습니다.
　"여기가 돌아가신 안찰사 대납언의 댁이옵니다. 지난번에 볼
일이 있어 근처에 온 김에 잠시 들렀사온데, 그 여승이 몹시 쇠
약해진 탓에 걱정이 이만저만이 아니라고 시녀들이 말했사옵
니다."
　"그것 참 안됐군. 당장이라도 문안을 드려야 할 터인데, 어째

서 내게는 알려주지 않는 것일꼬. 곧장 댁내로 사람을 보내어 안내를 청하도록 하여라."

겐지의 명에 고레미쓰는 수행원에게 심부름을 시켰습니다. 겐지가 이렇게 일부러 찾아왔노라고 이르라 하였기에, 수행원은 댁내로 들어가 그대로 전하였습니다. 그러자 시녀들은 당황하여 말하였습니다.

"이 일을 어쩌지요. 참으로 난감하군요. 요즘 들어 여승님은 몹시 쇠약해지셔서 도저히 뵙기 어려울 듯한데."

허나 그대로 되돌려 보내기도 죄송하여, 아무튼 남쪽 차양의 방을 재빨리 치우고 겐지를 맞아들였습니다.

"방이 어지럽게 널려 있어 민망하옵니다. 갑작스러우나 문안을 와주신 데 대한 답례라도 하고자 하여 이렇듯 누추한 곳으로 모셨으니, 황공하옵니다."

시녀가 말하였습니다. 과연 이런 방으로 안내를 받기는 드문 일이라 겐지는 사는 형편이 다름이라 생각하였습니다.

"늘 찾아 뵈리라 생각하면서도 매정한 답신만 받았는지라 사양하고 있었습니다. 그 때문에 병환이 이렇게 깊어지신 줄도 모른 채 답답한 날을 보냈습니다. 얼마나 걱정이 크시겠습니까."

겐지의 말에 여승이 시녀를 통해 답하였습니다.

"제 몸이 좋지 않은 것은 어제오늘 일이 아니라 당연하게 여기고 있사옵니다. 황송하게도 오늘 이렇게 찾아주셨는데, 이 몸은 죽을 날이 머지않았는지라 직접 뵈옵고 예를 갖출 수도 없으니 유감일 따름이옵니다. 늘 말씀하신 어린 아씨 일은, 앞으로 만의 하나 그 마음이 변치 않으신다면 세상 물정 모르는 철부지 시절을 지내고 어른이 된 후에 거두어주시옵소서. 이 몸이 죽어 그 어린 것이 의지할 곳 없이 홀로 남을 것을 생각하면 걱정이 앞서, 바라 마지않는 왕생에 지장이 되올 듯합니다."

병상이 바로 가까이에 있는 탓에 힘없는 여승의 목소리가 띄엄띄엄 들렸습니다.

"정말 고마운 일이온데 최소한 그 어린아이가 고맙다는 인사라도 할 수 있는 나이라면 좋았을 것을."

여승은 이렇게 말하였습니다.

겐지는 여승의 말을 절절한 마음으로 듣고는 이렇게 답하였습니다.

"일시적인 천박한 생각이었다면 이렇듯 호색한처럼 몰상식한 처신을 할 수 있겠습니까. 전생에 무슨 인연이 있었는지 처음 어린 아씨를 보았을 때부터 이상할 정도로 마음이 끌리고 참을 수 없이 사랑스러웠으니, 이 세상에서만의 인연이 아니라 전생에 무슨 약속이 있었던 것이라고 생각됩니다."

그러고는 이렇게 덧붙였습니다.

"이대로 돌아간다면 찾아뵌 보람도 없으니 너무도 안타깝습니다. 그 귀여운 아씨의 목소리라도 한번 듣게 해주실 수는 없을까요?"

그러자 시녀가 답하였습니다.

"정말 죄송한 말씀이오나, 아씨는 아직 아무것도 모르는 철부지라 자고 있사옵니다."

그런데 하필이면 그때 저쪽에서 다가오는 발소리가 들리더니 어린 아씨가 철없이 얘기하는 소리가 났습니다.

"할머님, 북산의 절에 계셨던 겐지 님께서 오셨다면서요. 왜 안 만나시는 거예요?"

그러자 시녀들은 너무도 민망하여, 어린 아씨의 말을 막았습니다.

"쉿, 조용히 하셔요."

"치, 겐지 님을 뵈었더니 기분이 좋아졌다고 할머님이 그러셨잖아요."

이렇게 자기가 아주 그럴싸한 말을 한다고 착각하고 있는 듯하였습니다.

겐지는 흐뭇한 마음으로 그 말을 들었지만 시녀들이 난감하여 어쩔 줄을 모르는지라 못 들은 척하고는 정중하게 인사를 하고 물러나오면서 이런 생각을 하였습니다.

'과연 전혀 철이 없는 어린애로구나. 하지만 그러하기에 더욱이 내가 원하는 대로 훌륭하게 교육하여보고 싶구나.'

다음날도 겐지는 아주 자상한 편지를 보냈습니다. 늘 그렇듯 조그만 쪽지에 짐짓 어린애 글씨처럼 꾸며 썼습니다.

새끼 두루미의 목소리를 듣고

그 목소리에 매료되어

당장이라도 그쪽으로 가고 싶은데

갈대밭을 헤치느라 나아가지 못하는

이 배의 답답함이여

"나는 언제까지 같은 사람을 그리워해야 하는 것인가요."

그런데 그 필체 또한 훌륭하기 그지없었습니다.

"이 글씨체를 고스란히 습자의 표본으로 삼으세요."

시녀들이 어린 아씨에게 이렇게 권하고, 답장은 소납언 유모
가 썼습니다.

"문안차 찾아주신 여승은 하루를 견디기가 어려울 정도로 병
세가 위태로워, 오늘 산사로 거처를 옮기기로 하였사옵니다. 일
부러 찾아주신 은혜는 저 세상에서나 갚게 될 것 같사옵니다."

이렇게 씌어 있는 탓에 겐지는 몹시 가엾은 생각이 들었습
니다.

가을 저물녘은 그렇지 않아도 쓸쓸한데, 하물며 겐지의 마음
은 쉴 틈이 없으니 후지쓰보를 사무치게 그리워하는 마음으로
가득하였습니다. 한편으로는 후지쓰보의 핏줄인 어린 아씨를
억지로라도 데려오고 싶은 마음이 한층 간절해졌습니다.

그 여승이 '홀로 남겨두고 내 어찌 죽을 수 있으리오'라고 노
래했던 북산에서 지낸 봄날 밤이 생각나니, 그 아씨가 그리운

한편 같이 살게 되면 지금보다 못해 보이지나 않을까 사뭇 불안하기도 하여 노래를 읊었습니다.

어서 빨리 이 손으로 꺾어
내 것으로 삼고 싶구나
그 그리운 지치풀과 뿌리로 이어져 있는
들판의 어린 풀을

시월에는 주작원으로 천황의 행차가 있을 예정이었습니다.

그날의 향연에서 춤출 사람으로 고귀한 집안의 자식들과 상달부, 전상인 가운데서도 그 방면에 재주가 있는 사람들은 모두 발탁을 하였기에, 친왕과 대신을 비롯하여 모두 기예를 연습하느라 쉴 틈이 없었습니다.

겐지는 북산으로 거처를 옮긴 여승에게 오래도록 소식을 전하지 않은 것이 마음에 걸려, 편지를 써서 일부러 사람을 보냈으나 승도에게서만 답장이 있었습니다.

"지난달 이십일경에 끝내 허망하게 타계하였습니다. 인간 세상의 도리이기는 하오나 참으로 슬픈 일이옵니다."

이렇게 씌어 있는 것을 보고는 사람 사는 세상의 덧없음을 절실하게 느끼고, 죽은 여승이 그렇게 아끼던 그 아씨는 어찌하고 있을까, 아직 분별도 없으니 얼마나 죽은 사람을 그리워할 것인가 하고, 과거 어미를 앞세웠던 자신을 어렴풋이 떠올렸습니다.

겐지는 정중하게 조문의 글월을 보냈습니다.

소납언에게서 정성이 가득한 답장이 왔습니다.

어린 아씨는 상중의 근신 기간이 끝날 무렵 도읍에 있는 집으로 돌아갔습니다. 며칠이 지난 한가한 밤, 겐지는 그곳을 직접 찾아갔습니다.

냉기가 감도는 적막하고 황량한 집에 살고 있는 사람마저 많지 않으니 어린 아씨가 얼마나 무서우랴 싶었습니다.

겐지는 예의 남쪽 차양의 방으로 안내를 받았습니다. 유모인 소납언은 여승이 임종할 당시의 상황을 눈물로 전해 올렸습니다. 겐지도 덩달아 우니 그 눈물에 소맷자락이 흠뻑 젖었습니다.

소납언이 말하였습니다.

"병부경께서 어린 아씨를 자택으로 데려가겠노라 말씀하셨사오나 어린 아씨의 돌아가신 어머니께서 병부경의 정부인께 몹쓸 짓을 당하여 상심하고 괴로워하시다가 돌아가신데다, 어린 아씨가 아주 어린 나이도 아니고 그렇다고 하여 사람의 기분을 헤아릴 수 있는 것도 아닌 어중간한 나이라, 그쪽에서 정부인의 자식들 속에서 생활하다 상처를 입지는 않을까, 돌아가신 여승께서도 늘 걱정하시고 한탄하셨사옵니다. 그것이 단순한 기우가 아니라 정말 걱정할 만하다고 여겨지는 사실이 여러 번 있었는지라, 설사 빈말씀이라도 이렇듯 황송한 말씀을 들으니 앞으로의 마음까지야 어떠실지 모르겠사오나, 그저 황송할 따름이옵니다. 그런데 당사자인 어린 아씨는 격이 맞을 만한 구석도 없고 나이보다 한참 어리고 철이 없으니 어찌할 바를 모르겠나이다."

"어찌하여 여러 번 얘기한 내 마음의 깊은 뜻을 그렇듯 헤아리지 못하고 받아주지도 않는 것이오. 어린 아씨의 철없는 모습이 귀여워서 견딜 수 없음은, 나와 아씨의 전생의 인연이 각별히 깊어서인 것이라고 나는 그렇게 믿고 있소. 역시 사람을 통하지 말고 직접 내 마음을 아씨에게 전하고 싶소이다."

　갈대의 어린 싹이 돋는 와카 해변에
　청각채가 자라기 어렵듯이
　아씨를 만나기가
　아무리 어렵다 한들
　이대로 돌아갈 나는 아니오

"애써 찾아왔는데 이대로 돌려보내는 것은 너무한 일이지요."
이렇게 말하니, 소납언이 답하였습니다.
"정말 황송한 일이옵니다."

　솔깃한 말로 접근하는 당신의 속내를
　확인도 하지 않고
　파도에 나부끼는 해초처럼
　그 말씀따라 나부낀다면

앞날이 어찌 되오리까

"그러하오니, 억지스런 말씀이옵니다."

이렇게 말하는 소납언의 응대가 능란하여 겐지는 소납언이 뭐라 거역하여도 기분이 언짢지는 않았습니다. 겐지가 '어찌 넘을 수 없는 만남의 관문이런가'라는 옛 노래에 빗대어 만나지 않고는 견딜 수 없는 마음을 흥얼거리자, 젊은 시녀들은 넋을 잃고 노랫소리에 빠졌습니다.

오늘 밤도 어린 아씨는 돌아가신 할머니를 그리워하는 마음에 눈물로 잠자리에 들었는데, 놀이 상대인 여동들이 알렸습니다.

"평상복 차림의 고귀한 분이 오셨어요. 틀림없이 아버님이실 거예요."

그러자 어린 아씨는 자리에서 일어났습니다.

"소납언, 평상복 차림으로 오신 분은 어디 계셔요? 아버님이 오신 건가요?"

다가오는 목소리가 뭐라 말할 수 없이 귀여웠습니다.

"아버님은 아니지만 나한테 그렇게 서먹서먹하게 굴어서는 안 되지요. 자, 이쪽으로 오세요."

겐지가 말하자, 그렇다면 저 눈이 부시도록 아름답다는 겐지 님이란 말인가, 하고 어린 마음에도 목소리를 알아들으니 말을 잘못하였다는 생각에 어린 아씨는 소납언에게로 다가가 말하였습니다.

266

"저쪽으로 가요. 잠이 와요."

그러자 겐지가 말하였습니다.

"지금 와서 왜 숨으려는 것이지요. 내 무릎에서 잠을 청하세요. 좀더 이쪽으로 가까이 오세요."

이렇게 말하니, 유모는 어린 아씨를 겐지 쪽으로 밀어 보내려 하였습니다.

"그것 보시옵소서. 이러하오니 아직 아무것도 모르는 철부지라 하는 것이옵니다."

어린 아씨는 소납언이 미는 대로 별 생각 없이 그곳에 앉아 있었습니다. 겐지는 휘장 안으로 손을 내밀어 어린 아씨의 몸을 더듬어보았습니다. 부드러운 옷 위로 매끄러운 머리칼이 늘어져 있고, 그 끝자락이 보들보들 손에 닿는 감촉이 분명 아름다운 머릿결이라 생각되었습니다. 손을 잡자 어린 아씨는 외간 남자가 이렇게 가까이 다가온 것이 왠지 불안하고 무서웠습니다.

"자려고 하는데요."

이렇게 말하며 억지로 손을 빼내려고 하던 차에, 겐지가 어린 아씨의 손을 잡고 스르륵 휘장 안으로 들어가버리고 말았습니다.

"앞으로는 나를 믿고 따르세요. 싫어해서는 아니 됩니다."

유모는 난감하기 그지없다는 표정을 지었습니다.

"이 무슨 민망한 처사이옵니까. 너무하시옵니다. 뭐라고 아무리 얘기해본들 아무것도 모르니 아무 보람도 없으시올 터인데."

"이렇게 어린 분에게 내가 무슨 짓을 하겠느냐. 다만 이 세상에 둘도 없는 내 진정을 보여주고 싶을 뿐이니라."

겐지가 말하였습니다.

싸락눈이 내리고 바람은 세차게 몰아치니 사방이 싸늘하여 마음까지 얼어붙을 듯한 밤이 되었습니다.

"어찌하여 이렇게 몇 안 되는 시녀들에 의지하여 적적하게 살 수 있다는 말이냐."

겐지는 연민의 눈물을 흘리고, 그냥 이대로 어린 아씨를 내버려둘 수 없다고 생각하였습니다.

"격자창을 내리거라. 왠지 으스스하고 불안한 밤이니 내가 지키고 있겠느니라. 너희들은 어린 아씨 곁으로 모두 다가오너라."

이렇게 명하고 친밀감을 보이며 침소로 들어갔습니다.

시녀들은 너무도 어처구니가 없어 모두 곁을 삼갔습니다.

소납언도 어쩔 줄을 모르고 안절부절못하였으나 괜스레 일을 확대하면 소란스러워질 것이 뻔하니, 난감하여 이러지도 저러지도 못하고 그 자리에 대기하였습니다.

어린 아씨는 일이 어떻게 되어가는 것인지, 한층 무섭고 두려워 바들바들 떨고 있었습니다. 깨끗하고 고운 피부에는 소름까지 좍 돋아 있으니 무서워하는 모습이 더없이 사랑스러워 겐지는 어린 아씨의 얇은 속옷에 감싸인 몸을 꼭 안아주었습니다. 겐지 스스로도 자신의 처신을 이해할 수 없었으나 부드러운 목소리로 어린 아씨에게 말을 걸었습니다.

"우리 집으로 오세요. 재미있는 그림도 많아요. 우리 함께 인형놀이도 합시다."

이렇게 아씨의 마음에 들 만한 말을 하며 비위를 맞추려 하는 모습이 너무나도 자상하여 어린 아씨는 다소 무서움이 가시는 듯하였습니다. 그러나 마음은 왠지 뒤숭숭하여 편히 잠들 수도 없으니, 뒤척뒤척 몸을 움직이며 누워 있습니다.

그날은 온밤을 세찬 바람이 몰아쳤습니다.

"정말이지 이렇게 오늘 겐지 님께서 찾아주시지 않았다면 얼마나 무섭고 불안하였을까요. 하지만 이왕이면 어린 아씨께서 어느 정도 어울릴 만한 나이였으면 더욱 좋았을 것을."

시녀들은 조심조심 소곤거렸습니다. 유모는 어린 아씨가 마음에 걸려 침소 바로 옆을 지키고 있었습니다.

바람이 약간 잠잠해지자, 아직 깊은 밤인데 겐지가 집으로 돌아가려 하니 어째 사랑을 이루고 아침 일찍 돌아가는 정인의 모습 같았습니다.

"정말이지 보면 볼수록 귀엽고 사랑스러우니, 앞으로는 잠시라도 얼굴을 보지 않으면 걱정이 앞서 견딜 수 있을 것 같지 않소이다. 밤이고 낮이고 상념 속에서 홀로 생활하고 있는 내 집으로 아씨를 옮겨야겠소. 언제까지 이렇듯 삭막한 곳에서 불안한 나날을 보내게 한다는 말이오. 지금까지 이런 곳에서 용케 무서움을 견디고 있었구려."

겐지의 말에 유모는 말하였습니다.

"병부경께서도 아씨를 데리러 오겠노라 하셨는데, 할머님의 사십구일재 법사를 끝내고야 오시지 않을까 싶사옵니다."

"그야 물론 친아버지이니 몸을 의탁할 만하겠지만 오래도록 따로따로 살았는데 무슨 깊은 정이 있겠소. 있다고 해봐야 나와 비슷한 정도일 터이지. 오늘 밤 처음으로 만나보았지만, 어린 아씨를 생각하는 성의만큼은 내가 아버지 이상이라고 생각하오."

이렇게 말하며 어린 아씨의 머리카락을 몇 번이나 쓰다듬고는 뒤를 돌아보며 돌아갔습니다.

밖에는 아침 안개가 자욱하고 하늘 모양도 한결 정취가 있는데, 땅에는 서리마저 새하얗게 내려 있었습니다. 이런 아침이야말로 사랑하는 사람과 잠자리를 같이하고 돌아가기에 어울리는데, 하고 겐지는 어젯밤의 일을 아쉽게 생각하였습니다.

가는 길에 사람들의 눈을 피해 은밀하게 드나드는 집이 있다는 생각이 문득 떠올라 문을 두드려보라 하였으나, 알아듣고 나와 보는 이가 없었습니다. 할 수 없어 수행원들 가운데 목청이 좋은 자에게 노래를 읊으라 일렀습니다.

밝아오는 아침 하늘에
안개 자욱하여
앞도 제대로 가늘 수 없는데

그냥 지나치기 어려운
그리운 그대의 집 대문이 있으니

이렇게 두 번이나 노래하자 눈치 빠른 하녀가 나와 노래로 답하였습니다.

걸음을 멈추고
안개 자욱한 이 울타리를
그냥 지나칠 수 없다면
닫힌 사립문이
무슨 걸림돌이 되리오

그러더니 안으로 들어가버렸는데, 다시는 아무도 나와보지 않았습니다. 이대로 그냥 돌아가기는 처량하나 점차 날이 밝아와 사정이 좋지 않으니 그대로 이조원으로 돌아갔습니다.

귀여웠던 어린 아씨의 모습이 정겹고 그리운 겐지는 미소를 머금고 홀로 잠자리에 들었습니다.

해가 중천에 떠서야 자리에서 일어나 어린 아씨에게 편지를 쓰고자 하였으나, 보통 연인들이 그러하듯 잠자리를 같이하고 난 다음의 편지처럼 쓸 수도 없고 하여 몇 번이나 붓을 놓았다가 이리저리 궁리하여 열심히 써내려갔습니다. 그리고 재미있는 그림 등을 동봉하여 편지를 보냈습니다.

마침 그날, 어린 아씨의 집에 아버지인 병부경이 찾아왔습니다. 여승이 죽자 이전보다 한층 적막함과 황량함이 눈에 띄는 넓고 고풍스런 집에 사람조차 줄어들어 쓸쓸하기 그지없으니, 이렇게 말하였습니다.

"이런 곳에서 어찌 잠시라도 어린 아씨를 지내게 할 수 있으리. 아무래도 집으로 데리고 가야겠구나. 아무 염려할 것 없다. 유모에게는 따로 방을 줄 터이니, 지금까지 하던 것처럼 시중을 드는 것이 좋겠소. 그쪽에도 어린 아씨들이 있으니, 같이 놀다 보면 사이좋게 재미나게 지낼 수 있을 게요."

병부경이 어린 여식을 가까이 불렀습니다. 겐지의 향내가 흠뻑 배어 있는 옷을 보고는 가여운 마음이 들었습니다.

"아주 좋은 냄새로구나, 옷은 이렇게 헐었는데.

지난 몇 년 동안 병환이 깊으신 노할머니와 함께 살았으니, 가끔은 그쪽 집에 가서 다른 식구들과도 허물없이 지내라 권하였거늘, 할머니께서 유난히 그쪽을 싫어하시는데다 내 부인도 꺼려하는 듯하였으니. 이런 때에 그쪽으로 옮기는 것도 어찌 가엾기는 하다만."

이렇게 병부경이 말하자, 유모가 답하였습니다.

"아닙니다. 걱정일랑 마십시오. 불편하여도 당분간은 이대로 그냥 두시는 것이 낫지 않을까 싶습니다. 좀더 분별이 생긴 후에 그쪽으로 옮기는 것이 좋지 않을까 싶습니다.

아직도 밤낮으로 할머님을 그리워하여 음식조차 입에 대지 않고 있습니다."

과연 유모의 말대로 어린 아씨는 무척 야위어 있었는데, 그 모습이 오히려 기품 있고 사랑스럽게 보였습니다.

"어찌하여 할머니를 그리도 그리워하는 것이냐. 돌아가신 할머니는 아무리 그리워하여도 살아 돌아오지 않는 것을. 내가 곁에 있으니 안심하거라."

이렇게 잘 다독이고 저녁이 되어 집으로 돌아가려 하니, 어린 아씨가 불안한 마음에 눈물을 흘려 병부경도 덩달아 눈물을 흘리면서 달래고 어른 후에 출발하였습니다.

"너무 상심하지 말거라. 오늘, 아니 내일이라도 당장 데리고 가마."

그 후 어린 아씨는 한층 외로워 울기만 하였습니다. 어린 아씨는 장차 자신의 앞날이 어떻게 될지, 그런 일에 대해서는 생각지 못하니, 그저 오랜 세월 한시도 떨어지지 않고 정을 나눈 할머니가 지금은 돌아가시고 없다는 생각에 슬프기만 하였습니다. 어린 마음에도 슬픔이 가슴을 짓눌러 이전처럼 놀지도 않았습니다. 낮은 이럭저럭 보낼 수 있으나, 해가 저물고 밤이 되면 말이 없고 우울해하는지라 어린 아씨를 달래는 소납언의 눈에도 눈물이 맺혀 있었습니다.

"이래 가지고야 앞으로 어떻게 살아가겠어요."

그날 저녁 고레미쓰가 겐지의 말씀을 받들어 찾아왔습니다.

"내가 직접 찾아가야 하나 궁중에서 부름이 있어 갈 수 없게 되었소. 어린 아씨의 가련한 모습이 눈앞에 아른거려 걱정스러우니 사람을 보내오."

이렇게 겐지는 자신의 뜻을 전하고 고레미쓰로 하여금 밤을 지키게 하였습니다.

"아아, 아아, 참으로 너무하시는군요. 잠시 얼굴만 마주하였다고는 하나 인연을 맺은 다음날부터 들여다보지도 않으시다니. 이 일이 아버님의 귀에 들어가는 날에는, 아씨를 모시는 우리의 실책이라 꾸중이 내릴 터인데. 무슨 일이 있어도 절대 겐지 님의 일을 입에 담아서는 아니 됩니다."

시녀가 단단히 얘기를 해도 어린 아씨는 그 의미를 알지 못하여 아무런 느낌도 없는 듯하니 참으로 한심한 노릇입니다.

유모 소납언은 고레미쓰에게 넋두리를 하듯 이런저런 슬픈 이야기를 늘어놓았습니다.

"앞으로 세월이 흘러 어린 아씨의 나이가 차면, 전생의 인연이 깊으니 결혼을 피할 수 없을지도 모르겠습니다. 그러나 지금은 어찌 보아도 전혀 격에 맞지 않는 일이니 겐지 님께서 아무리 뭐라뭐라 열심히 말씀해주셔도, 그 말씀이 진심이온지 헤아리지 못하여 이 몸 주저하고 있습니다. 실은 오늘도 병부경께서 찾아오시어, '어린 아씨가 상심하지 않도록 잘 모시거라. 무분별하게 홀대를 해서는 절대로 아니 되느니라'라고 말씀하신 것도 이 몸으로서는 몹시 부담이 되는 터인데, 겐지 님께서 이렇듯 여색을 밝히시니 그 처사가 한층 더 부담이 됩니다."

유모는 이렇게 말하면서도 생각하였습니다.

'고레미쓰가 어젯밤 겐지 님과 어린 아씨 사이에 어떤 사연이 있었던 것처럼 생각하는 것을 아닐까.'

그리고 오해를 하고 있다면 곤란한 터라, 지나치게 한탄하는 식으로 얘기하지는 않았습니다. 고레미쓰도 대체 두 사람 사이가 어떻게 돌아가고 있는지 석연치가 않았습니다.

돌아와 겐지에게 그쪽 상황을 보고하자, 겐지는 어린 아씨가 가엾기는 하나 어젯밤처럼 드나드는 것도 상서롭지 못하고, 남들이 들어 알면 경솔하고 어리석은 짓이라 여겨질까봐 꺼려지니, 아무튼 아씨를 데리고 오자고 결심을 하였습니다.

겐지는 몇 번이나 편지를 보냈습니다. 그리고 날이 저물자 고레미쓰를 그쪽으로 보냅니다.

"여러 가지로 조심스러운 일이 있어 직접 찾아갈 수 없는데, 내 마음을 장난기라 여기는게요."

편지에는 이렇게 씌어 있었습니다.

"병부경께서 내일 급히 데리러 오시겠다는 말씀이 계셨기에, 준비를 하느라 몹시 분주합니다. 오랜 세월을 지내온 황폐한 이 집도 막상 떠나고자 하니 불안하여 시녀들 모두 혼란스러워하고 있습니다."

소납언은 이렇게 간단하게 대답하고는 제대로 상대조차 해주지 않았습니다. 바느질을 하는 등 황망하게 이사 준비를 하는 모습이 역력하여, 고레미쓰는 서둘러 돌아갔습니다.

겐지는 그때 좌대신 댁에 머물고 있었으나 늘 그러하듯 아오이 부인은 겐지를 곧바로 만나려 하지는 않았습니다. 겐지는 불쾌한 마음에 육현금을 퉁기며 속요를 요염한 목소리로 흥얼거렸습니다.

나는 히타치 땅에서 논을 일구느라 정신이 없는데
당신은 내가 바람을 피우고 있지는 않나 의심하여
비 내리는 이 밤 산을 넘어 찾아오네

그때 고레미쓰가 돌아오니, 겐지는 가까이 불러 어린 아씨의 근황을 물었습니다. 고레미쓰가 이러니저러니 상황을 보고하자, 분한 마음에 이렇게 생각하였습니다.

'병부경 댁으로 가버린 다음에 그곳에서 데려오고자 하면 나를 호색한이라 여길 것이다. 어린아이를 훔쳐왔다고 세상 사람들의 비난을 모면키 어렵겠지만 차라리 그 집으로 옮기기 전에 시녀들의 입을 막아서라도 이조원으로 데리고 와야겠구나.'

마침내 겐지가 명하였습니다.

"날이 밝기 전에 그곳으로 가자. 타고 온 수레와 수행원 한두 명을 대기시키거라."

고레미쓰가 명을 받들자, 겐지는 생각하였습니다.

'과연 어찌해야 좋을 것인가. 이 일이 세상에 알려지면 호색

한의 지나친 처사라고 말들이 많을 터이지. 상대가 남녀 사이의 사랑을 알 만한 나이라면 흔히 있는 일이기도 하니, 사람들은 두 사람이 결정한 후의 일일 것이라고 짐작할 터이지만. 그러나 이런 상태에서 훔쳐왔다가 병부경이 찾아내기라도 한다면 면목도 서지 않고 사뭇 거북살스러울 터인데.'

이렇듯 고민하였지만, 그렇게 주저하다가 이 기회를 놓쳐 어린 아씨를 잃으면 후회해도 소용없는 일이 될 것이기에 마음을 정하고 날이 밝기 전, 어둠을 틈타 출발하였습니다.

부인은 여전히 서먹서먹, 퉁명스런 표정인데 겐지는 이렇게만 말하고 서둘러 떠났습니다.

"이조원에서 급하게 처리해야 할 일이 생각나 잠시 다녀오겠소이다. 내 곧 돌아오리다."

시녀들도 겐지의 행차를 눈치채지 못했습니다. 겐지는 옷도 자기 방에서 갈아입었습니다.

고레미쓰만 말을 타고 수행하였습니다.

아씨 집의 대문을 두드리게 하니, 사정을 모르는 자가 대문을 활짝 열어준 덕분에 수레에 탄 채 안으로 들어갔습니다. 고레미쓰가 옆문을 두드리며 기침을 하자 소납언이 고레미쓰인 줄 알고 나왔습니다.

"겐지 님께서 몸소 행차하셨습니다."

고레미쓰가 이렇게 말하자, 소납언은 답하였습니다.

"아씨께서는 벌써 잠자리에 드셨습니다. 어찌하여 이렇듯 깊은 밤에 찾아오셨는지요."

소납언은 겐지가 어느 여자의 처소에서 잠을 자고 돌아오는 길이라 여기는 듯하였습니다. 그러자 겐지가 말하였습니다.

"아씨를 병부경 댁으로 데리고 간다 하니, 그전에 아씨에게 하고 싶은 말이 있어 왔소."

"무슨 말씀이시온지요. 아씨가 오죽 또랑또랑한 목소리로 대답을 하시겠사옵니까."

소납언이 빈정거리며 웃었습니다. 겐지가 개의치 않고 안으로 들어가자, 소납언은 몹시 난처하여 구실을 둘러댔습니다.

"달리 사람도 없는데 흉물스런 늙은 시녀들이 꼴사납게 자고 있는 터라 곤란하옵니다."

"어린 아씨는 아직 자고 있겠지요. 내가 깨우겠소. 이렇게 아침 서리가 예쁘게 내렸는데, 그런 줄도 모르고 자고 있다니."

겐지가 이렇게 말하며 훌쩍 침소 안으로 들어가버리니, 소납언은 뭐라 대꾸할 틈조차 없었습니다.

겐지가 아무것도 모르고 자고 있는 어린 아씨를 안아 깨우자, 눈을 뜬 어린 아씨는 아버지가 데리러 왔는가 보다 하고 잠이 덜 깬 머리로 생각했습니다. 겐지는 아씨의 머리칼을 쓰다듬으며 말하였습니다.

"자, 일어나세요. 아버님의 심부름으로 왔습니다."

그러자 그때에야 어린 아씨는 아버지가 아닌 줄 알고 깜짝 놀라 몸을 떨었습니다.

"참으로 매정하군요. 나 역시 아버지와 같지 않습니까."

이렇게 말하며 겐지는 어린 아씨를 안아 들고 나왔습니다. 고 레미쓰와 소납언이 말하였습니다.

"대체 이 무슨 처사이옵니까?"

"이쪽으로 늘 찾아올 수도 없는 것이 마음에 걸려 안심할 수 있는 내 집으로 옮기라 그렇게 일렀는데도 박정하게 아버님 댁으로 간다고 하니, 그렇게 되면 편지도 마음대로 보낼 수 없게 될 것 아니오. 아무튼 누구 한 사람 나를 따르시오."

겐지가 이렇게 말하니, 소납언은 당황하여 어쩔 줄을 몰라하며 말하였습니다.

"뭐라 말씀하셔도 오늘은 아니 되옵니다. 아버님께서 찾아오시면 뭐라 말씀드린단 말이옵니까. 인연이 있다면 세월이 흘러 자연히 그렇게 될 일 아니옵니까. 너무도 갑작스러운 일이라 저희들은 묘안을 생각할 틈도 없나이다. 그러니 저희 시녀들이 곤란하옵니다."

"그렇다면 좋소. 지금은 아무도 따라오지 않아도 좋으니, 유모는 나중에 오도록 하시오."

겐지가 수레를 툇마루에 대라고 이르니, 시녀들은 이 갑작스러운 사태에 놀라고 당황하여 어쩔 줄을 모르고 허둥거렸습니다.

어린 아씨도 무섭고 불안하여 울고 있습니다. 소납언은 더 이상 막을 방법이 없다고 단념했는지, 어젯밤 바느질한 어린 아씨의 옷을 서둘러 챙기고 자신도 매무시를 단정히 하고 황급히 수레에 올랐습니다.

이조원은 그리 멀지 않은 곳이라 날이 채 밝기 전에 도착하여 서쪽 별채에 수레를 대니, 겐지는 어린 아씨를 가볍게 안아들고 내렸습니다. 소납언은 수레 안에서 주저하고 있습니다.

"아직도 마치 꿈을 꾸고 있는 듯하온데, 저는 대체 어찌하면 좋겠사옵니까?"

"그것은 그대의 결정에 맡기겠소. 어린 아씨는 이미 데리고 왔으니, 그대가 돌아가고 싶다면 배웅을 하라 이를 터이니."

이렇게 겐지가 말하니, 소납언은 어쩔 수 없이 수레에서 내렸습니다. 너무도 갑작스러운 일에 얼이 빠진 소납언은 아직도 두근거리는 가슴을 진정시킬 수가 없었습니다. 병부경이 이 일을 알게 되면 얼마나 화를 낼지, 또 어린 아씨는 앞으로 어떻게 될 운명일지, 이런저런 생각을 하면 걱정이 되어 견딜 수 없고 지금껏 의지하였던 사람을 앞세운 것이 어린 아씨의 불운이라 생각되니 흐르는 눈물이 멈추지 않는데, 역시 새로운 출발에 눈물은 금물인지라 소납언답게 열심히 참고 있었습니다.

서쪽 별채는 평소에는 사용하지 않는 곳이라 침소도 없습니다. 겐지는 고레미쓰에게 명하여 침소를 마련하고 병풍을 세우라 하였습니다. 휘장의 끈을 내리고 바닥에 깔개를 깔면 될 것 같아 겐지는 평소 기거하는 동쪽 별채에서 이부자리를 가져오게 하여 그곳에서 잠자리에 들었습니다.

어린 아씨는 예감이 불길하고 어떻게 되는 것인가 싶어 떨고

만 있었습니다.

"소납언하고 같이 잘래요."

소리내어 울지도 못하고 이렇게 말하는 목소리가 어리게 느껴졌습니다.

"이제는 그렇게 유모와 같이 자면 아니 됩니다."

겐지가 언질을 주니 어린 아씨는 슬픔을 이기지 못하고 울면서 잠이 들었습니다.

소납언은 걱정스러워 몸을 누일 수도 없으니, 망연자실한 채 눈을 뜨고 있었습니다.

날이 밝아 소납언이 주위를 살펴보니 집의 구조하며 방의 장식은 물론이요, 정원에 깔린 하얀 모래조차 구슬을 깔아놓은 듯 아침 햇살을 받아 눈부시게 빛나 보였습니다. 그러한 광경을 보니 자기처럼 하찮은 유모가 있을 곳이 아닌 듯하여 기가 죽었으나, 이쪽 별채에는 시중을 드는 시녀들이 없는 것 같았습니다. 간혹 손님을 접대하기 위해 사용하는 별채인지 남자 하인들만 발 밖에 대기하고 있을 뿐이었습니다.

아무래도 어젯밤 어떤 아씨를 맞아들인 것 같다는 소리를 얼핏 들은 하인들은 수군덕거렸습니다.

"어떤 분이실까. 보통 사이는 아니시겠지."

겐지와 어린 아씨는 이 서쪽 별채에서 아침 세수를 하고 조반을 들게 됩니다.

해가 높이 올라서야 자리에서 일어난 겐지는 말하였습니다.

"시녀가 없어서 불편할 터이니 해가 지면 그럴 만한 사람을 부르는 것이 좋을 것이오."

그러고는 동쪽 별채에서 여동을 불러오라 사람을 시켰습니다.

"특별히 어린 여자아이만 오게 하라."

이렇게 말하였기에, 아주 귀여운 차림을 한 네 명의 여자아이가 왔습니다. 겐지는 옷을 둘둘 말고 자고 있는 어린 아씨를 억지로 깨우며 말하였습니다.

"이렇게 언제까지고 우울한 모습으로 나를 곤란하게 해서는 안 되지요. 진정한 마음 없이 어떻게 이리 성의를 다하여 보살필 수 있겠습니까. 여자란 마음이 너그럽고 유순한 것이 좋은 법입니다."

이렇게 벌써부터 가르치고 버릇을 들이고 있습니다. 어린 아씨의 용모는 멀리서 보는 것보다 가까이에서 보는 것이 훨씬 예뻤습니다.

겐지는 자상하고 친밀하게 어린 아씨와 얘기를 나누면서, 동쪽 별채에서 재미있는 그림과 장난감을 가져오게 하여 아씨에게 보여주며 마음에 들려 애를 썼습니다.

어린 아씨도 서서히 마음을 열면서 자리에서 일어나 그림을 보았습니다. 짙은 회색 구깃구깃한 상복을 입고 천진난만하게 웃으면서 앉아 있는 모습이 너무도 사랑스러워 겐지도 덩달아 미소지으며 바라보았습니다.

겐지가 동쪽 별채로 가자 어린 아씨는 문지방까지 걸어나와 처음으로 정원의 나무들과 연못을 보게 되었습니다. 서리를 맞아 시든 초목과 앞뜰의 풍경이 그림처럼 아름답고, 지금껏 본 적이 없는 4위와 5위 관료들이 검고 붉은 관복을 입고 쉴새없이 들락거리니, 어린 마음에도 정말 굉장한 곳이라는 생각이 들었습니다. 병풍에 그려진 재미있는 그림도 보면서 어느 틈엔가 시름을 잊으니, 참으로 천진난만합니다.

겐지는 이삼 일 입궁도 하지 않고 어린 아씨의 기분을 맞추려 말상대를 해주었습니다. 본으로 삼으라는 뜻인지, 옛 노래를 쓰고 그림을 잔뜩 그려 보여주니 하나같이 훌륭한 글씨에 격조 높은 그림이었습니다.

어린 아씨는 유난히 화려한 필체로 '무사시노라 하면 원망스럽기도 하구나'라고 씌어 있는 보라색 종이를 손에 들고 보고 있습니다. 또한 종이의 한 켠에는 조그만 글씨로 이렇게 씌어 있었습니다.

아직 잠자리도 같이하지 않았는데
사랑스러워 견딜 수 없으니
무사시노 들판의 이슬을 헤치고 들어가지 못하여
좀처럼 만날 수 없는
지치풀 같은 그분의
핏줄인 그대여

"자, 아씨, 써보세요."

겐지가 말하자, 어린 아씨는 조그만 소리로 말하며 겐지의 얼굴을 올려다보았습니다.

"아직, 잘 못 써요."

그 모습이 너무도 천진하고 사랑스러워 겐지는 싱긋 미소지으며 말하였습니다.

"잘 못 쓴다고 하여 전혀 쓰지 않는 것은 좋지 않은 일이에요. 내가 가르쳐줄 테니."

어린 아씨는 수줍은 듯 얼굴을 돌리고 글씨를 써내려가니, 붓을 쥔 손하며 손놀림이 오직 귀엽고 사랑스러울 따름이었습니다. 겐지는 이렇듯 어린아이에게 매료되는 자신의 마음이 불가사의할 정도였습니다. 어린 아씨는 부끄러워 감추려 하였습니다.

"잘 못 썼어요."

겐지가 억지로 들여다보았습니다.

무슨 말씀을 하시는지
도무지 모르겠네요
나는 대체
어떤 풀의 핏줄이며
누구를 닮은 것인가요

아직은 미숙하지만 장차 숙달된 솜씨가 기대되는 필적으로 동글동글 씌어 있었습니다. 그리고 그 필적은 돌아가신 여승의 필적과도 아주 흡사하였습니다.

이 정도 실력에 요즘의 글씨본을 배우게 하면 한층 솜씨가 좋아지겠지, 하고 겐지는 생각하였습니다. 인형놀이를 할 때에도 겐지는 일부러 집을 몇 채나 지어 늘어놓고 함께 놀아주니, 어린 아씨는 힘겨운 사랑의 시름을 더는 더할 나위 없는 낙인 듯하였습니다.

어린 아씨의 집에 남은 시녀들은 병부경이 찾아와 행방을 묻는데 뭐라 대답할 말이 없어 안절부절못하였습니다.

"당분간 어린 아씨의 행방을 누구에게도 알려서는 안 되느니라."

겐지가 이렇게 입단속을 했고 유모인 소납언도 그렇게 다짐하고 절대로 입 밖에 내지 말라고 단단히 이른 터라, 시녀들은 그저 이렇게만 대답하였습니다.

"유모가 행선지도 알리지 않은 채 모시고 사라졌습니다."

그 말을 들은 병부경은 어쩔 수 없는 사태에 실망이 컸습니다. 그리고 돌아가신 할머니가 어린 아씨가 본댁에 들어가는 것을 몹시 싫어한 터라 유모인 소납언이 주제넘은 신경을 쓴 나머지, 병부경에게 맡길 수 없다고는 말하기 어려우니 자기 혼자서 어린 아씨를 데리고 행방을 감춘 것이라 여기고 눈물을 흘리며 돌아갔습니다.

"만약 행방을 알게 되거든 반드시 내게 알리거라."

이런 말을, 시녀들은 몸을 움츠리고 괴로운 심정으로 듣고만 있을 뿐이었습니다.

병부경은 북산의 승도를 찾아가보기도 하였으나 전혀 행방을 알 수 없으니, 아까울 정도로 아름다웠던 아이의 얼굴이 떠올라 그리움을 견디지 못하고 슬퍼하였습니다. 병부경의 부인도, 어린 아씨의 어미를 미워하던 마음이 가셔 아씨를 자기 뜻대로 키워보려고 마음먹었던 차에 이런 뜻하지 않은 일이 생겨 유감스럽기 짝이 없었습니다.

이조원의 서쪽 별채에 시녀들이 하나 둘 모여들었습니다. 놀이 상대인 여동들과 어린아이들도 훌륭하신 두 분의 모습에 스스럼없이 놀이에 열중하였습니다.

어린 아씨는 겐지가 집을 비운 적적한 저녁에는 할머니를 그리워하며 울기도 하였지만, 아버지는 전혀 보고 싶어하지 않았습니다. 애당초 아버지와는 떨어져 사는 습관이 붙어 있는지라 지금은 이미 겐지를 아버지라 여기고 믿고 따랐습니다.

겐지가 밖에서 돌아오면 금방 달려 나와 어리광을 부리며 이런저런 얘기를 하였고, 겐지의 품에 안겨서도 조금도 부끄러워하거나 어색해하지 않으니 놀이 상대로는 더없이 사랑스러웠습니다.

여자가 철이 들면서 지각이 생기고 질투심을 배우면 이래저래 성가신 일이 많아지고, 남자 또한 자신의 사랑이 식지는 않을까 염려하여 부부 사이에 금을 긋게 마련입니다. 그렇게 되면 여자 쪽은 원망스럽고 한스러우니 뜻하지 않은 옥신각신이 생기는 법이지요.

그러나 어린 아씨는 정말 귀엽고 그럴 염려가 없는 놀이 상대였습니다. 친딸이라도 이 나이가 되면 아버지에게 이렇듯 어리광을 부리지 않고 잠자리도 같이하지 않는 것이 보통인데, 이 아이는 정말 각별하니 겐지는 비장의 딸이라고 생각하였습니다.

천년을 살아온 빛나는 님, 히카루 겐지

세토우치 자쿠초

겐지 이야기란

『겐지 이야기』는 일본이 세계에 자랑할 수 있는 문화유산으로 필두에 꼽히는 걸작 장편 연애소설이다.

현대를 사는 우리들은 걸작 장편소설 하면 톨스토이의 『안나 카레니나』, 도스토예프스키의 『죄와 벌』, 플로베르의 『보바리 부인』, 스탕달의 『적과 흑』, 프루스트의 『잃어버린 시간을 찾아서』 등을 떠올린다. 그런데 이런 서양의 소설보다 한층 이른 시기에 동양의 일본에는 『겐지 이야기』란 소설이 이미 존재했다.

지금으로부터 천 년이나 오랜 옛날, 일본의 왕조가 화려하게 꽃피었던 헤이안 시대에 무라사키 시키부라는 자식 있는 과부가 그 위업을 달성했다.

소설이 걸작이라 평가되기 위해서는 여러 가지 조건을 갖추어야 하고, 그 조건으로는 재미있는 내용, 탁월한 문체, 매력 있는 등장인물, 읽은 후에도 오래도록 여운을 남기는 감동 등을 들 수 있다. 『겐지 이야기』는 이 모든 조건을 두루 갖추고 있다.

내용은 문무 양면에 뛰어난 재능을 가졌으며 요염할 정도로 아름답고 매력적인 외모에 다감하고 색을 좋아하는 성품을 지닌 보기 드문 인물 히카루 겐지를 중심으로 펼쳐진다.

무라사키 시키부는 그가 생애를 통해 사랑한 개성 있고 매력에 넘치는 여인들을 그의 주위에 배치하여, 숨가쁘게 펼쳐지는 연애 사건의 양상과 여인들의 운명을 자세하고 치밀한 심리 묘사와 함께 남김없이 그려냈다.

이야기 초반에는 겐지가 태어나기 전, 아버지인 천황과 생모의 사랑이 그려지고 후반에는 겐지가 죽은 후, 그의 자손들의 사랑 이야기가 펼쳐진다. 따라서 겐지를 중심으로 하여 4대에 이르는 장편 연애소설인 셈이다.

「기리쓰보」에서 시작되는 전 54첩은 200자 원고지 8,000매에 달하는 방대한 분량이다. 등장인물의 수도 430명에 달한다.

글쓴이는 무라사키 시키부 한 사람이 아니라 복수일 수도 있다는 설도 있는데, 이는 여자 한 사람이 이처럼 장대하고 화려한 걸작을 썼을 리 없다고 하는 남성 연구자들의 상상과 가설일 뿐, 근거는 없다.

글쓴이의 창작 일기가 남아 있지 않아 무라사키 시키부 한 사람의 작품이라고 단정할 수는 없지만, 복수설을 수긍할 만한 확고한 증거 역시 발견되지 않았다.

무라사키 시키부는 『겐지 이야기』 외에도 자작시를 골라 모은 가집(家集) 『무라사키 시키부집』과 수필식 『무라사키 시키부 일기』를 남겼는데 이 두 가지는 그녀 개인의 작품이 틀림없다.

『무라사키 시키부 일기』 가운데 『겐지 이야기』란 제목도 몇 번이나 등장하고, 1008년 11월 1일자의 글에는 후지와라노 긴토(藤原公任)가 무라사키 시키부가 있는 방의 발 사이로 '실례하나, 이 방에 무라사키 아씨가 없소이까'라고 말을 걸며 들여다보았다는 내용이 적혀 있다. 이에 대해 무라사키 시키부는 '겐지와 닮을 만한 사람도 없거늘 하물며 무라사키 아씨가'라 생각했다고 쓰고 있다. 이로써 무라사키 시키부가 궁중 생활을 했던 이치조 천황 시대의 궁정에서 이미 『겐지 이야기』가 읽히고 있었으며, 적어도 「어린 무라사키」 첩까지는 집필이 완료된 상태였고, 작자도 무라사키 시키부로 지목되고 있었다는 것이 증명되는 셈이다.

또 같은 일기 가운데, 이치조 천황이 궁녀가 읽는 『겐지 이야기』를 들으며 '이 사람은 일본기를 읽었음이야. 참으로 학문과 재능이 뛰어나군'이라고 칭찬했다는 얘기도 있고, 이에 동료 궁녀들이 시기하여 '일본기(日本紀) 궁녀'란 별명이 붙었다는 일화도 씌어 있다. 이 모두를 종합해보면 무라사키 시키부가 쓴 글이란 점이 설득력을 갖는다.

현재로서는 무라사키 시키부 한 사람이 썼다는 설이 거의 자리를 잡고 있다.

작자 무라사키 시키부

무라사키 시키부는 어떻게 이런 대작을 남길 수 있었을까. 그야 물론 그녀가 천부적인 재능을 타고 태어났기 때문이다. 그리고 그 재능을 갈고닦는 노력을 게을리하지 않았으며, 환경도 그러기에 적합했기 때문이다.

무라사키 시키부는 생년월일도 관명도 정확하게 알 수 없다. 당시의 여자는 황후나 황녀, 최고 귀족의 자녀가 아니면 이름이 남아 있지 않다. 궁에서 생활하면 아버지나 남편, 오빠의 관직에 따라 불렸다. 세이 쇼나곤(淸少納言)과 이즈미 시키부(和泉式部)도 그런 예다.

아버지는 후지와라노 다메토키(藤原爲時), 어머니는 후지와라노 다메노부(藤原爲信)의 딸이었다. 태어난 해에 대해서는 다양한 설이 있는데, 970년 전후 대략 970년대에 태어나 1014년쯤에 죽었을 것으로 추정된다.

아버지의 가문이나 어머니의 가문이나 원래는 섭정 태정대신 후지와라노 요시후사(藤原良房)의 형제를 선조로 하는 명문가였으나 시키부의 부모 대에서는 대개 수령 계급으로 영락해 있었다. 다만 양가 모두 대대로 내려오는 문인 집안으로 인정받은 만큼 문학적인 재능도 대대손손에게 전해졌다. 시키부의 아버지 다메토키는 일본의 시인 와카(和歌)보다 한시문에 능했다. 가잔(花山) 천황의 대(984~986)에는 식부승(式部丞)과 식부대승을 지냈다. 식부승은 식부성의 관리로 공문서를 심사하는 직이었다. 딸이 무라사키 시키부로 불린 것은 이때의 아버지의 관명을 따른 것으로 짐작된다. 가잔 천황이 후지와라 씨의 모략으로 출가하면서 제위에서 물러난 후, 후지와라노 다메토키도 관직에 머물지 못하고 10년 정도 실의에 빠져 지냈다. 후지와라노 미치나가(藤原道長)가 형 미치다카(道隆) 일가를 몰락시키고 권력을 거머쥔 996년 다메토키는 에치젠(越前)의 수령으로 복권되었다.

이때 이미 스무 살이었던 무라사키 시키부는 아버지를 따라에치젠으로 갔다.

어머니는 일찍이 돌아가신 것 같다. 언니와 오빠 노부노리(惟規—동생이라는 설도 있다)가 있었다. 어렸을 때부터 매우 영리하여, 노부노리가 아버지에게서 한문을 배우는데 옆에서 듣고 있던 시키부가 먼저 외워 '이 아이가 남자였더라면' 하고 아버지가 탄식했다는 일화가 『무라사키 시키부 일기』에 남아 있다.

문인적 기질이 농후한 가풍에 장서로 가득한 집, 시키부는 철이 들면서 문학을 좋아해 열 살 무렵에는 이미 아버지의 장서를 탐독하는 문학소녀로 성장했다.

이 시대에 스무 살이 훨씬 넘도록 결혼도 못하고 염문 하나없었다는 것은 시키부가 아름답거나 매력에 넘치기보다 다소건방진 여자였으리라고 짐작게 하는 부분이다.

에치젠에 1년 정도 머문 후, 혼자 도읍으로 돌아온 시키부는 아버지와 비슷한 연배의 후지와라노 노부다카(宣孝)와 결혼한

다. 노부다카는 다메토키와 같은 가계의 사람이기는 하나, 이
집안은 문학보다 실무에 재능이 있어 세상살이에도 능했고 출
세한 관리도 많았다. 노부다카도 우위문 권좌 겸 야마시로(山
城)의 수(守)로 비록 수령이었으나 위세는 당당했다.

이미 부인도 몇 명이나 있었고, 그 자식들도 있었다. 인척 관
계였으므로 노부다카는 일찍이 무라사키 시키부를 알고 있었을
것이다. 시키부의 소녀 시절, 언니와 둘이 자고 있는데 그날 머
물 곳이 불길하여 방향을 바꿔 시키부의 집을 찾은 노부다카가
새벽에 살짝 방으로 들어오자 '남자가 찾아와 애매한 일이 있
고서, 그가 돌아간 새벽에'라는 설명을 단 노래를 지어 나팔꽃
과 함께 노부다카에게 보냈다고 한다.

'애매한 일'이란 분명치 않은 정사라는 뜻인데, 동생과 언니
어느 쪽에 그 일이 있었는지는 분명하지 않다.

알고 싶군요
어젯밤의 그분인지 아닌지
어슴푸레한 새벽하늘처럼
시치미를 떼고 있는 아침의 당신 얼굴을 보니

이 노래는 '당신의 얼굴을 봤어요. 시치미를 떼도 소용없는
걸요'란 정도의 뜻이므로 역시 무라사키 시키부 자신에게 생긴
일이라 해석해도 무방할 것이다. 소녀 시절의 시키부는 꽤 적극

적인 말괄량이였는지도 모르겠다.

노부다카는 소탈한 다메토키와 달리 화려하고 자기 과시욕이 강한 남자였던 것 같다. 세이 쇼나곤의 『마쿠라노소시』(枕草子: 베갯머리 서책)에는 노부다카가 긴부 산 참배 때 몰상식하게 요란한 복장을 하고 나타나 사람들을 놀라게 했다는 일화가 실려 있다. 직무를 게을리하여 천황의 문책을 당했다는 이야기도 전해지고 있다. 여자에 대해서도 자신만만했을 테니 경험도 풍부했을 것이다.

아마도 무라사키 시키부는 이때부터, 혹은 열서너 살 때부터 벌써 이야기를 쓰고 있었던 것은 아닐까. 무라사키 시키부 같은 천재는 조숙하게 마련이므로 그런 재능도 일찌감치 싹이 텄을 테니까 말이다.

당시는 아직 인쇄술이 발달하지 않아 이야기류는 전부 손으로 써야 했다. 언니나 친구들이 독자가 되어 재미 삼아 베껴 쓰면서 입에서 입으로 전해지는 한편 베껴 쓰는 사람도 많아져 평판이 높아지는 식으로 무라사키 시키부의 재능은 주위 사람들에게 꽤 널리 알려졌으리라 짐작된다.

색을 좋아하고 다감한 노부다카가 이런 괴짜를 수집품의 하나로 원했던 것은 아닐까.

아무튼 무라사키 시키부는 노부다카의 딸 겐시(賢子)를 잉태했지만, 노부다카는 씨를 뿌리고는 이내 병으로 죽고 만다. 겨우 3년 남짓한 결혼 생활이었다. 1001년의 일이다. 이후 4, 5년 동안 무라사키 시키부는 미망인으로 집 안에만 틀어박혀 있었다. 그사이에 유혹이 전혀 없었던 것 같지는 않은데, 시키부는 단호히 남자들의 근접을 거부한다. 남편을 잃은 외로움과 허전함을 메우기에 글을 쓰는 것이 가장 좋았기 때문일까.

당시, 후지와라노 미치나가는 야망을 거의 이룬 상태였다. 정적인 형 미치다카 일가를 몰락시켰고, 그 자신은 내람(內覽: 태정관이 쓴 글을 천황이 읽기 전에 신하된 자가 검토하는 일 또는 그 직책을 말한다. 미치나가는 실질적인 섭관이었으므로 이 직책에 임명되었다)에 올랐으며 딸 쇼시(彰子)는 이치조 천황의 중궁이 되었다. 정치 권력자로 최고의 지위에 군림하게 된 것이다.

중궁 쇼시는 아름답고 천재적인 가인 이즈미 시키부가 지켜주고 있었지만 너무 어린데다 앞서 황후가 된 조카 데이시(定子)에 대한 이치조 천황의 총애가 원래부터 깊었던 터라 그 점이 가장 마음에 걸렸다. 데이시는 재녀 세이 쇼나곤을 거느리고 문화적 취미가 고상한 이치조 천황의 마음을 사로잡고 있었다. 미치나가는 데이시의 살롱에 뒤지지 않도록 쇼시의 살롱을 보다 매력적으로 꾸밀 필요가 있었다.

그래서 무라사키 시키부를 지목한 것으로 여겨진다. 요컨대 무라사키 시키부가 쓰는 이야기가 그만큼 사람들의 입에 오르내리고 있었다는 얘기다. 그 이야기가 바로 『겐지 이야기』가 아니었을까. 내용이 어느 정도 진전되었는지는 알 수 없으나, 그

것을 지참하는 조건으로 무라사키 시키부의 입궁이 결정되었을 것이라 여겨진다.

무라사키 시키부에게는 특별한 개인실이 주어졌고, 고급한 종이와 필묵도 넉넉히 지급되었다. 필요한 참고서도 아무 불편이 없도록 갖춰줬을 것이다. 모두가 미치나가의 권력 덕분이었다. 이렇게 미치나가란 강력한 후원자를 얻은 무라사키 시키부는 『겐지 이야기』의 집필에 몰두한다.

최고의 독자는 이치조 천황과 중궁 쇼시였다. 미치나가의 계획은 보란 듯이 적중했고, 이치조 천황은 『겐지 이야기』가 어떻게 전개되는지 궁금하여 쇼시의 방을 찾는 일이 잦아졌다. 여관이 낭랑한 목소리로 읽는 『겐지 이야기』를 천황과 중궁, 그리고 궁녀들이 듣는다. 무라사키 시키부는 눈에 띄지 않게 방 한구석에 앉아 신경을 곤두세우고 사람들의 반응을 관찰한다. 글쓴이로서의 만족감과 희열이 정점에 달한다.

당시는 소리내어 읽고 들으며 이야기를 감상했다. 이렇게 하여 『겐지 이야기』는 1006, 1007년부터 후궁에서 인기를 얻으며 집필과 동시에 읽혀졌던 것이다.

주간지나 월간지에 연재하는 형식으로 독자들의 반응과 희망 사항을 참고하면서 무라사키 시키부는 이야기를 부풀리기도 하고 줄거리를 바꾸기도 했을 것이라 짐작된다.

무라사키 시키부에게 최고의 독자였던 이치조 천황은 문학적인 소양이 높고 이야기의 감식안도 탁월하여 여관이나 궁녀들에게 비할 바가 못 되었다. 작자에게 이렇게 **영광스러운** 일이 어디 또 있을까. 무라사키 시키부가 이런 대장편을 집필한 정열의 근저에는 지존인 군주와 정치 권력자의 비호를 받고 있다는 자신감과 자부심이 있었던 것이다.

제1부

54첩 중, 제1첩 「기리쓰보」에서 제33첩인 「등나무 어린 속 잎」까지를 제1부로 간주한다. 제1부는 주인공 히카루 겐지의 부모의 사랑에서 시작하여 겐지의 탄생, 청춘 시절의 사랑과 연애로 비롯된 운명의 엇갈림과 그 시련을 넘어선 영화의 절정기를 그리고 있다. 나이로는 겐지가 태어나 서른아홉 살에 이르는 시기에 해당한다.

각 첩의 간략한 줄거리는 이렇다.

기리쓰보

이 첩은 이야기가 상당 부분 진척된 후에 써서 도입부로 갖다 붙였다는 설도 있다. 그러나 훗날 주인공의 신변에 일어나는 다양한 사건을 암시하고, 이야기의 구성상 가장 중요한 포인트가 되는 겐지의 아버지 기리쓰보 제의 후궁 후지쓰보에 대한 겐지의 은밀한 사랑 등을 배치해, 앞으로 전개될 이야기에 흥미를 유발하게 하는 복선이 빈틈없이 깔려 있다. 따라서 이 첩을 가장 먼저 썼다고 간주해도 전혀 어색하지 않다.

기리쓰보 제는 수많은 후궁을 거느리고 있으면서도 신분이 그리 높지 않은 기리쓰보 갱의에게 유독 사랑을 쏟는다. 그 상식을 벗어난 총애 때문에 다른 후궁들의 질투는 물론이요, 중신과 세상 사람들의 빈축을 산다.

갱의는 다른 후궁들에게 시달리다 못해 심신이 병들어 죽어간다. 그리고 두 사람의 사랑의 결정인 세 살짜리 황자가 남는다. 기리쓰보 제와 갱의의 비련은 당나라 현종과 양귀비의 비련을 주제로 한 「장한가」에 비유된다.

천황은 세 살이란 어린 나이에 어머니를 잃은 황자를 궁중으로 불러들여 갱의의 유품이라 여기고 애지중지 키운다.

발해의 관상가에게 신분을 속이고 황자의 운을 점치게 한 결과, 제왕의 상이 있다고 한다. 그러나 제왕이 되면 나라가 어지럽고 그렇다고 하여 신하로 끝날 사람은 아니라고 예언하니, 천황은 그 예언을 따라 황자를 신하로 삼고 미나모토 즉 '겐'(源)이란 성을 내린다.

마침내 외할머니도 죽는다. 황자는 절세의 미모와 보기 드문 총명함 때문에 모든 사람들에게 빛나는 님, '히카루 겐지'라 칭송받는다.

겐지가 열 살 때, 기리쓰보 갱의를 잃은 시름에 정무를 돌아보지 않게 된 기리쓰보 제는 죽은 갱의를 꼭 닮은 선황의 딸을 후궁으로 맞았다. 그녀는 후지쓰보라 불린다. 겐지보다 나이가 불과 다섯 살 많은 젊디젊은 후궁이다. 겐지는 후지쓰보가 죽은 어머니를 많이 닮았다는 소리를 듣고 어린 마음에 어렴풋한 동경을 품는다.

겐지 열두 살 때 성인식을 치르고 천황의 주선으로 좌대신 댁딸과 혼인한다. 후견인이 없는 겐지에게 신하로서 최고의 지위에 있으며 기리쓰보 제의 여동생이 정부인인 좌대신은 누구보다 강력한 후견인이었다. 겐지의 정부인이 된 좌대신의 딸은 자신의 나이가 겐지보다 네 살이나 많다는 것에 열등감을 품고 도통 마음을 열지 않는다.

이 시대 귀족들은 결혼을 빨리 했기 때문에 신랑이 아직 어린 경우가 많고 신부가 연상의 신랑을 데리고 자는 역할을 맡았다. 신부가 첫날밤 어린 신랑을 리드하는 것이 보통이었다.

소년인 겐지는 더할 나위 없이 아름답지만 자존심과 콧대가 높고 쌀쌀맞은 신부에게 첫날밤부터 소원함을 느낀다. 오히려 결혼의 실태를 안 겐지는 종내 아내와 함께 살아야 한다면 후지쓰보 같은 여인을 아내 삼고 싶다고 남몰래 애틋한 사랑을 품게 된다.

하하키기

「하하키기」, 「매미 허물」, 「밤나팔꽃」, 이 세 첩은 모두 겐지가 열일곱 살 때 있었던 일을 다루고 있다. 이때 겐지는 근위 중장이었다. 이 몇 년 동안에 겐지는 소년에서 어엿한 남자로 성장했다.

『겐지 이야기』를 읽을 때 우선 염두에 두어야 할 것은, 당시의 나이 감각이 현대와는 사뭇 다르다는 점이다. 열두 살 소년과 열여섯 살 소녀가 결혼하는 것이 당연지사였던 당시에 열일곱 살이란 나이는 지금처럼 풋풋한 십대가 아니라 중장이란 관직에도 오를 수 있는 성인이다.

『겐지 이야기』는 후궁을 시중드는 궁녀가 들려주는 이야기란 설정 아래 씌어진 작품이다. 이 첩의 첫 부분 해설에서 말하는 이는 궁녀의 말이다.

겐지는 이때 이미 평판이 자자한 바람둥이였던 것으로 그려지고 있다. 말하는 이는 비밀로 치부되고 있는 은밀한 일을 써서 밝히는 것이 꺼림칙하다고 말하면서도 앞으로 써나갈 이야기가 겐지의 여성 편력, 즉 정사에 관한 얘기가 될 것임을 고백하고 있다. 읽는 이의 호기심을 자극하는 교묘한 머리말이다.

이 첩에 그 유명한 '비 내리는 날 밤의 여인 품평회'라 일컬어지는 장면이 들어 있다.

장맛비가 추적추적 내리는 어느 밤, 근신 기간이라 궁궐에 머물고 있는 겐지의 숙직소에 두중장, 좌마두, 식부승 세 사람이 모여 여인 품평회를 시작한다. 자타가 공인하는 바람둥이인 이들은 밤을 새워 비장의 경험담을 나눈다. 은밀하게 숨겨두었던 얘기, 무수한 여인들 사이에 있었던 우스갯소리 등을 나누다, 마침내는 연애론과 여성론으로 전개된다. 작자가 여자라는 것을 잊게 할 만큼 이 좌담회는 흥미롭다. 이 가운데 두중장이 자식까지 낳았으면서 홀연 모습을 갖춘 한 여자 얘기를 한다. 유가오의 복선이다. 좌마두는, 여자란 상중하로 나눌 수 있는데 중류의 여자들 가운데 흙 묻은 옥이 많다고 얘기한다. 이는 다음 첩인 우쓰세미의 복선이다.

천진한 어린애 같은 여자를 취향에 맞는 여인으로 키워 아내로 삼는 것이 좋다는 설은 무라사키 아씨의 복선이다.

또 이 품평회에는 거의 가담하지 않는 겐지의 마음속에는 후지쓰보와의 불륜의 사랑이 자리하고 있다는 암시도 잊지 않는다.

그 다음날 밤, 겐지는 불길함을 피하기 위해 나카 강의 기의 수의 사가로 가, 기의 수의 아버지의 젊은 후처, 우쓰세미를 만나 억지로 관계를 맺는다. 겐지가 처음 알게 된 중류인 이 여자는 예기치 않은 자존심을 내세우며 완강하게 저항한다.

매미 허물

겐지는 우쓰세미의 남동생을 편지를 전해주는 심부름꾼으로 삼으려고 귀여워한다. 본의 아니게 겐지에게 당한 우쓰세미는 그 후 굳은 마음으로 겐지의 접근을 거부한다. 단념할 수 없는 겐지는 여름날 저녁의 어둠을 틈타 기의 수의 사가에 잠입한다. 고기미의 안내로 우쓰세미의 침소에 들어갔으나, 눈치를 챈 우쓰세미는 얇은 속옷만 걸치고 몸을 피한다. 겐지는 우쓰세미와 같이 자고 있던 기의 수의 여동생을 우쓰세미인 줄로만 알고 정사를 치르고는, 우쓰세미가 벗어놓은 매미 허물 같은 얇은 겉옷을 들고 돌아와 옷에 배어 있는 내음을 맡으며 우쓰세미를 그리워한다. 마음속으로는 겐지를 잊지 못하는 우쓰세미는 홀로 임지에 내려간 늙은 남편 이요의 개에 대한 죄책감으로 괴로워한다.

밤나팔꽃

이 무렵 겐지는 육조에 사는 고귀한 여인의 집을 드나든다. 이 첩에서는 밝혀지지 않으나 그녀는 육조 미야스도코로로 겐지보다 나이가 일곱 살이나 많다. 죽은 황태자의 미망인으로 딸이 있다.

겐지는 어느 날, 육조 미야스도코로를 찾아가는 길에 오조에 있는 유모의 집에 들른다. 유모의 집은 조그만 집들이 닥지닥지 들어선 오조의 외곽에 있다. 유모는 병세가 무거워지자 머리를 자르고 출가한 상태였다. 당시에는 병세가 위중하여 출가하면 병세가 가벼워지고 죽음을 피할 수 있다는 믿음이 있었다.

그날 유모의 집 앞에서 대문이 열리기를 기다리는 동안 겐지는 이웃집의 울타리에 피어 있는 밤나팔꽃에 이끌린다. 그 꽃을 인연으로 겐지는 그 집의 여인을 알게 된다. 벽 너머로 이웃집의 디딜방아 소리와 얘기 소리가 여자와 누워 있는 베개맡에 들린다. 겐지는 이런 경험이 처음이라 모든 것이 새롭기만 하다. 여자는 신분을 밝히지 않은 채 겐지에게 몸과 마음을 온전히 맡긴다. 겐지 역시 줄곧 얼굴을 가린 채 이름도 밝히지 않고 여자를 만난다.

　팔월 십오일 밤, 겐지는 거의 보쌈을 하듯 여자를 사람이 살지 않는 폐옥으로 데리고 간다. 다음날 겐지는 처음으로 얼굴을 드러내놓고 자신이 겐지라는 것을 밝히는데, 여자는 여전히 자신이 누구인지를 밝히지 않는다.

　그 밤에 여자는 무언가에 홀린 것처럼 갑작스럽게 죽고 만다. 유모의 자식인 심복 고레미쓰가 여자의 시신을 동산으로 옮겨 장례를 치른다. 겐지는 비탄에 잠긴 나머지 말에서 떨어져 망연 자실, 그리고 자리에 몸져눕는다.

　겐지는 여자와 함께 데리고 나온 시녀 우근을 거두어준다. 우근의 입을 통해 그 여자가 두중장이 말한 여자와 동일 인물이었다는 것이 밝혀진다.

　밤나팔꽃 노래를 주고받은 데서 이 여자의 이름을 유가오(밤나팔꽃)라 한다.

　우쓰세미도 남편을 따라 이요로 떠나고 만다.

　이 첩은 겐지는 이렇게 복잡한 연애 사건을 비밀에 부치고 있었으나 아무리 천황의 자식이라 한들 사실을 알고 있는 사람마저 겐지가 결점이 없는 사람인 양 칭찬해서야 되겠느냐며, 꾸며 낸 이야기라고 받아들이는 사람이 있어 모두 얘기하고 말았다면서, 가벼이 입을 놀린 죄는 피하기 어려울 것이란 글쓴이의 말로 끝을 맺는다.

　이 부분이 「하하키기」의 서두 부분과 맞물리는 것을 봐서도

「하하키기」, 「매미 허물」, 「밤나팔꽃」은 겐지 열일곱 살 때의 왕성한 연애 행각을 일관성 있게 다룬 첩이라는 것을 알 수 있다.

글쓴이는 「하하키기」의 첫 부분에서 겐지의 성격을 '가볍고 손쉽게 여자를 취하는 성품이 아니었습니다'란 말로 표현하면서 겐지의 연애 취향을 확연하게 드러낸다.

이루어지기 어려운 사랑, 억지스런 연애, 방해물이 있는 연애, 허락되지 않는 사랑 등, 겐지는 마음고생이 심한 사랑과 연애에 도전할 때만 정열을 불태운다. 요컨대 다 차려놓은 밥상에는 아무 흥미도 없고, 정열도 솟지 않는 것이다. 계속되는 겐지의 모든 연애 사건은 이 특유한 겐지의 성격에서 비롯된다는 것을 독자들은 염두에 두어야 할 것이다.

겐지가 흠잡을 데 없는 정부인 아오이에게 애정을 보이지 않는 것은 천황과 좌대신의 뜻에 따라 주어진, 애써 노력할 필요도 마음고생도 없는 관계였기 때문이다.

당시의 열일곱 살을 오늘날의 만 나이로 치면 열여섯 살 고등학생이다. 참으로 조숙하고 불량한 소년이라고 경악할 수도 있지만, 이때 이미 후지쓰보에게 품고 있던 뜻을 이루었음이 넌지시 암시된다.

「하하키기」 첩에서, 겐지가 기의 수의 집을 찾아간 날 밤, 겐지를 놓고 수군덕거리는 시녀들의 얘기를 엿듣는 장면이 있다.

'그런 얘기를 들으니 놀라워, 가슴속 깊이 간직하고 있는 일들이 온통 신경에 쓰였습니다. 이런 때 시녀들이 그분과의 내밀

한 일을 입에 올리면 어쩌나 싶어 조마조마하였습니다.'

두려워하는 겐지의 마음에서 그저 짝사랑이라 할 수 없는 절박감이 느껴진다.

이 시점에서 이미 어떤 형태로든 후지쓰보와 육체적 관계를 맺었으리라고 해석된다.

후지쓰보를 얻어 자신감은 생겼으나 좀처럼 만날 수 없자 후지쓰보의 대용품으로 고귀하고 지체도 높아 얻기 어려운 여인 미야스도코로에게 근접한 것이리라.

기의 수의 집에서 사람의 눈을 의식하지 않는 강경한 태도로 유부녀에게 접근하여 수중에 넣은 겐지의 대범함은 최고의 여인을 두 명이나 얻은 젊은이의 자신감을 반영해준다.

그러나 유가오의 죽음으로 비탄에 젖어 말에서 떨어지는 어이없는 일을 당할 정도로 망연자실한 겐지의 모습을 보고 독자들은 다소 안심한다. 겐지의 이런 모습에서 청년의 순정이 느껴지기 때문이다. 한편 의식이 돌아왔을 때 자기가 없으면 유가오가 어떻게 생각하겠느냐면서 제 몸을 돌아보지 않고 유가오의 시신이 옮겨진 동산의 은밀한 장소를 찾아가는 겐지의 한결같은 마음 역시 젊은이기에 가능한 정열과 순애의 발로로, 감동적이다.

후지쓰보에 대한 첫사랑을 마더 콤플렉스로 보면 도저히 용서받을 수 없는 이 소행도 구제의 여지가 있지만, 그런 통속적인 발상에서가 아니라 겐지의 연애 사건은 어디까지나 힘든 사랑에만 정열을 불태우는 겐지의 성격에 기인하는 것이다. 콩스탕의 「아돌프」에는 '모든 것은 성격이 낳은 비극입니다'란 말이 있는데, 겐지의 생애를 일관하는 비극 역시 성격에서 기인하는 것이라고 생각한다.

남성 독자들에게 겐지 이야기 가운데 가장 마음에 드는 여자는 누구냐고 물으면 입을 모아 '유가오'라고 대답한다. 그럴 만큼 유가오란 여자는 남성들에게 영원한 여성상인 듯하다. 가련하고, 수수께끼에 싸여 있고, 얌전하면서도 성적으로도 만족스럽다. 남자가 하라는 대로 몸도 마음도 바쳐 설탕처럼 남자를 녹이고, 남자의 빈틈을 메우려 물처럼 몸을 밀착해 온다. 마치 자아라는 것이 전혀 없는 것처럼 보이는 여자. 그런데 무라사키 시키부는 이 유가오에게 더욱 신비로운 매력을 부여한다.

폐옥으로 데리고 가 처음으로 겐지가 복면을 벗고 얼굴을 보여주었을 때, '얼굴을 본 감상이 어떠하냐'고 자신만만하게 노래하자, 유가오는 힐금 쳐다보고는, '이슬에 젖어 빛나듯 빛나보이던 얼굴이 지금 가까이에서 보니 그만은 못하오. 해질 녘 어둠 속에서 잘못 보았나보이다'라고 응수한다. 그러니 절대 개성도 안목도 없는 여자는 아니었던 것이다. 이렇게 응수하는 것을 보면 유머도 알고, 순간적인 재치도 있는 맛깔스런 여자였다.

어린 무라사키

겐지 나이 열여덟 살. 학질에 걸린 겐지는 삼월 말, 영험한 수행승이 있다는 북산으로 가지기도를 받으러 간다. 그곳에서 어떤 승도의 암자에 할머니와 함께 몸을 의지하고 있는 열 살 정도 된 아름다운 소녀와 조우한다. 소녀가 영원한 애인 후지쓰보의 조카라는 것을 알고는 용모가 비슷한 것에 끌려 약탈하듯 이 조원으로 데리고 가 키우게 된다. 이 소녀야말로 겐지와 평생을 함께한 반려 무라사키 부인이다.

무라사키 시키부는 나이에 비해 천진난만하기 그지없는 무라사키 아씨의 귀여움에 붓을 아끼지 않는다. 이는 시키부에게 어린 딸이 있었다는 점과 무관하지 않을 것이다. 미모에 재능을 겸비하고 훗날 고 레이제이 제의 유모가 되어 대이삼위로 불렸으며 어머니보다 출세한 겐시의 어릴 적 모습을 보면서 썼다고 해도 무방하지 않을까. 무라사키 시키부의 붓은 어린아이를 그릴 때 한층 빛난다.

겐지는 아직 인형놀이에 정신이 없는 어린 소녀의 놀이 상대가 되어주면서 느긋한 마음으로 소녀의 성장을 기다린다.

이 이야기와 병행하여 사가로 퇴궁한 후지쓰보와의 애틋한 하룻밤의 밀회가 그려진다. 그 결과 후지쓰보는 회임이라는 중대한 문제를 껴안게 된다.

후지쓰보와의 밀회는 왕명부라는 시녀가 주선하여 이루어졌다. '뜻밖의 악몽 같은 첫 밀회는 생각만 하여도 소름이 끼치고'란 표현으로 과거에 이미 두 사람의 밀회가 이루어졌음이 이 시점에 와서 확실히 밝혀진다.

그 밤에 후지쓰보는 겐지를 쌀쌀맞게 대하지만은 않았다. 후지쓰보는 늙은 천황보다 자기 나이에 가깝고 젊고 아름다운 겐지의 그 격렬한 정열과 거부하기 어려운 매력에 포로가 되어 있었던 것이다.

물론 후지쓰보는 회임했다는 사실을 겐지에게 알리지 않고 천황의 자식이라는 일생일대의 거짓말을 하고 산달을 속인다. 겐지는 꿈을 통해 후지쓰보의 회임을 감지하고, 한층 후지쓰보를 그리워한다.

하지만 이렇게 중대한 사태에도 불구하고 겐지는 무라사키 아씨에 대한 사랑을 키워가고 있었으니, 어쩌면 겐지의 고민은 후지쓰보의 고뇌의 심각함에는 도저히 못 미친다고 할 수 있다.

이렇게『겐지 이야기』의 재미는 점점 매력을 더해간다.

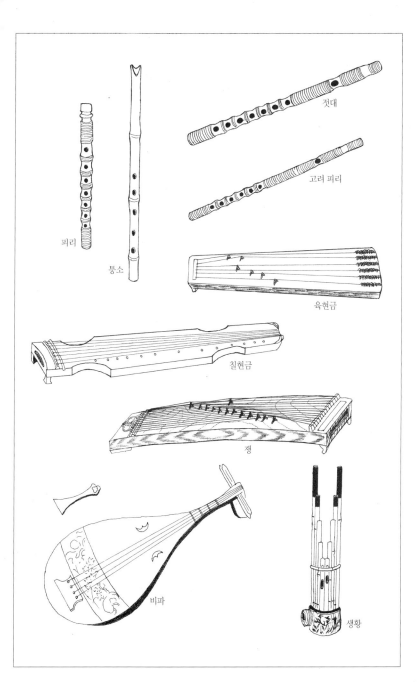

피리

퉁소

젓대

고려 피리

육현금

칠현금

쟁

비파

생황

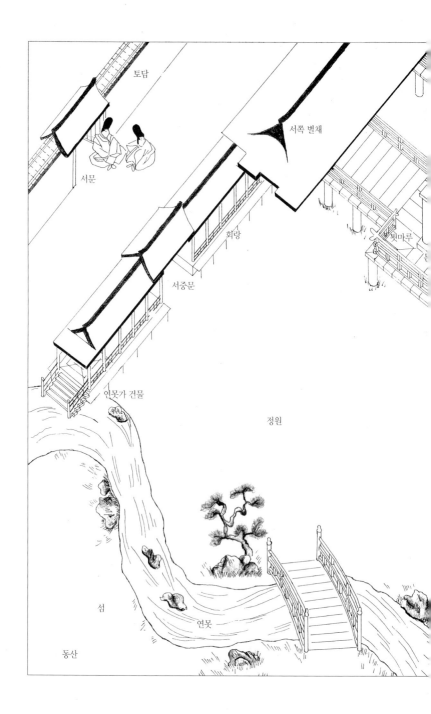

토담

서쪽 별채

서문

회랑

뒷마루

서중문

연못가 건물

정원

섬

연못

동산

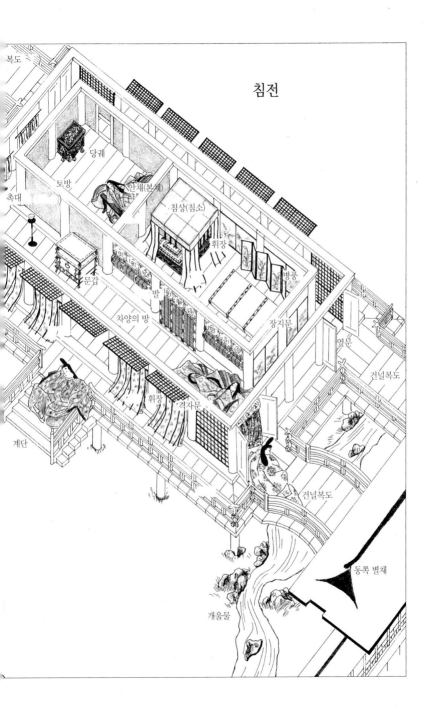

침전

복도

당궤

토방

안채(본채)

촉대

침상(침소)

휘장

병풍

문갑

발

차양의 방

장지문

옆문

건널복도

휘장

격자문

계단

건널복도

동쪽 별채

개울물

소례복 차림

겉옷

바지(풀 먹인 빳빳한 바지)

성인식 예복

쥘부채

당의

겉겹옷(5겹)

겉치마

겉옷

속바지

평상복 차림

겉옷

쥘부채

건

평상복 차림

쥘부채

가벼운 평상복 차림

홑옷

바지
(대님으로
아랫자락을
묶는 바지)

관

홀

포

석대

관복 차림

속옷자락

겉바지

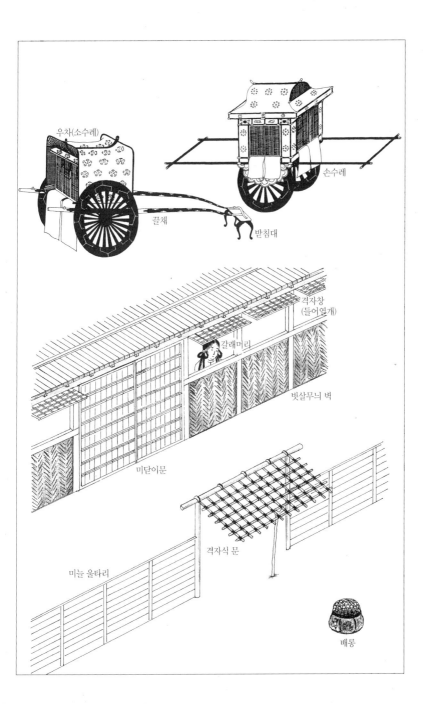

우차(소수레)

끌채

받침대

손수레

격자창
(들어열개)

갈래머리

빗살무늬 벽

미닫이문

격자식 문

미늘 울타리

배롱

• 가미가모 신사

• 시모가모 신사

1 2 3 4 5 6 7 8 9 10 11 12 13 14 15
동 서 홍 하 후 순 사 압 한 굴 대 곡 냉 고 우
사 사 관 려 원 원 후 원 학 창 천 양 다
원 원 화 조 하 원 료 원 원 원 원
원

• 벌궁

궁성

주작문

신천원

주작원

12   11

10 9   8

7

6

5

4

서시

동시

3   3

나성문

2   1

일조대로
정친정소로
토어문대로
응사소로
근위어문대로
감해유소로
중어문대로
춘일소로
대취어문대로
냉천소로
이조대로
압소로
삼조방문소로
자소로
삼조대로
육각소로
사조방문소로
급소로
사조대로
능소로
오조방문소로
고십소로
오조대로
통구소로
육조방문소로
양매소로
육조대로
좌여우소로
칠조방문소로
북소로
칠조대로
염소로
팔조방문소로
매소로
팔조대로
첨소로
구조방문소로
신농소로
구조대로

• 오

도 리 베 노

서 무 산 창 목 혜 마 우 도 야 서 서 서 황 서 주 방 임 즐 대 저 굴 유 서 정 실 오 동 고 만 부 동
경 차 소 포 십 지 다 대 조 대 인 대 방 가 작 성 생 궁 외 천 소 정 정 환 동 창 리 경
극 소 로 대 리 소 소 소 굴 부 궁 사 방 대 소 대 궁 대 고 소 동 원 소 극
대 로 로 소 로 로 로 로 천 소 대 성 로 로 소 대 소 소 원 로 로 대 대
로 로 소 로 로 로 로 로 로 로 로 로 로 로 로 로
로 로

헤이안 경

316

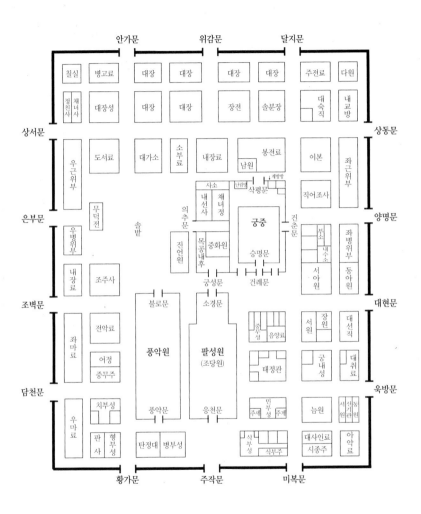

궁성

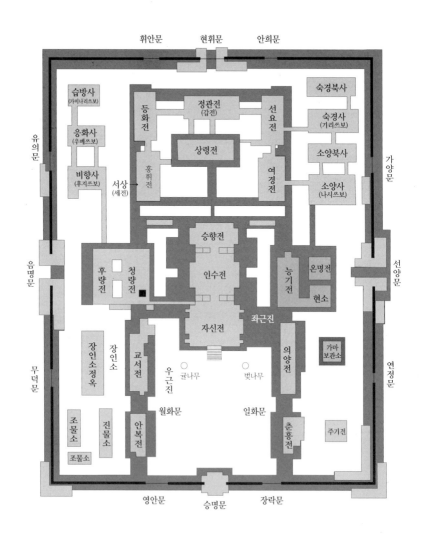

휘안문　현휘문　안희문

습방사
(가미나리쓰보)

응화사
(우메쓰보)

비향사
(후지쓰보)

유의문

음명문

무덕문

등화전

정관전
(갑전)

선요전

상령전

홍휘전

서상
(세전)

여경전

숙경북사

숙경사
(기리쓰보)

소양북사

소양사
(나시쓰보)

가양문

선양문

승향전

후량전

청량전

인수전

능기전

온명전

현소

좌근진

자신전

연정문

장인소정옥

장인소

교서전

우근진

○
귤나무

○
벗나무

의양전

가마
보관소

월화문

일화문

안복전

춘흥전

주기전

조물소

진물소

조물소

영안문　승명문　장락문

궁중

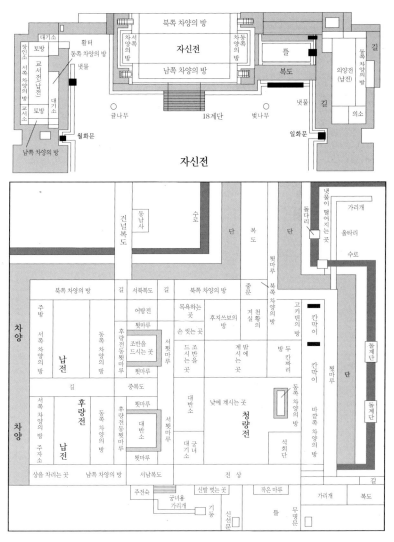

자신전

청량전·후량전

관위상당표 (官位相當表)

左余白 표시: ↑전상인(殿上人) / 지하(地下)↓

관위	신기관	태정관	중무성	식부성	치부성	병부성	형부성	민부성	대장성	궁내성	좌우대사인료	도서료	내장료	아악료	현번료	제릉료	주계료	목공료	좌우세료	주학료	주마료	좌우병고료	음양료	전약료	봉장료	내전료	대취료	주전료	재궁
정종1위		태정대신																												
정종2위		좌우내 대대대 신신신																												
정3위		대납언																												
종3위		중납언																												
정4위		참의	경								경																			
종4위	백	좌우대변																												
정5위		좌우중변 좌우소변	대 보								대판사 대보																			
종5위	대부	소납언 대외기	소감물 대시종								소보										문장박사	두						두		두
정6위	소부	좌우대사 대외기	대승 대내기								중판사 대승										명경박사	조				시 의				조
종6위	대우 소우		소승 중감물								소판사 중록 주 대승약																	조		
정7위		좌우소사 대외기	대소소대 내감주 록기물명								판대사 대속록							대윤			명법박사	조		천문박사 양문급박 사사	누각박사		대윤			대윤
종7위			감물주전 대전약								대해주부약							소음박윤	산박사	서박사				역박사 양박사 누각박사	의사	윤			소윤
정8위	대사		소주령 소록								판소중사 소해속록부																			
종8위	소사		소전약								소해부							대속	소속		마의사						대속		속
대초위																											소속		
소초위																													

관위상당표

관위	동서시사	수옥사	정친사	조주사	내선사	준인사	직부사	채녀사	주수사	후궁	춘궁방	중궁직	수리직	좌우경직	대선직	좌우근위부	좌우위문부	좌우병위부	반정대	장인소	검비위사	감해유사	대재부	진수부	안찰사	국사대국	국사상국	국사중국	국사하국
정종1위																													
정종2위																				별당									
정3위																													
종3위									상시							근위대장			윤				수						
정4위										부																우에노의 태수			
종4위									전시		춘궁대부	중궁대부	대부	대부		근위중장	위문독	병위독	대필		별당	장관	대이		안찰사				가즈사 히타직
정5위															대선대부	근위소장			소필										
종5위									장시		춘궁학사		형	형			위문좌	병위좌		5위장인	좌	차관	소이			수	수		
정6위			정		봉선	정													중충·소충	6위장인	대위		대감					수	
종6위									정			대진	대진	소진		근위장감	위문대위	병위대위				대판관	소감			개			수
정7위												소진					위문소위	병위소위		태순·소찬		소판관	대·소군판·전사감		기사	대연		수	
종7위	우				전선											근위장조							박사		주전	소연	연		
정8위								우	우				대속				위문대지				소지		의·전사·산사·소공					연	
종8위													소속				위문소지	병위소지			소지		군조			대목·소목			목
대초위		영사		영사																									목
소초위									영사																				목

계보도

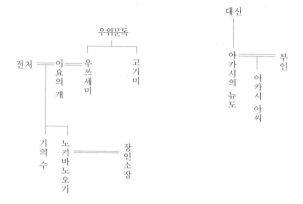

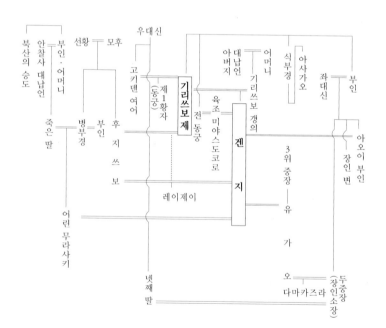

연표

첩	황제	겐지나이	주요 사항
1 기리쓰보	기리쓰보제	1	기리쓰보 갱의가 겐지를 낳음. 기리쓰보 제의 총애는 두터우나 주위의 질투가 날로 심해진다.
		3	겐지, 바지를 처음 입히는 의식을 치름. 여름에 기리쓰보 갱의가 병을 이유로 기리쓰보 제와 헤어져 사가로 나갔다가 죽음. 가을에는 기리쓰보 제가 죽은 기리쓰보 갱의를 추모하기 위해 채부명부를 사가에 칙사로 보내 조문한다.
		4	봄, 제1황자(훗날의 스자쿠 제)가 동궁이 되자, 고키덴 여어와 우대신 가는 안도한다.
		7~11	발해 관상가의 말을 들은 기리쓰보 제는 겐지를 신하로 삼기로 결심하고 '미나모토'란 성을 내린다. 이후 '겐지'라 불린다. 후지쓰보가 궁으로 들어온다.
		12	겐지의 성인식. 좌대신의 딸, 아오이와 결혼. 겐지는 죽은 어머니 기리쓰보 갱의를 닮았다는 후지쓰보를 흠모한다. 겐지는 자신의 사택인 이조원을 짓는다.
2 하하키기		17	여름, 겐지가 두중장, 식부승 등과 함께 여성론을 펼친다 (비 내리는 날 밤의 여인 품평회). 겐지는 부정을 면하기 위해 방향을 바꿔 기의 수의 집에 갔다가 우쓰세미와 연을 맺는다. 우쓰세미의 남동생 고기미를 심부름꾼으로 우쓰세미에게 연문을 보낸다.
3 매미 허물			겐지, 우쓰세미에게 거절당한다. 우쓰세미인 줄 알고 의붓딸과 인연을 맺는다. 겐지와 우쓰세미, 수심에 잠긴 노래를 나눈다.
4 밤나팔꽃			여름, 겐지는 은밀히 육조 미야스도코로에게 드나들던 중, 유가오에게 관심을 갖고 사랑에 빠진다. 가을, 팔월 십오일, 유가오, 모처에서 겐지와 밀회를 갖다가 귀신에 씌어 죽는다. 겐지는 유가오가 죽은 후에야 그녀의 신분을 알게 된다. 우쓰세미는 남편의 임지로 내려간다.
5 어린 무라사키		18	봄, 겐지는 북산에서 어린 무라사키를 발견하고 무라사키가 후지쓰보의 조카라는 알게 된다. 여름, 겐지는 후지쓰보와 밀회에 이른다. 후지쓰보가 회임한다. 겐지는 꿈을 통해 후지쓰보의 회임 사실을 알게 된다. 겨울, 겐지는 친아버지인 병부경에 앞서 무라사키 아씨를 이조원으로 데리고 온다. 무라사키는 겐지를 무척 따른다.

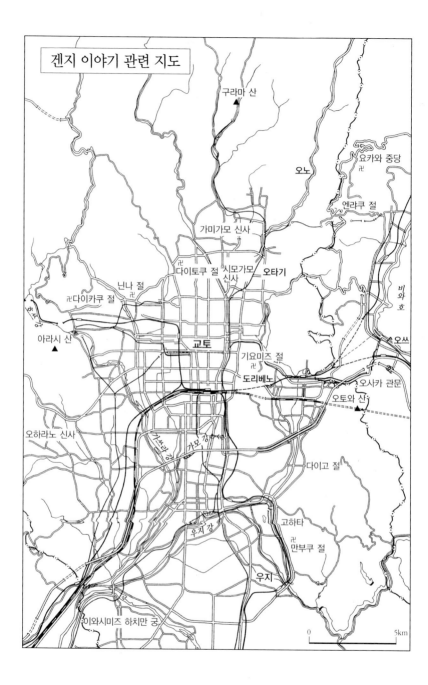

겐지 이야기 관련 지도

구라마 산

오노

요카와 중당

엔랴쿠 절

가미가모 신사

다이토쿠 절 시모가모 오타기
신사

난나 절

다이카쿠 절

비
와
호

아라시 산

오쓰

교토

기요미즈 절

도리베노

오사카 관문

오토와 산

오하라노 신사

가
모
강
서
안

가모 강
동
안

다이고 절

우지 강

고하타

만부쿠 절

우지

이와시미즈 하치만 궁

0   5km

어구 해설

가나假名 한자에서 발생한 일본 고유의 음절문자.

가모賀茂 **신사** 가모와케이카즈치(賀茂別雷) 신사와 가모미오야(賀茂御祖) 신사의 총칭. 도읍 헤이안 경의 수호신으로 궁중의 신앙이 두터웠다.

가모賀茂 **신사의 임시 제의** 가모 신사에서 올리는 임시 제의. 음력 십일월 마지막 유일(酉日)에 행했다.

가쓰라기葛城 **신** 나라(奈良)의 가쓰라기 산에 사는 일언주신(一言主神). 엔노교자(役行者: 나라 시대의 산악 주술자, 수험도의 교조로 전설적인 인물)의 명으로 요시노(吉野)의 긴부(金峰) 산과 가쓰라기 산 사이에 돌다리를 놓을 때, 낮에는 추한 모습을 보이지 않으려고 숨었다가 밤에만 일하여 완성하지 못했다는 전설이 있다.

가지기도加持祈禱 밀교(密敎)에서 행하는 주술법, 기도.

가타노交野**의 소장** 오늘날에는 전해지지 않는 옛이야기의 주인공 이름. 색을 좋아하기로 유명했다.

감유리 항아리 일곱 가지 보석 가운데 하나인 감벽 유리로 만든 항아리.

갑전匣殿 내장료에서 만드는 것 이외의 의복을 만드는 곳. 정관전(貞觀殿)에 있다. 개인적인 의복 조달소를 뜻하기도 한다.

갱의更衣 천황의 부인으로 여어의 다음가는 지위. 갱의는 대납언 이하 집안의 딸이 될 수 있었다.

겐지源氏 미나모토(源)란 성을 가진 씨족을 칭하는 말이다. 따라서 겐 씨라고 번역해야 하지만 『겐지 이야기』에서는 주인공의 이름 역할을 하기 때문에 소리를 그대로 살렸다.

결재潔齋 불제를 치르기 전, 그 행사에 임하는 자가 심신을 청결히 하는 것.

겹옷 안감이 있는 옷. 또는 겉옷 아래 홑옷을 여러 겹 겹쳐 입는 것.

고레미쓰惟光 겐지의 유모의 아들. 제1권 「밤나팔꽃」 첩에서 겐지의 잠행 장면에서 활약한다.

고키덴弘徽殿 **여어**女御 홍휘전(弘徽殿)을 처소로 하는 기리쓰보 제의 후궁. 처소를 뜻할 때는 홍휘전으로, 사람을 뜻할 때는 고키덴으로 옮겼다.

곡창원穀倉院 조정의 창고. 민부성(民部省) 소속. 각 지방에서 올라온 조전 과 쌀 등을 보관했다.

구라부暗部 산 노래의 소재가 된 명승지. 교토 시에 있는 구라마(鞍馬) 산 일까. 시가(滋賀) 현 고가(甲賀) 군에 있는 구라부(藏部)라는 설도 있다.

구품정토九品淨土 극락정토의 계급. 상품, 중품, 하품의 3단계가 있으며, 각각 상생, 중생, 하생으로 나뉜다.

궁녀 궁중이나 상황전에 자신의 처소를 갖고 있으면서 일하는 시녀.

근신謹愼 음양도의 금기. 불길한 일을 피하기 위해 집에서 조신하게 지내 야 한다.

근행勤行 부처 앞에서 경을 읽거나 회향(回向)을 하는 것.

글 읽기를 처음 시작하는 의식 천황, 황태자, 황자 등은 일고여덟 살이 되면 처음으로 한적(漢籍)을 읽는 법을 배웠는데, 그 의식을 독서시(讀書始) 라 일컬었다.

금강자金剛子 보리수과의 교목인 모감주나무의 열매로, 딱딱하고 무늬결 이 고운 씨로 염주를 만든다.

기노 쓰라유키紀貫之 가인. 36가선 가운데 한 사람. 『고금집』(古今集)의 찬 자(撰者) 가운데 한 명으로 「가나(假名) 서문」을 썼다. 만년의 저작 『도 사(土佐) 일기』는 왕조 가나 일기 문학의 선구가 되었다. 칙찬집(勅撰 集)에 총 443수를 올렸다. 『고금집』에 101수. 가집으로 『쓰라유키집』 (貫之集)이 있다.

기리쓰보桐壺 **갱의**更衣 기리쓰보 제의 각별한 사랑을 받았던 후궁이자 겐지 의 어머니 기리쓰보(숙경사淑景舍)라는 처소의 이름으로 불렸다.

기요미즈 절清水寺**의 관음보살** 기요미즈 절의 본존인 천수관음. 액을 막아주 고 복과 덕과 이익을 가져다주는 영험함이 있다.

긴부金峯 산 야마토(大和: 나라奈良) 요시노(吉野) 군에 있는 산. 수험도(修

驗道)의 영지(靈地)로 미륵보살 탄생시의 수호신을 모시고 있다.

길상천녀吉祥天女　원래는 비슈누 신의 비(妃)였는데, 불교에 입문하여 비사문천왕(毘沙門天王)의 비가 된다. 중생에게 덕과 복을 준다.

「나니와 나루」難波津**의 노래**　나니와 나루에 이 꽃이 피네/이제 정말 봄이 되었다고 이 꽃이 피네(『고금집』, 「가나 서문」)와 나는 얕은 마음을 품지 않으니/아사카 산의 그림자까지 비추는 산속 샘물처럼(『만엽집』 권16)는 당시 어린아이들이 습자 연습을 할 때 견본으로 사용되었다.

나무당래도사南無當來導師　'나무'(南無)는 모든 것을 맡기고 의지한다는 뜻. 즉 당래도사(미륵보살)에 귀의하는 것.

남전南殿**의 귀신**　태정대신 후지와라노 다다히라(藤原忠平)가 젊었을 때, 천황의 명으로 남전(자신전紫宸殿) 옥좌(玉座) 뒤를 지나가는데, 귀신이 다다히라의 칼을 잡았다. 이에 다다히라는 놀라지 않고 오히려 귀신에게 호통을 쳐서 물리쳤다는 일화.

남쪽 방　침전 정면에 있는 방. 정식으로 손님을 맞아들이는 방.

납전納殿　궁중 역대의 소장품을 보관하는 곳. 의양전(宜陽殿)에 있다.

내시內侍　내시사(內侍司)의 3등관으로 장시(掌侍)를 뜻한다. 내시사는 후궁(後宮) 소속.

내장료內藏寮　중무성(中務省)에 속하는 기관. 보물, 헌상품 등을 관리하고, 천황·황후의 장속(裝束), 제식(祭式)의 봉폐(奉幣) 등을 관리한다.

다듬이질　천을 부드럽게 하거나 광택을 내기 위해 천을 두드리는 것. 겨울철에 대비하여 가을에 다듬이질을 하는 경우가 많다. 그 소리가 애수를 띠고 있어 시와 노래의 소재로 사용되었다.

다라니경陀羅尼經　불보살(佛菩薩)이 설파한 주문으로 범어의 한 음 한 음에 재액을 막는 법력이 있다고 하여 원어 그대로 외운다. 진언이라고도 한다.

다쓰타 히메龍田姬　다쓰타 산에 산다는 가을의 여신. 이는 다쓰타 산이 나라의 서쪽에 위치해 있고, 오행설에 따르면 서쪽이 가을이라는 데에서 유래한 것이다. 단풍의 명소라서 염색의 신이라고도 한다. 이에 대해 동쪽의 사호(佐保) 산은 봄의 여신 '사호 히메'라고 했다.

단출한 겉치마　여성이 바지를 입은 위에 허리에 둘렀던 약식 치마. 하급 시녀가 주인 앞에 나설 때 입었다.

당궤 노송나무나 대나무 등의 얇은 나무를 구부려서 만든 상자.

대이大貳 **유모** 겐지의 유모로, 남편은 대재부(大宰府) 대이이다. 대이는 대
재부의 차관인데, 장관이 부임하지 않아 대이가 실무를 대행하는 경우
가 많았다.

대장경大藏卿 대장성(大藏省)의 장관. 정4위하에 상당한다.

대장경大藏經 일체의 불경의 총칭으로 경장, 율장, 논장 및 그 주석서 등을
망라한 총서.

도藤 식부승式部丞, **식부승인 후지와라**藤原 후지와라 씨로 식부성의 3등관.
식부성은 궁중의 의식과 문관의 인사를 담당하고, 대학료를 관할하는
기관.

도읍의 젊은이들 입이 걸고 소문을 좋아한다.

독고獨鈷 불구(佛具). 금강저(金剛杵)의 하나. 쇠 또는 동으로 만들고, 번
뇌를 몰아낸다는 뜻을 나타낸다.

두중장頭中將 근위 중장으로 장인소(藏人所) 차관인 장인의 두를 겸하
는 자.

문장박사文章博士 대학료에서 문장도(시문詩文·기전紀傳)를 가르치는 사
람. 종5위하에 상당한다.

미나모토 즉 겐이란 성 기리쓰보 제가 기리쓰보 여어의 아들을 친왕으로 삼
지 않고 신적(臣籍)에 올리면서 하사한 성은 미나모토, 즉 겐(源)이다.
겐지(源氏)는 겐 씨를 뜻하는 말이며, 기리쓰보 여어의 아들을 일컫는
통상적인 호칭이다.

미늘처럼 소박한 널울타리 잡목이나 대나무로 얼기설기 만든 울타리.

미야스도코로御息所 천황의 총애를 받는 여성. 특히 황자나 황녀를 낳은 여
어, 갱의를 뜻하는 존칭이다. 제1첩 「기리쓰보」에서는 육조에 사는 특
정인물을 나타내기에 원래 음을 살렸다.

민부民部 **오모토** 오모토는 궁녀나 시녀에 대한 경의를 포함하는 호칭.

바지를 입히는 의식 어린아이에게 바지 치마 형식의 아랫도리를 처음 입는
의식. 세 살부터 일곱 살 사이에 행한다. 황자의 경우에는 천황이 허리
끈을 묶어주는 역할을 맡는 예가 많았다.

328

반섭조盤涉調 아악 6조의 하나. 반섭(서양음계의 H에 가까운 음)을 주음으로 하는 단조 선율.

배롱 향로나 화로 위에 씌워놓고 그 위에 옷을 널어 말리거나 향을 배게 하는 바구니.

『백씨문집』白氏文集 중국의 시인 백거이의 시집.

법화참법法華懺法 『법화경』을 읽으면서 죄업을 참회하고 죄가 없어지기를 기도하는 법.

병부경兵部卿 병부성의 장관인 친왕.

봉래산蓬萊山 중국에서 전해지는 상상 속의 이상향. 동방의 바닷속에 있으며 불로불사(不老不死)의 신선이 산다고 한다.

부정 탄 일이 있어 그러니 선 채로 죽음의 부정을 탄 자를 찾았던 손님이 앉으면 부정이 옮는다고 믿었다.

북산北山 교토의 북쪽에 있는 산들의 총칭.

사이바라催馬樂 고대 가요. 원래는 민요였지만 헤이안 시대에 아악으로 편성되었다. 사이바라의 반주는 홀, 박자, 육현금, 비파, 칠현금, 피리, 대금, 생황 등이 한다. 춤은 없다. 궁중이나 귀족의 연회석, 사원의 법회 등에서 불렀다.

삼매당三昧堂 일심으로 법화경을 외우며 망념을 떨치는 수행인 삼매를 행하는 당.

삼사三史, **오경**五經 '삼사'는 중국의 중요한 세 가지 사서인 『사기』, 『한서』, 『후한서』. '오경'은 유교에서 존중하는 다섯 경서인 『시경』, 『서경』, 『역경』, 『춘추』, 『예기』로 대학의 수업 과목이었다.

삼악도三惡道 지옥, 아귀, 축생의 삼도. 불교의 가르침을 거역하면 죽은 후에 떨어진다는 곳.

3위의 품계品階 친왕과 신하에게 내리는 품계의 제3위. 정3위와 종3위가 있다. 당시의 갱의는 정4위 이상이었기 때문에, 종3위로 추증되었다.

3위 중장 근위 중장으로 특히 3위를 받은 자. 중장은 보통 종4위하에 상당한다.

상달부上達部 공경(公卿)을 뜻한다. 섭정, 관백, 태정대신, 좌우대신, 내대신, 대중납언, 참의 및 3위 이상의 총칭.

서경西京 주작대로를 중심으로 헤이안 경을 동서로 나눴을 때 서쪽 절반. 당시에는 지대가 낮고 습해서 사람이 살지 않는 황폐한 곳이었다.

선명宣命 화문체(和文體)로 쓴 천황의 명.

선지宣旨 칙명을 읽어내리는 것. 소칙에 비해 절차가 간단하고 형식적이다.

성인식 여자는 성인식 때 처음으로 겉치마를 입고 머리를 올리며, 남자는 상투를 틀고 관을 쓰며 성인용 옷으로 갈아입는다. 성인식은 보통 열두 살에서 열네 살경에 치른다.

소납언少納言 무라사키의 유모.

손수레 가마에 바퀴를 달고 사람이 끄는 수레. 동궁, 친왕, 황녀, 여어, 대신, 대승정 등이 천황의 허가를 받아 탄다. 수레에 탄 채로 궁 안에 들어갈 수 있었다. 기리쓰보 갱의가 손수레를 탈 수 있었던 것은 천황의 파격적인 처사였다.

송경誦經 경을 소리내어 읽는 것. 또는 승려에게 독경(讀經)을 시키는 것.

쇼토쿠 태자聖德太子, 574~622 아스카(飛鳥) 시대에 활약한 정치가. 요메이(用明) 천황의 둘째 아들로 고구려의 승려 혜자(惠慈)와 백제의 승려 혜총(慧聰)을 스승으로 절을 세우고 불교를 장려했다.

수계受戒 출가할 때 받는 계율.

수령受領 실제로 임지에 내려가 정무를 집행하는 국사의 최고 지위.

수신隨身 칙명에 따라 귀인의 외출시 경호를 담당하는 근위부의 관리.

숙요도宿曜道 별의 운행으로 인간의 운세와 길흉화복을 점치는 점성술.

숙직자宿直者, **숙직인**宿直人 궁중에서 숙직을 하며 근무하는 자.

식부경式部卿 식부성(式部省)의 장관인 친왕.

식부성式部省 궁중의 의식, 인사 등을 맡아본 관청.

아미타불阿彌陀佛 중생을 구제하는 서방정토의 부처로, 임종시 빛을 뿌리면서 맞이하러 온다는 믿음이 있다.

아사리阿闍梨 범어(인도의 고대 언어)로 교수, 규범이란 뜻. 불교에서는 제자를 인도하고 모범이 되는 고승을 뜻한다.

안녹산安祿山**의 대란** 중국 당의 제6대 황제인 현종(685~762)은 치세의 전반기에는 '개원(改元)의 치(治)'라 하여 선정을 펼쳤으나, 만년에 양귀비(719~756)를 총애하면서 조정을 돌아보지 않아 안녹산의 난(755)을 초래했다. 시인 백거이는 장시 「장한가」에서 그 비극적인 경위를 그렸다.

안찰사按察使 **대납언**大納言　대납언으로 안찰사를 겸임하는 자. 안찰사는 지방 행정의 감찰관. 헤이안(平安) 시대에는 무쓰 국과 데와 국만 남아 있었다. 대납언이나 참의가 겸관하였고, 명목화되었다.

얇은 비단　안이 비쳐 보일 만큼 얇은 비단.

양명개揚名介　명목만 있을 뿐, 직무도 급여도 없는 국사(國司)의 차관. 명예직.

여동女童　소녀 몸종 또는 하인.

여승女僧　당시에는 출가를 했다고 해서 반드시 절에 들어가 불도 수행에 정진하는 것은 아니었다. 또 여자는 삭발하지 않고 긴 머리를 어깨쯤까지 자르고 집에서 불도를 닦았다.

여어女御　천황의 부인. 황후와 중궁의 뒤를 잇는 지위. 통상 황족이나 섭정(攝政), 관백(關白), 대신의 딸이어야 여어가 될 수 있었다.

오엽송五葉松　짧은 나뭇가지에 바늘 모양 잎이 다섯 장 달린 소나무.

왕명부王命婦　후지쓰보의 궁녀의 이름. 황족 출신. 명부는 중급 궁녀.

용왕龍王　바다에 있으며 비와 바다를 다스리는 신.

우근右近　유가오의 유모의 딸.

우다宇多 **상황**上皇　제59대 천황(867~931). 스가와라노 미치자네(菅原道眞)를 등용하여 후지와라 씨를 제압하면서 정치의 쇄신을 꾀했다. 양위한 뒤, 정자원(亭子院)에 살았기 때문에 데이지 원이라고도 불린다. 『후찬집』 이하의 『칙찬집』에 17수가 실려 있다.

우담화優曇華　3천 년에 한 번 꽃이 핀다는 상상의 식물. 그때 부처가 이 세상에 온다고 한다.

우바새優婆塞　속세에 있으면서 불도를 수행하는 남자.

우쓰세미空蟬　매미가 벗어놓은 허물을 뜻하는 말로, 매미 허물처럼 얇디얇은 옷에서 유래한 이름이다.

원령, 귀신　산 사람의 몸에 들어간 죽은 사람의 원혼이나 산 사람의 영. 병의 원인으로 여겨졌다.

유모의 여식 변 남편이 변관(弁官)이었기 때문에 붙은 호칭일 것이다.

육도六道 불교의 중생관. 중생이 업에 따라 윤회하는 여섯 가지 세계, 즉 지옥, 아귀, 축생, 아수라, 인간, 천상을 말한다.

6위 장인藏人 6위로 장인소의 직원. 장인은 통상 5위에 상당하는 관리인데, 특별히 6위면서 전상을 허락받은 자.

육현금六絃琴 일본 고유의 악기로 현이 여섯 줄이다. 아즈마 금(東琴), 야마토 금(大和琴)이라고도 한다.

율律 음악의 조. 단조적인 선율. 중국 전래의 장조적인 선율은 여(呂)라고 한다.

음양도陰陽道**의 중신**中神 음양도의 신. 길흉화복을 지배하고 나쁜 방향을 방어한다. 60일을 주기로 하여 16일 동안 하늘 가운데 있다가 지상으로 내려와 5일 내지 6일씩 팔방을 순회한다. 중신이 지상에 있는 방향을 꺼려 그 방향으로 이동하게 될 때는 전날 다른 방향에 있는 집에 머물러 방향을 바꾼다.

음양사陰陽師 음양료(陰陽寮)에 속하여 천문, 역수, 점, 계, 제의 등을 관장하는 직책. 훗날에는 일반적으로 점이나 액막이 제에 관계하는 자를 일컫게 되었다.

이누키犬君 몸종의 이름.

이레 간격으로 열리는 법회 죽은 자를 공양하기 위해 7일마다 13불(부동, 석가, 문수, 보현, 지장, 미륵, 약사, 관음, 세지, 아미타, 아작, 대일, 허공장) 가운데 약사불까지를 그리거나 목상으로 만드는 일. 관음부터는 순서대로 백일, 일주기 때 행했다.

이세伊勢 『고금집』 시대의 여류 가인, 36가선 가운데 한 명(877년경~939년경). 우다 천황의 총애를 받아 '우다의 어(御)'라 불렸으며 황자를 낳았다. 『칙선집』에 총 180여 수를 남겼다. 『고금집』에 22수, 『후선집』에 65수. 가집에 『이세집』이 있다.

이요伊豫 **온천의 욕조 수** 커다란 욕조를 여러 구획으로 나누기 위해 가로세로로 댄 목재 또는 나뉜 하나하나의 욕조. 이요의 도고(道後) 온천은 그 수가 많기로 유명하다.

일본의 옛 시 화가(和歌). 5·7·5·7·7의 음률을 갖는 정형시로 대표된다.

입궁入內 궁에 들어가는 것. 특히 황후, 중궁, 여어 등이 될 사람이 정식 의식을 거쳐 후궁으로 들어가는 것.

잠자리를 같이하고 난 다음의 편지 남녀가 동침을 한 다음날 아침, 남자가 여자에게 보내는 편지. 이르면 이를수록 성의가 있다고 여겨졌다.

장생전長生殿 중국 당의 현종의 별궁. 「장한가」(長恨歌)에는 이곳에서 현종이 양귀비에게 비익연리(比翼連理)의 사랑을 맹세했다는 고사가 있다.

장인소藏人所**의 매鷹** 장인소는 원래 천황의 기밀문서나 도구류를 보관하는 납전을 관리하던 기관. 천황 직속이라 점차 직무가 확대되어 궁중 의식과 천황의 일상 업무를 다루는 중직이 되었으며, 천황의 매 또한 관리하게 되었다.

장인藏人**의 변**弁 장인으로 태정관(太政官)의 중변(정5위상) 또는 소변(정5위하)을 겸하는 자.

전상동殿上童 귀족의 자제로 성인식을 치르기 전, 공사(公事) 등의 견습을 위해 청량전(清涼殿) 전상의 방에 출입을 허락받은 소년.

전상의 방 청량전의 입구에 들어선 방.

전상인殿上人 4위, 5위 중에서 청량전 전상의 방에 오를 수 있는 자, 또는 5위, 6위 장인을 뜻한다.

제帝 '미카도'라고 읽는다. 천황을 의미하는 미카도는 절대 권력자는 황제와는 개념이 다른 일본 고유의 존재이다.

좌마두 좌마료(左馬寮)의 장관.

좌마료 관마(官馬)의 조련, 사육 등을 맡아보던 관청으로 우마료(右馬寮)와 더불어 마료(馬寮)에 속함.

주먹밥 찐 밥을 주물러 달걀 모양으로 만든 밥. 연회 때 도시락에 담아 신분이 낮은 자들에게 주었다.

중궁中宮 천황의 부인 중에서 가장 품계가 높으며, 황후와 동등한 자격을 갖는다. 또는 황후의 별칭이기도 하다.

중납언中納言, **중무**中務 둘 다 아오이 부인의 시녀이자 겐지의 연인.

중유中有 사후 49일간. 이승에서 저승으로 가기 전 영혼이 방황하는 기간.

중장中將 우쓰세미의 시녀 이름.

지불持佛 신변에 놓아두거나 몸에 지니고 다니는 불상.

직녀織女 서로를 사랑하는 직녀와 견우는 일을 게을리한 죄로 해마다 칠월 칠일 밤에만 은하수를 건너 만나는 것이 허락되었다는 전설이 있다. 헤이안(平安) 시대에는 바느질의 신으로 여겨졌다.

차양의 방 침전에서 안채의 바깥쪽에 있는 길쭉한 공간.

채부靫負 **명부** 명부(중급 궁녀)의 이름. 채부는 화살통을 등에 지고 궁궐의 문을 지키는 위문부 무관으로, 채부 명부는 남편이나 아버지 또는 오빠가 이 직책에 있었을 것이다.

천황의 주작원朱雀院 **행차** 기리쓰보 제가 주작원으로 행차한 것. 주작원은 천황이 양위한 후에 사는 곳, 즉 상황전.

청각채 해초의 일종. 얕은 바닷속 바위틈에 돋아 숨어 있는 탓에 빛이 닿지 않는다.

초야에 행하는 근행 밤을 초야 · 중야 · 후야로 나누고, 초야에 행하는 불도의 수행. 오후 여덟 시경.

친왕親王 황족의 칭호. 천황의 형제와 황자는 친왕, 자매와 황녀는 내친왕이라 하였다.

칠현금七絃琴 현이 일곱 줄인 현악기. 기러기 발이 없고, 주법이 어렵다. 뛰어난 음악은 뛰어난 정치와 통한다는 유교 이념에 근거해 황족과 상류층 귀족들이 즐겨 연주했으나, 『겐지 이야기』 시대에는 거의 연주되지 않았다고 한다. 『우쓰호 이야기』에서는 신비로운 악기로 귀히 여겨졌고, 『겐지 이야기』에서는 황족들이 주로 연주한다.

키 낮은 울타리 나무나 대나무 잔가지로 만든 키가 낮은 울타리.

태액지太液池**의 부용**芙蓉**과 미앙궁**未央宮**의 버들가지** 「장한가」의 한 소절. '태액의 부용과 미앙의 버들은 얼굴 같고, 버들은 눈썹 같으니'. 태액지는 한(漢)의 무제(武帝)가 만든 연못. 미앙궁은 한(漢)의 고조(高祖)시대 소하(蕭何)가 지은 궁전.

태풍 가을, 210일, 220일경에 부는 세찬 바람.

토담 흙을 쌓아 만든 담. 비가 내리면 무너지기 쉽다.

피갑호신법被甲護身法**의 수법** 밀교(密敎)에서 심신을 수호하는 기도법. 인계(印契)를 맺고 다라니경을 외운다.

하늘에서는 비익조, 땅에서는 연리지가 됩시다 「장한가」의 한 소절.

하리마播磨**의 아카시**明石 **해변** 오늘날의 효고(兵庫) 현 남부.

하사품 수고를 치하하거나 칭찬하는 뜻으로 하사하는 상품. '녹'이라고 한다. 보통 의복이었다.

학질 오늘날의 말라리아 비슷한 병. 열이 오르고 주기적으로 발작을 일으킨다.

홑옷 안감이 없으며 옷가지들 가운데 가장 안쪽에 있는 것.

화톳불篝火 철제 바구니에 장작을 담아 피우는 불. 옥외 조명 등으로 이용했다.

활시위를 퉁기고 귀신을 물리치기 위해 화살을 사용하지 않고 활의 시위를 퉁기는 것.

후견後見 뒤를 보살피는 것. 또는 그 사람. 주종, 부부, 친자, 정치적 보좌 등 다양한 관계에 이용되었다.

후궁後宮 천황의 부인들이 살며, 궁녀들이 시중을 드는 곳. 천황의 처소인 인수전(仁壽殿) 뒤쪽에 있으며, 7전 5사로 구성된다. 또 그곳에 사는 황후, 중궁, 여어, 갱의를 이르는 총칭이기도 하다.

후지쓰보藤壺 **여어**女御 선황의 넷째 딸로 용모가 기리쓰보를 닮은 탓에 기리쓰보 제의 후궁이 되었다. 처소는 비향사(飛香舍).

훈향薫香 각종 가루 향을 꿀에 개어 굳힌 향.

작성자: 다카기 가즈코(高木和子)

인용된 옛 노래

나니와 나루

　나니와 나루에 이 꽃이 피네

　이제 정말 봄이 되었다고 이 꽃이 피네

　＊『고금집』, 「가나 서문」

　나는 얕은 마음을 품지 않으니

　아사카 산의 그림자까지 비추는 산속 샘물처럼

　＊『만엽집』(萬葉集) 권16

　　＊당시 어린아이들의 습자본으로 사용되었다.

내 두 갈래 길을 노래할 테니 듣게나

　주인은 중매인을 불러놓고 옥호리병에 술을 채운다

　모두들 잠시 술잔을 내려놓고

　내 두 갈래 길을 노래할 테니 들어보시게

　＊『백씨문집』 권2, 「주중음」(奏中吟)의 한 구절

다카사고에 있는 천고의 노송처럼

　아직 살아 있음을 결코 알리지 않으리

　다카사고에 있는 노송이 어찌 여길까 부끄러우니

　＊『고금화가육첩』(古今和歌六帖) 제5 · 이름을 소중히 여김

떠다님이 닻을 내리지 않은 배와 같다

　조용함이 깊은 못의 조용함과 같고

　떠다님이 닻을 내리지 않는 배와 같다

　＊『문선』(文選) 중국 남북조 시대의 시집

무사시노라 하면 원망스럽기도 하구나

　모르는 곳이지만

무사시노라 하면 절로 한숨이 나오니

그곳에 돋아 있는

지치풀에 마음이 끌리기 때문이리

　　＊『고금화가육첩』제5

어두운 어미의 마음

자식 둔 부모 마음은

어둠 속을 걷는 것도 아닌데

자식 생각에 어쩔 줄 모르고

길을 헤매이누나

　　＊『후찬집』권15, 「잡1」・후지와라노 가네스케(藤原兼輔)

어둠 속에서 은밀히 만나는 것은 꿈속에서 확실히 본 건만 못하다는 옛 노래

어둠 속에서 만나는 현실은

모습을 확실히 볼 수 있는

꿈보다 그리 나을 것도 없네

　　＊『고금집』권13, 「사랑3」・작자 미상

어부의 자식

누구인지 물어본들

나는 흰 파도 밀려오는 바닷가에

평생을 사는 어부의 자식이니

잠자리도 일정치 않음이라

　　＊『화한낭영집』(和漢朗詠集) 권하, 「잡」

어쩌다 이토록 가까운 사이가 되어버렸는가

그 사람을 생각한다 하여

어쩌다 이토록 가까운 사이가 되어버렸는가

이제는 한시라도 만나지 않으면

애타게 그리워지니

　　＊『겐지석』(源氏釋)

어찌 넘을 수 없는 만남의 관문이런가

남몰래 홀로

서두르고 있으나

몇 해가 지나도록

어찌 넘을 수 없는

만남의 관문이런가
　※『후찬집』권11, 「사랑3」·후지와라노 고레마사(藤原伊尹)

이 세상에 피해 갈 수 없는 사별 따위는 없었으면 좋으련만

이 세상에 피해 갈 수 없는 사별 따위는 없었으면 좋으련만

부모가 천년만년 장수해주기를 바라는 자식들을 위해서라도
　※『고금집』권17, 「잡상」, 아리와라노 나리히라(在原業平)

이세의 어부가 벗어놓은 옷

사람들은 내 옷을

이세의 어부가 벗어놓은 옷처럼

낡았다 하겠지
　※『후찬집』(後撰集) 권11, 「사랑3」·후지와라노 고레마사
　※ '여자 집에 옷을 벗어놓고 나중에 옷을 받으러 사람을 보내며' 라는 머리말이 붙어있다.

잠들지 못하니 꿈에서도 보지 못하오

그리움을 어찌 달래면 좋으리오

잠들지 못하니 꿈에서도 보지 못하오
　※『습유집』(拾遺集) 권12, 「사랑2」·미나모토노 시타고(源順)

죽은 후에야 그 사람이 이리도 그리워지누나

살아생전에는 그저 이것저것

밉게만 여겼는데

죽은 후에야 그 사람이

이리도 그리워지누나
　※『겐지석』

찾아주지도 않는 신세의 괴로움

어떻게든 그대가 그 사람을 잊도록 하여

찾아주지도 않는 신세의 괴로움을

그 사람에게 느끼게 해주고 싶구나
　※『겐지석』

**태액지의 부용과 미앙궁의 버들가지와 실로 흡사하였다고 읊어지는 양귀비의
자태**

태액지의 연꽃 미앙궁의 푸른 버들

연꽃은 얼굴과 같고 버들잎은 눈썹과 같다

*「장한가」의 한 구절

팔구월 긴긴 밤

가을옷 다듬이질 뉘 집 아낙일까

달빛 썰렁 바람쓸쓸 그 소리 구슬프네

팔구월 바야흐로 밤은 깊어만 가는데

천 번 만 번 그 소리 그칠 줄 모르네

날이 새면 머리카락 온통 백발 되리니

그 소리 한번에 흰머리카락 늘 테니까

*「문야침」, '다듬이소리' · 백거이

핀 후에는 아내와 나의 침상처럼 소중한 패랭이꽃이여

티끌 하나 묻히지 않으리

핀 후에는 아내와 나의 침상처럼

소중한 패랭이꽃이여

*『고금집』(古今集) 권3, 「여름」 · 오시코치노 미쓰네(凡河內躬恒)

지은이 **무라사키 시키부**(紫式部, 978년경~1014년경)는 헤이안(平安) 시대 중기에 활약한 여류작가로, 일본의 가장 위대한 문학작품이자 세계에서 가장 오래된 완전한 장편소설로 일컫는 『겐지 이야기』(源氏物語)의 저자다. 진짜 이름은 알려져 있지 않으며, '무라사키'라는 별명은 『겐지 이야기』의 여주인공 이름에서 딴 것으로 전해진다. 무라사키 시키부의 생애를 알려주는 주요 자료로는 1008~10년까지 쓴 일기가 있으며, 이것은 그녀가 모셨던 중궁 쇼시(彰子)의 궁정생활을 엿보게 해준다는 점에서도 상당히 흥미롭다. 일부에서는 『겐지 이야기』의 집필시기를 무라사키 시키부의 남편인 후지와라노 노부타카(藤原宣孝)가 죽은 1001년부터 그녀가 궁정에서 시녀로 일하기 시작한 1005년까지로 보고 있다. 그러나 이 길고 복잡한 작품을 쓰는 데는 훨씬 더 오랜 세월이 걸려 1010년 무렵에도 끝나지 않았을 가능성이 더 많다. 한편 히카루 겐지가 죽은 뒤의 이야기는 다른 작가가 썼다고 보는 견해도 있지만, 이 책을 현대어로 옮긴 세토우치 자쿠초는 무라사키 시키부가 오랜 세월을 두고 이 소설을 완성했을 것이란 설을 내세우고 있다.

현대일본어로 옮긴이 **세토우치 자쿠초**(瀬戸内寂聴, 1922~)는 일본 도쿠시마 현에서 태어나 도쿄 여자대학교를 졸업한 뒤 결혼한 남편과 중국으로 건너갔으나, 종전을 맞이해 일본으로 돌아온 뒤 작가의 길로 들어섰다. 1972년 불교에 귀의하고 종교활동과 집필활동을 병행하고 있다. 세토우치 자쿠초는 『겐지 이야기』에 대해 남다른 조예와 애정을 가진 작가로, 많은 글과 여러 활동을 통해 『겐지 이야기』의 매력을 널리 알리는 데 힘쓰고 있으며, 특히 『겐지 이야기』의 현대어역은 겐지 붐을 일으키는 계기가 되기도 했다. 2006년 문화·저술 부문에 이바지한 공로를 인정받아 문화훈장을 받았다. 저서로는 『석가모니』『다무라 준코』『여름의 끝』『꽃에게 물어봐』『백도』『사랑과 구원의 관음경』 등이 있으며, 무라사키 시키부의 『겐지 이야기』를 현대어로 옮겼다.

옮긴이 **김난주**(金蘭周)는 1958년 부산에서 태어나 경희대학교 국문과를 졸업하고 같은 학교 대학원에서 수학했다. 일본 쇼와 여자대학교에서 일본 근대문학을 전공하여 석사학위를 받은 후, 오쓰마 여자대학교와 도쿄 대학교에서 일본 근대문학을 연구했다. 옮긴 책으로는 한길사에서 펴낸 세토우치 자쿠초의 『겐지 이야기』를 비롯해, 요시모토 바나나의 『키친』, 에쿠니 가오리의 『냉정과 열정 사이』 『언젠가 기억에서 사라진다 해도』, 오가와 요코의 『박사가 사랑한 수식』, 마루야마 겐지의 『천년 동안에』, 시마다 마사히코의 『천국이 내려오다』, 나라 요시토모의 『작은별 통신』 등이 있다.

감수자 **김유천**(金裕千)은 한국외국어대학교 일본어과를 졸업하고, 일본 도쿄 대학교 인문과학연구과에서 석사학위, 인문사회계연구과 일본문화연구전공으로 박사학위를 받았다. 현재는 상명대학교 일본어문학과 조교수로 있다. 저서로는 『일본의 연애가』(공저) 등이 있으며, 주요 논문으로는 「일본문학과 일본인의 성의식 연구―『源氏物語』를 중심으로」 「『源氏物語』의 논리와 주제성」 「『源氏物語』의 불교」 등이 있다.